沼の王の娘

カレン・ディオンヌ
林 啓恵 訳

THE MARSH KING'S DAUGHTER
BY KAREN DIONNE
TRANSLATION BY HIROE HAYASHI

ハーパー
BOOKS

Published by arrangement with Folio Literary Management, LLC
and Tuttle-Mori Agency, Inc.

Published by K.K. HarperCollins Japan, 2019

ロジャーへ
あなたにまつわるすべてに

子孫を残すこと、すなわち失墜に繫がる。
次世代の台頭によって、前世代は凋落《ちょうらく》の道をたどる。
油断してかかるみずからの子孫こそが、最大の敵となる。
わたしたちのおぼつかない手から力を奪い取っていくのは、
あとに残る彼らだ。

――カール・グスタフ・ユング

沼の王の娘

おもな登場人物

ヘレナ――本編の主人公
スティーブン――ヘレナの夫。写真家
アイリス／マリ――ヘレナとスティーブンの娘
ジェイコブ・ホルブルック――脱走した終身刑の囚人。ヘレナの父親
ヘレナの母――14歳のときジェイコブに拉致監禁される

バイキングの館《やかた》の屋根のたかみにコウノトリの巣がありました。コウノトリはそこから小さな湖を見ておりました。アシの茂みと緑色の土手の近くにたおれたハンノキ。その幹に三羽の白鳥がとまり、翼をぱたぱたさせながら、あたりをうかがっています。

やがて、そのうちの一羽が羽衣をぬぎおとしました。出てきたのはエジプトのお姫さまです。長い黒髪のほかには、体をおおうものとてありません。コウノトリには、お姫さまがほかの二羽にこう言っているのが聞こえました。あそこにお花があるようよ。水にもぐって摘《つ》んでくるから、わたしの羽衣を見ていてね。

二羽はうなずくと、羽衣をつかんで舞いあがり、「さあ、飛びこみなさい！」と、叫びました。「あんたはもう二度と白鳥の羽衣で空を飛べないのよ。だからエジプトにも戻れない。ずっとこの沼にいるがいいわ」二羽は羽衣をちりぢりに引きちぎってしまいました。羽毛が雪のように舞いおちます。そして心のねじ曲がった二羽のお姫さまは、そのまま飛んでいってしまいました。

残されたお姫さまはさめざめ泣いて、その涙がハンノキを濡らしました。ところがハンノキに見えたその幹は、じつは沼をおさめている沼の王さまでした。ごろりと転がると、不気味に伸びた長い枝が腕のようになり、もはや木の幹には見えません。

かわいそうに、震えあがったお姫さまは、立ちあがって逃げようとしました。けれどあわてて走りだすと、ぬかるんでいた緑色の地面がたちまち沈みだして、ハンノキが追いかけてきます。泥沼に大きな黒い泡がぶくぶくと浮かび、お姫さまはその泡とともにあとかたもなく消えてしまいました。

——ハンス・クリスチャン・アンデルセン『沼の王の娘』

ミセス・H・B・ポール翻訳、一八七二年

ヘレナ

いまここで母の名前を出せば、あなたもたちまちあの人かと思うだろう。母は有名だった。本人は少しも望んでいなかったのに、だ。誰だって母のような意味では有名になりたくない。ジェイシー・デュガードとか、アマンダ・ベリーとか、エリザベス・スマートとか——そう、そういうたぐいの有名さ。母はその三人の誰でもないけれど。

わたしが母の名前を言ったとする。母の正体を知ったあなたの脳裏をこんな疑問がよぎる——ただし一瞬。母に関心が集まったのは遠いむかしのことだから。彼女はいまどこにいるんだ？　行方不明中に娘ができたんだったよな？　あの娘はどうなった？

わたしにもこんなことなら答えられる。たとえば解放されたとき母が二十八歳でわたしが十二歳だったこととか、わたしが年齢と同じだけの年月をミシガン州アッパー半島にあった、新聞各紙で〝沼地のただ中にある荒れたファームハウス〟と報じられたところに住んでいたこととか。わたしがその間《かん》に読み書きを身につけ、それには一九五〇年代に発刊された『ナショナル・ジオグラフィック』誌の山とロバート・フロストの黄色い表紙の詩集が役に立ったこととか。学校に通ったことも、自転車に乗ったこともなく、電気や水道を知らずに育ったこと。その十二年間、話し相手は母と父だけだったこと。そして、その状態を脱するまで、わたしは自分と母が囚われの身であることを知らなかったことも。

その母が二年前に亡くなって、マスコミが母の死を報じたことも話せる。そのときは大事なニュースがいくつも重なったので、見落とした人のほうが多いと思う。新聞で報じられなかったことのなかにも、話せることはある。母が死ぬまで事件を乗り越えられなかったこと、美貌にも弁舌の才にも恵まれなかった母には、自分の身を擁護することができなかったこと。母は臆病で内気で愚鈍で、だから本の出版話は持ちこまれず、『タイム』誌の表紙も飾らなかったこと。クズウコンの葉が霜にやられて萎《しな》びるように、注目は母を萎びさせた。

だが、わたしは母の名前を明かさない。これは母の物語ではない、わたしの物語だ。

1

「待っててね」わたしは三歳になる娘に声をかける。トラックの開いた窓から助手席側のドアとチャイルドシートのあいだに手を差し入れ、娘が癇癪《かんしゃく》ついでに投げ捨てた生ぬるいオレンジジュースの入った蓋付きカップを探りあてる。「すぐに戻るわ」

マリがとっさに手を伸ばして、カップをつかむ。パブロフの犬のよう。下唇を突きだし、目に涙が盛りあがる。そうだ、娘は疲れている。わたしも同じ。

「うーうーうー」わたしが歩きだすと、マリがうめく。背中を弓なりにして、安全ベルトに抵抗している。拘束衣でも着せられているみたいだ。

「すぐに戻るから、いい子にしてて」わたしはしかめ面で指を振って妥協の余地がないことを伝え、トラックの後ろにまわる。〈マーカム〉の通用口にある搬入ドックに箱を積んでいる少年――たしか、ジェイソンという名前――に手を振り、トラックのテールゲートをおろして、手前の二箱をつかむ。

「どうも、ミセス・ペルティエ！」ジェイソンがわたしの倍の熱心さで手を振り返してくる。釣りあいがとれるように、わたしはもう一度手を上げる。ヘレナと呼んでもらおうとするのは、もうあきらめた。

トラックのなかから音がする。バン、バン、バン。マリが窓枠にジュースのカップを打ちつけている。もう空《から》なのだろう。返事代わりにトラックの荷台を平手で叩いてやる。バン、バン、バン。マリがびっくりして振り向き、幼子らしい細い髪がトウモロコシの毛のように顔にかかる。わたしは精いっぱいの怒り顔で〝いいかげんにしないと、どうなっても知らないわよ〟と伝え、段ボール箱をふたつかつぐ。スティーブンとわたしは髪も瞳も茶色い。五歳になる娘のアイリスもそれを引き継いでいるので、金髪の娘が生まれてきたときのスティーブンの驚愕ぶりはかなりのものだった。それで、わたしは母が金髪だったのだと明かした。彼が知っているのは、それだけだ。

四件ある配達先のうち最後から二件めの〈マーカム〉は、わたしがオンラインで販売している分を別にすると、直売店のなかで一番の売上をあげている。わたしの商品が地元産であることが、この食料品店に立ち寄る旅行客にはうける。なんでも、プレゼントやお土産用に何瓶もまとめて買ってくれる人が多いのだとか。蓋のうえには円形に切ったギンガムチェックの布をかけ、それをたこ糸で縛ってある。布の色は中身によって変える。赤はラズベリー、紫はエルダーベリー、青がブルーベリーで、緑がガマ入りのブルーベリー、黄色はタンポポ、ピンクは野生リンゴ入りチョークチェリーと、そんな具合。おおいなんてしゃらくさいとわたしは思うけれど、評判は悪くないらしい。景気のよくないアッパー半島のような土地で生きていこうと思ったら、お客さんの意向は汲み取らなければならない。誰が考えたって、自明なことだ。

材料になる野生の植物は多種多様だし、加工のしかたも種々様々だけれど、いまのところ、商品はジャムとジェリーに絞っている。どんな商売でも浮気心は敵だ。わたしのトレードマークはラベルの一枚一枚に描かれたガマの穂。わたしには、野生のガマの根をブルーベリーと混ぜてジェリーにしているのはわたしだけという自負がある。たくさんは入れない。ガマ入りと謳《うた》って許される程度に加える。子どものころは、どんな野菜より若いガマの穂が好きだった。いまもそう。だから春がめぐってくると、ピックアップトラックの荷台に胴長靴《ウエーダー》と籐籠《とうかご》を載せて、うちの南にある沼に出かける。スティーブンも娘たちも手をつけないけれど、わたしが自分の食べる量を準備する分にはスティーブンは文句をつけない。ガマの穂の部分を塩を入れた湯で二、三分茹でるだけで、上等な野菜料理になる。多少ぱさついていて粉っぽいから、いまでこそバターをつけるが、子どものころはバターの味を知らなかった。言うまでもなく。

ブルーベリーはうちの南側にある伐採跡地で摘んでいる。年によっては、ブルーベリーだけが飛び抜けてよく採れることがある。ブルーベリーはふんだんな日差しを好む。むかしのネイティブアメリカンたちは収穫量を増やすために下草を焼いた。正直に言うと、わたしも試してみたい衝動に駆られる。ブルーベリーの収穫時期にこのあたりの平原をそぞろ歩いているのはわたしひとりではないので、古い伐木搬出路の近辺は早々に摘まれてしまう。だが、わたしは踏みならされた道をはずれても平気だし、迷子になったこともない。まえに一度、とんでもない場所を歩いていて、天然資源省《DNR》のヘリコプターに呼びとめられたことがあるぐらいだ。わたしが迷子ではなく場所を把握しているとわかると、そのまま飛び去ってくれた。

「こんだけ暑けりゃ、文句ないよね?」ジェイソンは尋ねながら、わたしの肩から一箱めを持ちあげる。

わたしはうめき声を返事の代わりにする。以前はこういう質問をされると途方に暮れた。わたしがどう思おうと気候は変わらないのに、なぜわたしの意見を気にするのかが不思議だったのだ。いまはもう答えなくていい質問だとわかっている。スティーブンが〝世間話〟と呼んでいる会話の一例で、空白を埋めるためにある会話のための会話。大切なことや意味のあるなにかをやりとりするためのものではなく、お互いのことをよく知らないもの同士の会話術だ。ただし、そのほうが沈黙よりましなのかどうか、わたしにはいまだに判断がつかない。

ジェイソンはこの日一番のジョークを聞いたみたいに、げらげら笑う。それもスティーブンに言わせれば適切な反応で、わたしがおもしろいことを言っていないのは関係ないのだそうだ。わたしは沼地を出たあと、社会慣習を相手に四苦八苦した。人に会ったら握手する。鼻をほじらない。列があったら最後尾につく。自分の順番を待つ。教室で質問したいことがあるときは挙手して、先生に指名されてから、質問する。ほかの人のまえでげっぷやおならをしない。よその家に行ったら、その家の人の許可を得てからトイレを使う。用を足したらトイレを流し、そのあと忘れずに手を洗う。わたしを除くみんなが正しいやり方を知っていると感じたことも数知れない。いったいどこのどいつがそんな規則を作ったんだろう？　なんでわたしがそれに従わなければならないのか？　従わなかったら、どうなるのか？

わたしは二箱めを搬入口に置いて、三箱めを取りにトラックに戻る。六月、七月、八月の三カ月は、二週間おきに二十四瓶入りの箱を三箱、計七十二瓶を配達する。一箱あたりのわたしの利益は五十九ドル八十八セント。つまり〈マーカム〉一軒で一夏千ドル以上の儲けになる。まったくもってばかにならない。

そして配達のときマリひとりをトラックに残していくことについて、人が知ったらなんというか、わたしにはわかっている。窓を開けっ放しだと知ったらなおさらだろう。だが、窓を閉めきるつもりはない。車はマツの木陰に停め、湖からは風が吹いてくるけれど、気温は一日を通して三十度を下らず、閉めきった車内はたちまちオーブンのようになる。

その気になれば、開いた窓からいともたやすくマリを捕まえられることはわかっている。

けれど何年かまえに決めたのだ。母の身に降りかかった災難の再現を怖がりながら娘たちを育てるのはやめよう、と。

この件についてはそれで決着、迷いはない。娘たちの育て方にとやかく文句をつける人がいたら、その人はミシガン州アッパー半島での暮らしを知らない。それだけのことだ。

トラックに戻ると、〝脱出名人マリ〟の姿が見あたらない。わたしは助手席側の窓によじのぼり、なかをのぞく。マリは床に座って、シートの下で見つけたあめ玉の包み紙をガムみたいにくちゃくちゃやっている。わたしはドアを開ける。娘の口から包み紙を取りだし、それをポケットにしまって、ジーンズで指を拭き、娘をチャイルドシートに固定する。窓から蝶が入ってきて、ダッシュボードのうえのなぜかべたついた箇所に留まる。マリが手を叩いてわあわあ笑う。わたしもにっこりする。これがほほ笑まずにいられようか。耳をくすぐるマリの笑い声。屈託がなくて、高らかで、朗々としていて、いくら聞いても聞き飽きない。ユーチューブにも、ジャンプする犬とか、紙を短冊状にちぎる人とか、そういう取るに足らないものを見て笑い転げる赤ちゃんの動画がアップされている。マリの笑いも同じ。マリは煌《きら》めく水。黄金色の日光。頭上で行き交うアメリカオシドリのさえずり。

わたしは蝶を逃がし、トラックのギアを入れる。四時四十五分にはアイリスを乗せたスクールバスがわが家にまわってくる。いつもなら配達のときはスティーブンが娘たちを見てくれるのだけれど、今日は夜遅くまで戻らない。新たに撮りためた灯台の写真を彼の写真を取り扱ってくれているギャラリーのオーナーに見せるため、スーまで出かけたのだ。スーとはスーセントマリーのこと。Ｓａｌｔと書いてスーと読む。よく知らない人からソルトと呼ばれがちなこの町は、アッパー半島で二番めの規模をほこる。といってもそれだけのことで、カナダ側の姉妹都市のほうがはるかに大きい。セントマリー川の両岸に住む住民はどちらも自分たちの町を〝ザ・スー〟と呼んでいる。巨大な鉄鉱石運搬専用船が航行するのを見物しようと、世界じゅうの人がスー運河を訪れる。れっきとした観光資源なのだ。

わたしは各種ジャムを取りそろえた最後の箱をギッチ・ギューミー・アガテ＆歴史博物館のギフトショップに配達すると、湖まで車を走らせて、そこで車を停める。マリは水を見るなり腕をばたばたさせて、「みじゅみじゅみじゅ」と、はしゃぐ。そうだ、ふつうこのくらいの年齢だとまとまった文章が話せる。この一年、毎月、発達障害の専門家に診せるためマーケットに通ってきたけれど、いまのマリにできるのはここまで。

わたしたちはそれから一時間ほど湖岸で過ごす。マリはぬくもった砂利にわたしとならんで座り、大臼歯《きゅうし》が生えてくる不快感をやわらげようと、水ですすいでやった流木を噛みしめている。大気は熱を帯びて風ひとつなく、湖は静かで、打ち寄せる波の穏やかさが浴槽のようだ。しばらくすると、わたしたちはサンダルを脱いで湖に入り、水をかけあって涼む。深さ、広さともに五大湖一のスペリオル湖の水は絶対に温かくならない。だが、今日のような日にそんなことを望む人がいるだろうか。

わたしは後ろに両肘をついて体を倒す。岩場は温かい。今日のような暑さだと、数週間まえ、家族四人でペルセウス座流星群を観に来たときに寝袋とジャケットが必要だったことが嘘のようだ。わたしがチェロキーの後ろに防寒具を積むのを見たスティーブンは、そこまでしなくてもと思ったようだったが、もちろん彼には日没後の湖岸がどんなに冷えこむか、知るよしもない。わたしたち四人はダブルの寝袋に体を押しこめ、湖岸の砂浜に仰向けになって、空をながめた。流れ星を二十三個見つけてそのたびに願をかけたアイリスに対して、マリのほうは一貫してほぼ眠りっぱなしだった。あと二週間もしたら、こんどはみんなでオーロラを観に来ることになっている。

わたしは起きあがって、時計を見る。時間どおりに動くのはいまでも苦手。わたしのような環境で育つと、大地のほうがいつなにをすべきか指示してくれる。時計など気にしたことがなかった。気にする理由がない。わたしたちは鳥や昆虫や動物がそうであるように、自然に同調して暮らし、繰り返される日周性のリズムに動かされていた。わたしの記憶は季節に結びつけられている。あるできごとが起きたときの年齢は決まって思いだせないのに、一年のうちのいつのことだったかはわかる。

わたしもいまはカレンダー上の一月一日を一年のはじまりとして暮らしている人が多い

のを知っている。だが沼地では、一月だからといって、十二月や二月や三月と異なるなにかがあるわけではなかった。わたしたちの一年は春、リュウキンカ――マーシュ・マリーゴールドともいう――の最初の花が咲く、その日をもってはじまった。リュウキンカは花茎の高さが五十センチにもなる束生《そくせい》の植物で、三センチほどの大きさの鮮やかな黄色の花がみっしりとつく。春に咲く花は青い花菖蒲《フラッグアイリス》をはじめほかにもあるし、草も穂先に花をつけるけれど、目に飛びこんでくるリュウキンカの鮮やかな黄色の絨毯《じゅうたん》は圧巻だった。毎年、胴長靴をはいた父が沼から一株抜いてきた。水を半分張ったブリキのたらいに入れられたリュウキンカは、たらいを置いた裏のポーチでお日さまのように輝いていた。

わたしの名前がマリーゴールドならよかったのに。ずっとその名前に憧れてきたけれど、わたしは相変わらずヘレナを使っている。ヘリーナではない、とわざわざ言い添えなければならないことが多い。この名前もほかの多くと同じで、父が選んだ。

日が翳《かげ》って、気温が下がってくる。わたしは時計を見て、自分の体内時計の遅れに気づく。マリを抱きあげ、ふたり分のサンダルをつかんで、トラックまで走る。身をよじっていやがるマリに容赦なくベルトをかける。わたしだってもっとここにいたい。大急ぎで運転席側にまわり、エンジンをかける。ダッシュボードの時計は四時三十七分を指している。ぎりぎりで間に合うかもしれない。

駐車場を飛びだし、M77号線を南へひた走る。パトカーの多くない地域ではあるけれど、このあたりを巡回する警官には、スピード違反の切符を切るぐらいしか仕事がない。わたしは自分の置かれた状況の皮肉さを意識する。わたしが飛ばしているのは、遅れているからだ。飛ばしすぎが原因で停められたら、さらに遅れてしまう。

運転するわたしの隣で、マリの癇癪は本格化している。足をばたつかせるので、そこらじゅうに砂が飛び散る。飲み口付きのカップはフロントガラスにぶつかって跳ね返り、鼻からは洟《はな》が垂れている。恐ろしくご機嫌ななめのマリーゴールド・ペルティエ嬢。それを言ったら、わたしも同じ。

わたしはラジオをつけ、マーケットのノーザン・ミシガン大学にある公営放送局に合わせる。音楽でマリの気をそらせたい――あるいは、音の大きさでマリを圧倒するか。クラシック音楽の趣味はないけれど、明瞭に聞こえるのはその局だけだ。

ところが、ニュース速報が耳に飛びこんでくる。「――脱走犯……子どもを誘拐……マーケット……」

「黙って」わたしは大声を出し、音量を上げる。

「セニー国立野生動物保護区……銃器を携帯しており、危険……近づかないでください」

最初に聞き取れたのはそれだけ。この速報は聞いておかなければ。うちから保護区まで五十キロと離れていない。「マリ、黙って！」

マリはびっくりした拍子におとなしくなり、速報が繰り返される。

「繰り返します。州警察によると、児童誘拐、強姦、ならびに殺人の罪で仮釈放なしの終身刑に服していた受刑者がミシガン州マーケットにある最重要警備の刑務所から逃走しました。この脱走犯は、移送中の看守ふたりを殺害したうえ、M28号線の南側に広がるセニー国立野生動物保護区に逃げこんだものとみられます。絶対に――繰り返します――絶対に近づかないでください。不審なものを目撃した方は、ただちに法執行機関に通報してください。脱走犯のジェイコブ・ホルブルックは、誘拐した少女を十四年にわたって監禁するという、その凶悪性の高さで全国的に注目を集めた……」

心臓が止まる。目のまえが暗くなる。息ができない。ほかの音が遠のき、血潮の鳴る音だけが聞こえる。わたしはトラックの速度を落とし、そろそろと路肩に寄せる。ラジオを切ろうと伸ばした手が震えている。

ジェイコブ・ホルブルックが脱走した。沼の王。わたしの父が。

そして彼を刑務所にぶちこんだのは、ほかの誰でもない、このわたしだった。

2

わたしは砂利を撒き散らして舗装路に戻る。このあたりだと、南方向に五十キロ先まで見とおせる。警官がパトロールしているとは思えないし、していたとしても、もうスピード違反で捕まることなどかまっていられない。家に帰り着くのが先決だ。帰り着いて娘ふたりを視界におさめ、娘たちが自分といて無事であることを確認しなければならない。ニュース速報は、父がうちと反対方向の野生動物保護区に向かったと報じている。事実に反するのを見抜いているのは、わたしだけだ。わたしの知るジェイコブ・ホルブルックは、一筋縄ではいかない。いくら賭けてもいい、捜索隊はわずか数キロのうちに父の足跡を見失うか、すでに見失っている。父には肉体のない霊魂のように沼地を通り抜ける能力がある。だから足跡は残らないし、残っているとしたら捜索隊に自分を追わせるためにあえて残したのだ。父が自分は野生動物保護区にいると信じこませたいと思えば、捜索隊は沼地を捜さない。

わたしはハンドルを握りしめる。父が木陰で待ち伏せするなか、バスを降りて家の玄関に向かうアイリスの姿が浮かんできて、アクセルに置いた足に力が入る。父はバスの運転手が遠ざかるや木陰から飛びだし、アイリスを捕まえる。むかし茂みから飛びだして、屋外便所から戻るわたしを怖がらせたように。アイリスを案ずるわたしの不安は非論理的だ。ニュース速報によると、父が逃走したのは四時から四時十五分のあいだで、いまは四時四十五分。どうがんばっても、三十分のうちに徒歩で五十キロは移動できない。頭ではわかっているのに、わたしの恐怖心は生々しい。

父とはもう十五年近く、話をしていない。だからふつうに考えたら、わたしが十八歳になったとき、育った環境だけで人から判断されるのに耐えられなくなって名字を変えたことを知らないでいる可能性が高い。八年前に父の両親が亡くなってわたしに家を遺してくれたことも、わたしが遺産の大半を注ぎこんで父の生家を取り壊して倍の広さの家を建てたことも、あるいはいまはわたしがそこに夫と娘ふたりと暮らしていることもだ。父にとっては孫娘にあたる。

だが、相手はあの父だ。今日からはどんな可能性も排除できない。今日、あの父が脱走したのだから。

遅れは一分。断じて二分は遅れていない。アイリスのスクールバスの背後について身動きできずにいるわたしの隣で、マリはいまだ絶叫している。勝手にそんな状態になったマリは、もはや原因すら覚えていないだろう。バスを追い越して私道に入りたいのに、バスは〝ストップ〟の標識を突きだして、赤いライトを点滅させている。バスを除くとハイウェイにはわたしの車以外になく、ここで降ろすのはわたしの娘なのに、杓子定規《しゃくしじょうぎ》もいいところだ。わたしがうっかり自分の子どもを轢《ひ》くとでも？

アイリスがバスから降りる。車のない私道をとぼとぼ歩く娘の背中から、わたしがまた出迎えの時間に戻るのを忘れたと思っているのが伝わってくる。「ほら、マリ」わたしは前方を指さす。「うちよ。ねえねがいる。ほら、もう着くわ」

マリはわたしが指さすほうを見て、姉に気づくと、それだけでぴたりと黙りこむ。しゃっくりが止まらない。にっこりして、「アイリス！」と叫ぶ。「アイス」でも「アイシス」でも「ねえね」でも「アイウス」でもなく、はっきり「アイリス」と。なんという不思議。

アイリスが公道からじゅうぶん離れたと判断した運転手が、ようやく停止ランプを消して、ドアを閉める。わたしはバスが発進するやハンドルを切って、私道に入る。アイリスの背筋が伸びる。顔を輝かせて、手を振っている。母親が帰ってきたことで、アイリスの世界は軌道に乗る。けれど、わたしの世界はそうはいかない。

わたしはエンジンを切り、助手席側にまわって、マリにサンダルをはかせる。地面に足がつくなり、マリは前庭を走りだす。

「マミー！」アイリスが走ってきて、わたしの足に抱きつく。「いないと思った」なじっているのではなく、事実として述べている。わたしが娘を失望させるのは、これがはじめてではない。二度としないと約束できたらどんなにいいか。

「大丈夫よ」わたしはアイリスの肩をつかみ、頭のてっぺんを軽く叩く。もっと娘たちを抱いてやってくれ。スティーブンからはしょっちゅうそう言われているけれど、わたしは肉体的な接触を苦手にしている。母とともに沼地から解放されたあと、裁判所がわたしにつけた精神科医は、わたしには人を信頼しにくいという問題があると指摘して、信頼を育むエクササイズをさせようとした。胸のまえで腕を重ねて目を閉じ、わたしを受けとめるという彼女の口約束だけを頼りに後ろに倒れるといったものだ。拒否すると、攻撃性があると言われた。だが、わたしには信頼の問題などなかった。医師から指示されたエクササイズをくだらないと思っただけだ。

アイリスがわたしから離れ、妹のあとを追って家に向かう。鍵はかかっていない。そういう習慣がないのだ。これが湾を見おろす断崖に大きな夏用の別荘を持つ州南部の住民たちなら、別荘に鍵をかけて雨戸を閉める。だが、彼ら以外は誰も気にしていない。高価な電化製品がたくさんあるひとけのない孤立したお屋敷と、幹線道路から丸見えの二台連結の移動住宅があって、泥棒ならどちらを選ぶか、誰が考えたって答えは明らかだ。

けれどいまのわたしはドアに鍵をかけてから、家の脇の庭にまわる。ランボーの餌と水がじゅうぶんあるかどうか確かめておきたい。ランボーはわたしを見ると尻尾を振り、二本のバンクスマツのあいだに張った紐に沿って走ってくる。ランボーは吠えない。わたしからそう躾《しつ》けられているから。黒と黄褐色がまだら模様になったプロットハウンドで、垂れた耳に、鞭《むち》のような尻尾を持っている。毎年秋になると、ランボーといっしょに猟犬連れの仲間数人とクマ狩りに出かけたものだが、二冬まえ、猟を引退させなければならなくなった。ランボーがうちの裏庭に迷いこんだクマに一対一の戦いを挑んだ結果だ。ランボーがなにを考えたにしろ、二十キロの犬と、少なくともその十倍の体重があるクロクマとでは、戦いにもならない。だいたいの人はランボーの肢《あし》が三本しかないことにすぐには気づかないけれど、わたしにしたら、二十五パーセントの欠損がある犬を狩猟に復帰させるわけにはいかない。去年の冬、ランボーが退屈しのぎにシカを追いかけるようになってからは、繋いでおかなければならなくなった。シカを追いまわすという評判の立った犬は、その場で射殺されることもある土地柄なのだ。

「クッキー、ある?」台所からアイリスの声がする。背筋を伸ばしてテーブルで両手を組んでいるアイリスと、床でパン屑《くず》を拾っているその妹。アイリスを愛しているであろう先生には、是非ともマリを見せてやりたい。これがはじめてではないけれど、なぜこうも異なるふたりが、同じ両親のもとから生まれてきたのか、不思議でしかたがない。マリが火なら、アイリスは水。先頭に立つより、ついていくタイプ。おとなしくて、極度に繊細で、かけっこよりも本を読むのが好き。かつてのわたしと同じくらい想像上の友だちに夢中で、ささいな叱責も深刻に受けとめる。そんな娘はわたしのせいでパニックを起こすことがあり、それがわたしにはつらい。〝心広きアイリス〟はとうに許して忘れてくれているが、わたしは忘れていない。わたしは絶対に忘れない。

わたしは食品庫に行き、棚の最上段からクッキーの袋を取る。いずれうちの小さなバイキングどもがこの棚をのぼろうとする日が来るのは確実だが、〝従順なるアイリス〟は永遠に思いつきそうにない。わたしは皿にクッキーを四枚出してグラスふたつにミルクを注ぐと、バスルームに向かう。蛇口をひねり、顔に水をかける。鏡に映った自分を見て、こんな表情ではまずいことに気づく。スティーブンが戻りしだいすべてを打ち明けるとしても、まずは娘たちに異常を察知されてはならない。

ミルクとクッキーのおやつを食べさせたら、ふたりは部屋に追いやろう。ニュースの続編を追うにも、ふたりに聞かれないようにしたい。幼いマリには〝脱走犯〟とか〝捜索〟とか〝銃器を携帯していて危険〟とかいう言葉の持つ重要性はわからないが、アイリスにならわかるかもしれない。

CNNは木々の梢《こずえ》をかすめて飛ぶヘリコプターのロングショットを流している。うちは捜索エリアのすぐ近くなので、外に出て玄関まえのポーチに立てば、映っているのと同じヘリコプターが見えるはずだ。画面の一番下には、家から出ないようにという、州警察から全住民に向けた警告が流れている。殺害された看守ふたりの写真、空っぽの護送車の写真、悲しむ家族の談話。わたしの父の近影が映しだされる。安楽な刑務所生活ではなかったようだ。わたしの母の写真は、少女のときのものと頬のこけたおとなになってからのものが一枚ずつ。わたしたちが暮らしていたキャビンの写真。十二歳のわたしの写真。ヘレナ・ペルティエという名前はまだ出てこないが、それも時間の問題だろう。

アイリスとマリが廊下をぱたぱた走ってくる。わたしはテレビの音量を絞った。

「外で遊びたい」アイリスが言う。

「しょと」マリもまねる。「あしょぶ」

わたしは考える。合理的に考えて、娘たちを屋内に閉じこめておく理由はない。ふたりが遊ぶ庭は高さ百八十センチの鉄条網に囲まれていて、台所の窓から一望できる。鉄条網はクマの侵入事件があったあと、スティーブンが設置させた。彼は業者の工事が終わると、「子どもは内、動物は外」と満足げにつぶやいて、みずからが作業にあたったかのようにパンツのお尻の部分で両手のほこりを払った。それでわが子の安全が守れると思ったのだろう。

「いいわ」わたしは言う。「でも、少しだけよ」

勝手口のドアを開けて、ふたりを放ってやる。カップボードからマカロニ&チーズの箱を、冷蔵庫からレタスとキュウリを取りだす。一時間まえにスティーブンからメールがあって、遅くなったので適当にすませて帰ると言ってきた。だから娘たちはマカロニ&チーズ、わたしはサラダですませる。料理はとにかく嫌いだ。わたしの職業柄、おかしいと思うかもしれないが、みな自分が得意とすることでお金を稼ぐしかない。うちの尾根にはブルーベリーとストロベリーがある。わたしはジェリーとジャムの作り方を知っている。それ以上でも以下でもない。氷上の穴釣りやビーバーの皮剝ぎを必須技能に掲げる仕事は多くない。料理に関しては嫌悪の域に達しているけれど、父が穏やかにさとす声がいまだに耳に残っている。「〝嫌悪〟は強すぎる言葉だぞ、ヘレナ」
わたしは箱のなかのマカロニをコンロで沸騰させた塩水に注ぎこみ、窓に近づいて娘たちを見る。庭に投げだされたバービー人形とマイリトルポニーとディズニーのプリンセスたちの数の多さに、胸がむかむかしてくる。スティーブンのように、娘たちが欲しがるからといってすべてを与えていたら、忍耐とか自制心といった性質はどうやって育まれるのだろう？　子どものころのわたしは、ボールひとつ持っていなかった。おもちゃは自分で作った。スギナを節のところでばらばらにしてそれをまた元の形に戻すのは、教育的という意味では、積み木と穴の形を合わせる幼児用のおもちゃに勝るとも劣らなかった。そして、若いガマの穂を食べ終わったわたしたちの皿には、茎が山積みになっていた。母はプラスチックの編み棒にたとえ、わたしにはその茎が剣に見えた。わたしは勝手口の外の砂地にそれを突き刺して、砦《とりで》を守る柵に見立てた。そして松かさを兵として、幾多の大戦争を繰り広げた。

ゴシップ週刊誌の監視網からはずれるまでは、文明社会に合流してなにが一番意外だったか？／驚いたか？／目をまわしたか？　いろんな人からそんなことばかり尋ねられていた。自分たちのほうがわたしよりましな世界に住んでいると言わんばかり。この世界が文明化されていると本気で思っているらしかった。十二歳でその世界を発見したわたしにも、文明化という言葉の正しい意味での使われ方に反する事象を容易に挙げることができたというのに。戦争、環境汚染、強欲、犯罪、飢えた子どもたち、特定人種に対する憎悪、民族間抗争。まだまだある。これがインターネット？――理解不能。ファストフード？――安直に入手できる飲食物。飛行機？――勘弁して。わたしには一九五〇年代の科学技術に関する確たる知識があったし、みんなわたしたちが住んでいたキャビンの頭上を一度も飛行機が飛ばなかったとでも思っていたのか？　いや、飛んでいる飛行機を見てわたしたちが銀色の巨大な鳥だと思いこんだとか？　宇宙旅行？――はっきり言って、これに関してはいまだもやもやしている。いくら映像を観ても、十二人の男たちが月面を歩いたという事実が腑に落ちない。

そんなことを尋ねられるたび、わたしは尋ね返したくなった。同じ草でもイネ科とイグサ科とカヤツリグサ科の区別がつくのか？　安全に食べられる野草や、その調理のしかたを知っているのか？　茶色いまだら模様の皮に包まれたシカのどこを撃ったら一発でしとめられて、一日じゅう追わずにすむのか？　ウサギの罠をしかけられるのか？　捕まえたウサギの皮を剥いで、食肉に加工できるのか？　それを焚き火であぶって、外側には香ばしい焦げ目をつけつつ、なかまで火を通せるのか？　そのためには、まずマッチなしで火を起こさなければならないのだけれど、できるのか？

だが聡《さと》いわたしは、すぐにあることに気づく――わたしが習得しているもろもろの技術が世間的には恐ろしく軽視されていることに。そして正直に言って、彼らの世界がもたらす新技術のなかには、目をみはるものがあった。その上位に挙げられるものとして、屋内の上水設備がある。わたしはいまでも皿を洗うときや、娘たちを入浴させるために湯を張るとき、蛇口の下に両手を突きだして流れる水を感じるのが好きだ。もちろんスティーブンがそばにいないのを見計らってだけれど。わたしは泊まりで狩猟旅行に出かけ、ひとりで一晩じゅう茂みに隠れ、クマ狩りに出かけ、ガマの穂を食べる。そんなわたしを喜んで受け入れてくれる奇特な男性は、そうそういない。あえて彼の神経を逆撫でするようなことはしたくない。

ここに嘘偽りのない答えを記しておく。母と沼地から戻って一番驚いたもの、それは電気だ。いまとなると、電気なしでどうやって暮らしてきたのかわからない。わたしにはいまだに、人がタブレットや携帯電話を充電したり、パンをトーストしたり、電子レンジでポップコーンを作ったり、テレビを観たり、夜遅くに電子ブックを読んだりするのを見ると、感歎《かんたん》してしまう部分が残っている。電気のある環境で育った人は、電気のない生活など考えもしない。たまに嵐で停電すれば、懐中電灯やロウソクを探して大騒ぎするのが関の山だ。

電気のない生活を想像してみてほしい。小型家電なし。冷蔵庫なし。洗濯機、乾燥機なし。動力工具なし。朝日とともに起き、暗くなるとベッドに入る。夏は一日の日照時間が十六時間、冬はそれが八時間になる。電気があれば音楽が聴ける。扇風機で涼むことができる。冷えきった室内を隅々まで暖めることができる。沼からポンプで水を汲みあげることができる。テレビやコンピュータがなくともわたしは困らない。なんなら携帯もいらない。しかしいま取りあげられて悲しくなるものがひとつあるとしたら、断然、電気だ。

娘たちの遊び場から悲鳴が聞こえる。わたしは首を伸ばす。娘の悲鳴だけでは、どの程度の緊急事態なのか判断できない。本物の重大事なら、娘の両方あるいは片方が大出血していたり、鉄条網の外側をクロクマが歩きまわっていたりする。ささやかなことなら、アイリスが手をばたつかせて殺鼠剤《さっそ》を食べたように騒ぎたてる傍らで、マリが手を叩きながらキャッキャしているだろう。「ハチ！　ハチ！」マリがちゃんと言える単語のひとつだ。

あなたが言いたいことはわかる。信じがたいことに、議論の余地のない厳しい自然環境で究極のサバイバルを強いられて育った女に、虫を怖がる娘が生まれたのだ。アイリスを外歩きに連れていくのはあきらめた。アイリスは、汚いとか臭いとか、そんなことしか言わない。その点マリとはいまのところうまく行っている。親たるもの、わが子に対する愛情に差をつけてはならないが、それがむずかしいこともある。

わたしは窓辺に佇《たたず》んでなりゆきを見守る。ハチはより穏やかな空間に逃れ、娘たちも落ち着きを取り戻す。わたしは娘たちの祖父が木立の背後から庭をながめている図を思い描く。金髪で色の白い娘と、茶色の髪に浅黒い肌の娘。父ならどちらを選ぶか、わたしにはわかる。

わたしは窓を開け、娘たちを呼び入れる。

3

わたしは食事を終えるとすぐにマリとアイリスを風呂に入れ、いやがるふたりをベッドに追いやった。早すぎることは、娘たちもわたしもわかっている。これから何時間も寝つけず、くすくす笑いながらのおしゃべりが続くのはまちがいないが、わたしとしては、ふたりがリビングから離れたところにあるベッドにいてくれたら、それでいい。

リビングに戻ると、ちょうど六時のニュースがはじまる。父が逃走して二時間、目撃情報はまだないが、当然としか思えない。父は野生動物保護区に近づいてすらいないだろうという考えも、さっきと変わらない。捜索に困難な場所は、逃げこむのが困難な場所でもある。とはいえ、父は意図なくなにかをする人ではない。父はなにかしらの理由があって、いまいる場所に逃げこんでいるということだ。わたしはその理由を探ればいい。

祖父母の家を取り壊すにあたって、わたしは古い家の室内を歩いてまわった。父に対する洞察を深めたかった。どうしてある子どもが長じて、子どもに性的ないたずらをするおとなになったのか知りたかった。裁判記録にも多少は参考になる記述がある。わたしの祖父のホルブルックは生粋のオジブワ族だが、ネイティブアメリカンの子どもたち専用の寄宿学校に送られると同時にネイティブでない名前を与えられた。祖母の一族はアッパー半島北西部に住むフィンランド系で、銅山で働いていた。祖父母はともに三十代の後半で出会い、そのまま結婚して、五年後に父が誕生した。被告人側の弁護士は、父の両親を高齢で厳格だったために幼いだだっ子の要求に応えきれず、ささいな違反行為でも罰を与える完璧主義者として描きだした。わたしが薪《まき》小屋で見つけたシーダーの鞭打ち棒は、使いこまれて持ち手がつるつるになっていたから、その部分が事実なのはまちがいない。父が寝室にしていた部屋のクローゼットにはゆるんだ床板があり、その下の空間から靴箱が見つかった。なかには手錠と祖母のブラシから集めてきたとおぼしき金髪が入っていた。そしてその金髪の巣のなかにチューブ入りの口紅と真珠のイヤリングの片方が卵のごとく、おさまっていた。さらには、白い綿の下着があり、それもわたしは祖母のものと見なした。もし検察当局が見つけていたら、それをどう判断したか、想像がつこうというものだ。

公判記録の残りは、たいして参考にならない。わたしの祖父母は、父が十年生で学校を中退すると、父を家から叩きだした。父はパルプ材の加工業に就き、しばらくすると軍隊に入隊したものの、わずか一年少々で不名誉除隊となった。ほかの兵士たちとうまくやれなかったことと、上官に対する不服従が理由だ。被告人側の弁護士はいずれも悪いのは父ではないとした。父は聡明な若者であり、両親から与えられることのなかった愛情と承認を探し求める気持ちが行動に表れただけだ、と。わたしに言わせれば詭弁だ。父には自然のなかで生きていく知恵はあったにしろ、父が椅子に腰かけて『ナショナル・ジオグラフィック』誌を読んでいる姿は、正直なところ、一度も見たことがない。読み方を知らないのかもと思ったことも、一度や二度ではない。父は写真にすら興味を示さなかった。

祖父母の家にはわたしの知っている父を彷彿《ほうふつ》させるものがないと思っていたら、地下室から、麻袋に入れて垂木からぶら下げてあるマス釣りの道具一式が見つかった。わたしはよく父から、子どものころフォックス川でしたという釣りの話を聞かされていた。父は絶好の釣りスポットをすべて知っていた。テレビ番組〈ミシガン・アウト・オブ・ドアーズ〉の撮影スタッフのガイド役を担ったこともある。わたしは父の釣り道具が見つかったのを機に、フォックス川の本流と東側の支流の両方で繰り返し釣りをしてきた。父の釣り竿はファストアクションの上物だ。わたしは4ウエイトか5ウエイトのフローティングラインを使うか、あるいはニンフフィッシングやストリーマーフィッシングのときには6ウエイトの釣り糸を使って、いつも魚籠《クリール》を満杯にして帰宅する。実際のところはわからないけれど、トラウト釣りの腕前で父にならんだと思うと悪い気はしない。

わたしが釣りにまつわる父の話を思いだしているあいだにも、テレビのニュースは続いている。もしわたしがミシガン史に残る山狩りが行われるのは覚悟のうえで、看守ふたりを殺してまで逃走するとしたら、あてもなく沼地をそぞろ歩くようなばかなまねはしない。

この地球上でわたしが幸せでいられる数少ない場所に向かう。

九時まであと十五分。わたしは玄関まえのポーチに座り、蚊を叩きながら、スティーブンの帰りを待っている。逃走犯がわたしの父だと知って夫がどう反応するか、わたしには見当がつかないけれど、いい反応でないことだけはわかる。自然写真を専門に撮る、心やさしきわたしの夫は、めったなことで怒らない。それが最初に彼に惹かれた理由だが、誰にでも限度はある。

ランボーはわたしの隣で、ポーチの床に寝そべっている。八年まえ、わたしはノースカロライナまで車を走らせ、プロットのブリーダーをしている一家から子犬だったランボーをもらってきた。スティーブンや娘たちが登場する、ずっとまえのことだ。ランボーはひとりの人間にしか懐かない犬だ。いざというときスティーブンや娘たちを守らないということではない。プロットハウンドは恐れ知らずで、この犬種をこよなく愛する人たちは、彼らのことを世界一屈強な犬、イヌ類における忍者と呼んでいる。だが、わたしを含む家族全員が危険にさらされたとしたら、ランボーはまっ先にわたしを守ろうとする。動物に対して情緒的な思い入れのある人ならこれを愛情とか忠誠心とか献身とか言うのだろうが、実際はそういう性質だとしか言いようがない。プロットハウンドは何日でもぶっとおしで獲物を狙いつづけ、戦いとなったら、逃げだすよりもわが身を投げだすように作られている。当のランボーにしても選びようがないのだ。

ランボーがうなって、両耳を立てる。わたしも聞き耳を立てる。わたしにもコオロギやセミの鳴き声は聞き取れる。そしてバンクスマツの木立を吹き抜ける風の音や、その根元に散り敷いた細長い落ち葉をハツカネズミかトガリネズミが動きまわるかさこそいう音、うちと隣家を隔てる草地の、うちから遠いほうでアメリカフクロウが〝フークックスフォーユー、フークックスフォーユー〟と鳴く声、うちの裏手の湿地に巣のあるゴイサギのつがいが交わすけたたましい鳴き声、うなるような音をたてて近くの幹線道路を走り抜ける車。そんな音も聞き取れる。だが、研ぎすまされた感覚を持つランボーの夜は、音とにおいに充《み》ちている。彼は低い声でうなり、前肢をひくつかせるが、それ以外は動かしていない。動くのは、わたしが指示を出したときだけ。わたしはランボーを声の指示とハンドシグナルの両方に応じるよう、訓練してきた。わたしがランボーの頭に手を置くと、膝に頭をもたせかけてくる。暗がりで動きまわるものがあっても、そのすべてを調べたり追いまわしたりする必要はない。

言うまでもなく、いまわたしが言っているのは父のことだ。父が母に対してまちがったことをしたのはわかっている。逃走するために看守ふたりを殺害するのも許されない。だが、わたしのなかの一部――沼地に生える一本の草についた花の、その花粉の一粒ほどの大きさしかないごく小さな部分、この先も父親を崇拝するお下げ髪の少女でありつづけるであろう部分――は、父が自由の身になったことを喜んでいる。父はこの十三年間、収監されてきた。三十五歳で母をさらい、五十歳のときわたしと母が沼地を離れ、五十二歳で逮捕されて、二年後に有罪判決を受けた。つぎの十一月で六十六歳になる。ミシガン州には死刑はないが、この先十年、二十年、いや父の父と同じぐらい長生きすれば三十年になるかもしれない年月を刑務所で過ごす可能性があることを考えると、死刑があったほうがよかったのかもしれないとも思う。

母とわたしが沼地を出たあと、周囲はわたしが母にあんな仕打ちをした父を憎むものと決めてかかったし、事実わたしも憎んだ。いまだってそうだ。だが、父が哀れでもあった。父は妻を求めていた。まともな精神状態の女性なら、あの尾根で父と喜んで暮らそうなどと思うわけがない。父の立場に立ってみたら、ほかにどうすればよかったのか？　精神を病み、人として大きな欠落のあった父は、自然に生きるネイティブアメリカンというペルソナに傾倒するあまり、母を誘拐したいという自分の思いに抵抗できなかった。検察側、被告人側の精神科医とも、父が反社会性人格障害であるという診断では一致していたが、それに加えて被告人側の精神科医は、父が子ども時代に繰り返し頭部を殴打されることによって負った脳の損傷などが減刑事由になると主張した。

だが、わたしは子どもだった。父のことが大好きだった。わたしの知っているジェイコブ・ホルブルックは、賢くて、おもしろくて、辛抱強くて、親切だった。わたしの世話を焼き、食べるものと着るものを与え、沼地で——ただ生き延びるのではなく——力強く生き抜いていくのに必要なものをすべて授けてくれた。それにわたしがいま存在するのは、そうした一連のできごとがあったからなのだから、それを悲しがることなどできるだろうか?

わたしが最後に見た父は手枷《てかせ》足枷をはめられ、その他大勢の男たちとともに収監されるべく、足を引きずりながらマーケット郡の法廷を退廷してきたところだった。わたしは父の裁判には出廷しなかった。わたしの証言は年齢と生育環境を理由に信頼がおけないと判断されていたし、その必要もなかった。母の証言だけで、検察側には父を人生一ダース分のあいだ服役させておけるだけの材料が手に入ったのだ。だが、母の両親は父に判決が下る日、ニューベリーからわたしを連れだした。父が彼らの娘に対してしたことの報いを受けるのを見せたら、わたしも自分たちと同じぐらい父を憎むようになると思ったのかもしれない。その日は父方の両親と出会う日にもなった。生まれてからずっとオジブワ族だと思ってきた男の母親が白い肌をした金髪の女だとわかったときのわたしの驚きたるや、想像を絶するものがあった。

以来、マーケット刑務支所の傍らを百回は通りすぎてきた。マリを専門家に診せるため、娘たちと買い物に行くため、あるいはマーケットで映画を観るために。幹線道路からは刑務支所の建物が見えない。通りがかりに見えるのは、左右を古い石塀にはさまれた蛇行する私道だけ、それも湾を見おろす岩壁のうえ、鬱蒼《うっそう》とした木々に囲まれて立つ、由緒正しき邸宅へのエントランスがごときおもむきだ。砂岩造りの管理棟は国の歴史登録財に指定され、刑務所の開所は一八八九年にさかのぼる。父が収監されていた最重要警備の建物は、独居房からなる住居ユニット五つをおさめた六階建てで、高さ三メートルの鉄条網つき石壁に囲まれている。監視塔は八つ、そのすべてが銃器を備え、うち五つには住居ユニット内を監視できるカメラが取りつけられている。というのはウィキペディアの受け売りで、わたしは入ったことがない。一度だけグーグルアースで衛星画像を見たことがあるが、庭にはひとりの受刑者の姿もなかった。

そして刑務所の受刑者の数はひとり減った。つまりこれから数分のうちに、わたしは夫に真実を話さなければならないということだ。まごうことなき真実を、わたしがどんな環境で生まれた何者なのか、真実のみを語るしかない。神さま、お力をお貸しください。

まさにそのとき、ランボーが警告のために吠える。その数秒後にはヘッドライトが庭を舐めるように照らした。SUVが私道に入ってきて、庭の外灯が点灯する。スティーブンのチェロキーではなかった。ルーフには回転灯、側面には州警察のロゴのある車だ。ほんの一瞬、さっさと質問に答えれば、スティーブンが帰宅する前に警官を追い返すことができる、という思いが頭をかすめる。その矢先にチェロキーが入ってきた。二台の車の車内灯が同時につく。制服姿の警官を見るや、スティーブンのとまどいがパニックに変わったのがわかる。彼は庭を突っ切って、わたしのもとに駆け寄る。

「ヘレナ！　大丈夫なのか？　あの子たちは？　なにがあった？　怪我はないのか？」

「みんな元気よ」わたしが手ぶりでランボーに待ての合図を出して夫を出迎えるためポーチのステップをおりると、警官たちが近づいてくる。

「ヘレナ・ペルティエ？」上役らしき警官が尋ねる。わたしと同じ歳ぐらいで、まだ若い。そのパートナーはもっと若そうだ。そのうちどれだけの人たちはどれだけの人に質問をしてきたのだろう、とわたしは思う。この人たちはどれだけの人の人生が破壊されたのか？　そんな疑問を脳裏によぎらせながら、わたしはうなずき、スティーブンの手をたぐり寄せる。

「お尋ねしたいことがあります。あなたの父親のジェイコブ・ホルブルックのことで」

スティーブンははじかれたようにわたしを見る。「きみのちちお――ヘレナ、どういうことだ？　ぼくにはわからない。逃走犯がきみの父親？」

こんどもわたしはうなずく。事実であることを認めるそのしぐさで、謝罪の気持ちが伝わることを祈る。ええ、あなたに出会ったときから、ずっと嘘をついてきたの。ええ、その悪人の血がわたしやあなたの娘たちの体にも流れているの。ごめんなさい。こんな形であなたが知ることになって残念よ。こんなことになるまえに話さなくてごめんなさい。ごめんなさい。ごめんなさい。ごめんなさい。

外は暗い。スティーブンの顔は影になっていて、なにを考えているのかわからない。彼はゆっくりとわたしを見て、警官を見て、わたしを見て、ふたたび警官を見る。

「入ってください」スティーブンがついに言う。わたしにではなく、警官たちに。彼はわたしの手を放すと、警官たちを玄関のポーチへ導き、家に入っていく。わたしが入念に積みあげてきた第二の人生はこうしてもろくも崩れ去った。

4

ミシガン州警察から来た警官ふたりはソファの端と端に腰かけ、まるで、一組の青いブックエンドのようだ。同じ制服に、同じ背恰好、同じ髪型。脱いだ制帽をうやうやしく中央のクッションに置いて、膝は開いて座っている。スティーブンは大柄ではないし、ソファの座面は低い。庭にいたときより、ふたりが大きく威圧的に見える。権威を与える制服によって、肉体まで嵩《かさ》ましされているようだ。いや、めったに来客がないので、ふたりがいるだけで部屋が狭く感じるのかもしれない。スティーブンはふたりを招き入れつつ、コーヒーはどうかと声をかけた。警官たちは断り、わたしはそれを喜ぶ。長居してもらいたい客ではないから。

ソファの隣にある肘掛け椅子にちょこんと腰かけたスティーブンは、いまにも飛び立とうとしているツグミのようだ。ここ以外のどこかにいたいと思っていることが、上下に動く右脚とその表情に表れている。わたしは残るもう一脚の、部屋の反対側にある椅子に座っている。同じ部屋にいながら、精いっぱい離れて座るわたしと夫のあいだの距離が意味するものは、わたしにも見逃しようがない。彼が警官たちをうちに招き入れてからずっと、彼が意図的にわたしの顔を見るのを避けているという事実も、同じことだ。

「あなたが最後に父親に会ったのはいつですか？」全員が席につくと、いきなり上役の警官が尋ねた。

「沼地を出た日を最後に父とは話をしていません」

警官は眉を吊りあげた。たぶん、父が十三年のあいだ収監されていた刑務所まで八十キロの距離に住んでいて、一度も面会に行っていないのを疑問に思っているのだろう。

「では、十三年ですね」彼はシャツのポケットからペンと手帳を取りだして、数字を書きつける姿勢になる。

「十五年です」わたしは訂正する。わたしと母が沼地を出たあと、父は逮捕されるまでに二年ほど、アッパー半島の荒野をさまよっていた。この警官はそれを重々承知のうえで、基準線を探っている。すでに答えを知っている質問をすれば、わたしの答えが嘘か真実かをふまえて話を進められる。わたしには嘘をつく理由などないが、彼にはまだそれがわからない。そうでないと確信できるまでは、わたしを被疑者扱いするしかないのだろう。重警備された刑務所に入れられた受刑者は、ふつう、手助けしてくれる人間がいないかぎり、逃走などしない。刑務所内部の人間にしろ、外部の人間にしろ。そう、たとえばわたしのような。

「たしかに。では、父親とは十五年、話をしていないと」

「嘘だと思うなら、面会記録を調べてください」すでに確認済みだとわかっていながら、わたしは言う。「通話の記録でもなんでも。嘘はついていません」

だからと言って、刑務所にいる父の面会を考えなかったわけではない。それこそ数知れず考えた。父が警察に捕まった直後は、父に無性に会いたかった。ニューベリーは小さな町だ。罪状認否手続が行われるまで父が収監されている拘置所は、わたしが通っていた学校の近所だった。放課後なら歩いていけたし、自転車を使えばいつでも訪ねることができた。父と何分か過ごすぐらいなら、誰も止めなかったはずだ。けれど、わたしは怖かった。わたしは十四歳だった。二年の月日が流れていた。そのあいだにわたしは変わった。父だって変わっているかもしれない。父から面会を拒否されそうで怖かった。そう、父がわたしに腹を立てて。父が捕まったのはわたしのせいだった。

父に有罪判決が下ったあとは、ニューベリーからマーケットまで百六十キロ。たとえわたしに頼むだけの度胸があったとしても、それだけの道のりを往復してまで、わたしを父に面会させてくれる人はいなかっただろう。その後、わたしは名字を変えて、移動手段を確保したが、やはり面会には行けなかった。行けば身分証明書を提示して、面会簿に名前を残さなければならず、新しい人生にむかしの人生を交わらせるわけにはいかなかった。それに、父に会いたいという気持ちがあまり湧いてこなかったのだ。父の面会に行くという思いが浮かんでくるのはごくまれで、決まってスティーブンが娘たちと遊んでいるとき、夫と娘たちのやりとりのなにかが引き金になり、父とともに暮らしていた遠いかつての日々を思いだしたときだった。

連絡を取ろうかどうか、最後に本気で迷ったのは二年前、母が死んだときだった。あのころはきつかった。母の死を認めるのは、誰かが点と線を繋いでわたしの正体を暴きだす危険を冒すことだった。わたしはみずから計画した証人保護プログラムを、自分に適用していた。新生活を盤石《ばんじやく》なものにしたければ、過去に繋がるすべての絆《きずな》を断ち切らなければならない。それでも、母にはわたししか子どもがおらず、葬儀にすら近づこうとしないのは母に対する裏切りのように感じた。もう二度と母に会うことも、話すこともないと思うと、それもこたえた。父までそうなるのはいやだった。唐突に現れたわたしを不審に思う人がいたとしても、犯罪者グルーピーかジャーナリストで押し通せるのではないか。だが、そのためには、父にも計画に沿って協力してもらわなければならず、まえもって父にその気があるかどうかを確かめる手段はなかった。

「彼が向かいそうな場所に心当たりはありませんか？」警官が尋ねる。「彼がどんな心づもりでいるかとか？」

「いいえ」わたしにわかるのは、父には追っ手からできるだけ遠ざかりたいというごくあたりまえの願望があることだけよ。そう言ってやりたいのは山々だが、わたしにも拳銃を携帯した連中を敵にまわさない程度のわきまえはある。一瞬、捜索がどうなっているか、最新の動向を尋ねてみようかという思いが浮かぶが、その答えは彼らがわたしに助けを求めているという事実のなかにある。

「彼がヘレナに連絡を試みると思ってるんですか？」スティーブンが尋ねる。「うちの家族は危険なんですか？」

「何日か身を寄せる場所があるのなら、避難されるのもいいかもしれませんね」

スティーブンの顔から血の気が失せる。

「彼がここへ来るとは思えません」わたしが急いで口をはさむ。「父は両親を嫌悪してました。育った場所に戻ってくる理由はありません。ただ逃げたいだけです」

「ちょっと待てよ。つまりきみの父親がここに住んでたってことかい？　このうちに？」

「いいえ、そうじゃなくて。この家じゃないの。ここは彼の両親の土地だったんだけど、わたしが相続したあと、もとあった家を壊したから」

「彼の両親の土地……」スティーブンが首を振り、警官たちは日々見慣れたものを見るように、哀れみの目で彼を見る。〝信じられないもの、それは女〟と、警官たちの顔に書いてある。わたしもスティーブンを哀れむ。消化しなければならないことが多すぎる。わたしの都合のいいときに、わたしなりの説明のしかたで、わたしの口から伝えられれば、知らなかったがゆえの困惑で彼を見世物にせずにすんだのに。

警官たちの質問は続く。あなたの父親が逃走したとき、あなたはどちらにいたんですか？　誰かいっしょでしたか？　刑務所にいる父親に荷物を送ったことはありますか？　誕生日にジャムの一瓶なり、カードなりを贈ったこともないんですか？　スティーブンはいずれもう片方の靴が落とされるものと思って、じっとわたしを見つめている。

事情聴取のあいだ、スティーブンの視線がわたしに突き刺さる。わたしをなじり、見きわめようとしている。わたしの手がじっとりと汗ばむ。警官たちの質問に対して、わたしの口は形を作ってしかるべき答えを返していくが、頭のなかは、この件にスティーブンがどう反応するか、わたしが沈黙していたせいで彼や娘たちがどの程度危険にさらされるのか、それればかりを考えている。秘密が暴露されたいま、それを守るためにわたしが払ってきた犠牲のすべてが水泡に帰した。

そこへきて、廊下を近づいてくる足音がする。アイリスが角から頭をのぞかせ、自分の家のリビングに警官がいるのを見て、目を丸くする。「ダディ？」不安そうに父を呼ぶ。

「おやすみのキスをしに来てくれる？」

「もちろんだよ、パンプキン」スティーブンは応じ、わたしたちが感じている緊張をおくびにも出さない。「ベッドに戻ってて。すぐに行くから」警官を見て、尋ねる。「もういいですか？」

「とりあえずは」上役の警官は、まだ話していないことがあるはずだと言わんばかりの顔つきでわたしを見て、わざとらしく名刺を差しだす。「あなたの父親を捜しだす手がかりを思いだしたら、どんなことでもいいので、連絡してください」

「あなたに話したかったの」わたしは警官が外に出てドアが閉まると、すぐに言った。スティーブンはしげしげとわたしを見て、ゆっくりと首を振る。「だったら、なんでそうしなかったんだ？」

これほど的を射た質問があるだろうか。わたしは返事に窮する。嘘をつくつもりなど、毛頭なかった。七年まえにパラダイスで開かれたブルーベリー祭りで彼と出会った。彼が残っていたわたしの商品を全部買ってから、バーガーを食べに行こうと誘ってくれたとき、わたしにはこうは言えなかった。「誘ってもらえて嬉しいわ。わたし、ヘレナ・エリクソンよ。ところで、九〇年代にニューベリーで少女を誘拐して、そのあと十四年も湿地に閉じこめて帰さなかった男がいたのを覚えてる？　ほら、沼の王と呼ばれたあの男。そうなの、あの人がわたしの父なの」当時のわたしは二十一歳。正体を知られていない暮らしを楽しむようになって、三年がたっていた。ここそこ言われることもなし、噂話が流れたり、指を差されることもない。自分と犬のことだけ考えて、狩猟や釣りをし、食料を集めた。ガマ入りのブルーベリージャムをなぜか贔屓《ひいき》にしてくれたからと言って、相手は茶色の髪に茶色の瞳をした赤の他人でしかない。沈黙を破る気にはなれなかった。

だが、その話題を持ちだすチャンスはその後何度かあった。最初のデートや、二度め三度めのデートでは無理だとしても、互いを知りあう列車が線路を走りだしたあと、そして、カップルであることを前提にしてピクチャード・ロックスのツアーボートの手すりにならんで立つまでのあいだなら、ありえたかもしれない。少なくとも、スティーブンが岩がちなスペリオル湖の湖岸に片膝をつくまえには言えたはずだ。けれど、そのころには失うものが多くなりすぎていて、それ以外の選択肢が見えなくなっていた。

スティーブンはもう一度、首を振った。「きみには好きなようにやらせてきた。その挙げ句がこれかよ……きみのクマ狩りにぼくが文句をつけたことがあるか？　きみが森のなかで野宿することも。マリがまだ赤ん坊のとき、ひとりきりになる時間がいるからといって、二週間いなくなったときだってそうさ。クマ狩りをする奥さんなんて、どこにいるんだよ？　だから、ヘレナ、このことだってぼくならいっしょに対処できた。なんでぼくを信用してくれなかったんだ？」

言葉を尽くさなければ、彼の問いに十全に答えることはできない。だが、口をついて出たのは一言だった。「ごめんなさい」当のわたしの耳にも空疎に響く。けれど、本当に申し訳ないと思っている。それで多少なりとも彼の気がすむなら、この先死ぬまで毎日だろうと謝りつづける。

「きみはぼくに嘘をついてきた。そしてきみのせいで、いまうちの家族は危険にさらされてる」スティーブンはわたしの脇をすり抜けて、台所に入る。家の脇のドアが大きな音をたてる。彼がガレージでなにかを動かしている音が聞こえる。スティーブンは左右の手にそれぞれスーツケースを持って、戻ってくる。

「きみと娘たちのいりそうなものを詰めてくれ。ぼくの両親のところへ行く」

「これから？」

スティーブンの両親はグリーンベイに住んでいる。車で四時間かかり、幼い娘ふたりを連れての移動となると、何度もトイレ休憩を取らなければならない。これから出発すれば、彼の両親の家にたどり着くのは早くても午前三時ごろだろう。

「ほかにどうするって言うんだ？　ここにはいられない。残忍なサイコパスが野放しになってるんだぞ」その残忍なサイコパスは、たまたまきみの父親でもある。そこまでは言っていないが、そう言っているのも同然だ。

「ここへは来ないわ」わたしはさっきと同じ言葉を繰り返す。わたしがそう信じているからではなく、スティーブンにそう信じさせる必要があるから。わたしがわかっていて自分の家族を危険にさらすようなことをしたと彼から思われるのは、我慢ならない。

「なぜきみにわかる？　きみの父親がきみや娘たちを捜しに来ないと約束できるのか？」

わたしは口を開けて、そのまま閉じる。もちろん約束などできない。父が今後なにをしてなにをしないかわかっていると思いたいが、実際はわからないのだから。父は逃げるにあたって人ふたりの命を奪った。わたしには予期せぬできごとだった。

両手を握りしめるスティーブンに、わたしは身構える。彼に殴られたことはないけれど、なんにでもはじめてはある。もっとずっとささいなことでも、父は遠慮なく母を殴った。スティーブンの胸が盛りあがる。深く息を吸いこみ、それを吐きだす。もうひとつ深呼吸して、それも吐きだした。彼は娘たちのものであるプリンセスのイラストが描かれたピンク色のスーツケースを持ちあげ、くるっと回れ右をすると、足音荒く廊下を遠ざかっていく。化粧ダンスの引き出しを開けたり閉めたりする音がする。「ダディ？」アイリスが不安そうな声で尋ねる。「マミーのこと、怒ってるの？」

わたしはもうひとつのスーツケースを持ち、主寝室に向かう。スティーブンが当面、両親宅に滞在するのに必要そうなものを手当たりしだいに入れると、スーツケースをリビングに運び、玄関のドアのそばに置く。あなたの気持ちはわかる、と言いたい。こんなことになって悲しい、あなたが離れてしまったら、心が粉々に砕けてしまう、と。けれど、彼が娘たちのスーツケースを持って戻り、通りすがりの他人のようにわたしの脇をすり抜けて両方のスーツケースを車に載せに行っても、わたしはなにも言わない。

わたしたちは黙ってパジャマ姿の娘たちにセーターを着せる。スティーブンは肩にかけたスリングにマリを入れて車に運び、わたしはアイリスの手を握ってあとに続く。「いい子にしててね」チャイルドシートに座らせて、安全ベルトを留める。「お父さんの言うことを聞くのよ。言われたとおりにして」アイリスがまばたきし、目をこする。泣くのをこらえているのかもしれない。わたしはその頭を撫で、娘がパープルベアと呼んでかわいがっているぬいぐるみをシートの脇に押しこんでやる。そのあと車の周囲をめぐって、運転席側のドアの外に立つ。

スティーブンがわたしを見て眉を吊りあげ、窓を開ける。

「ランボーを連れてこないのか？」

「わたしは残るわ」

「ヘレナ、こんなときによしてくれ」

彼の考えていることがわかる。わたしが彼の実家に行くのを億劫がるのは、秘密でもなんでもない。最高にいい条件のときですらそうなのに、真夜中に娘たちを連れて訪れ、しかもその理由がわたしの父親が逃走犯だからとなれば、なおさらだ。まったく共通点のない人たちが興味を持っているものに興味があるふりをする苦痛もさることながら、こなさなければならない規則や儀礼が試練のごとく待ち受けている。社会的に未熟だった十二歳の娘は遠い過去のものとはいえ、スティーブンの両親がいっしょだと、当時の自分を突きつけられる。

「そうじゃなくて、残らなきゃならないの。警察の捜査に協力しないと」

嘘ではないが、まったき真実でもない。わたしが残らなければならない本当の理由を告げたら、スティーブンは受け入れない。理由は警官から最初の質問を投げかけられたときから、彼らがドアを閉めて出ていくあいだのどこかで気づいたことにある。そう、父を捕まえて刑務所に戻せる人間がいるとしたら、このわたしだということだ。原野で父と互する人間などいないが、わたしならほぼ互角に動ける。わたしは父と十二年の歳月をともにしてきた。父はわたしを鍛え、知っていることのすべてを教えた。わたしになら父の思考をたどることができる。父がつぎになにをし、どこへ行こうとするかを。

もしそんなことを言えば、スティーブンは父が銃器を持っていて危険な存在だと反対するだろう。看守ふたりが殺され、警察では今後もいざとなれば殺すと見ている。けれど、父を相手にして危険でない人物がひとりいるとしたら、それはわたしだ。

スティーブンの目が細くなる。わたしが真正直でないことを彼が見破っているのかどうか、わたしにはわからない。見破っていたら結果が変わるのかどうかも。

長い沈黙をへて、彼は肩をすくめた。「電話してくれ」力のない声。窓が上がる。

スティーブンがUターンできる場所まで車をバックさせると、庭の灯《あか》りが点灯する。車が私道を走りだす。アイリスが伸びあがって、後ろの窓からこちらを見ている。わたしが手を上げ、アイリスが手を振り返す。スティーブンからはなにもない。

チェロキーのテールライトが遠ざかって消えるまで見送った。わたしは家に引き返し、ポーチのステップに腰かける。がらんとして、寒々しい。六年まえに結婚してから、このうちで夜ひとりきりになったことがないのに、はたと気がつく。喉に塊がつかえ、それを呑みこむ。わたしには自分を哀れむ権利などない。自分のせいなのだ。家族を失ってしまった。悪いのはわたし。

わたしにはこの先の展開が読める。かつて通った道だからだ。母が重い鬱《うつ》状態になって、部屋から何日も、ひどいときには何週間も、出てこられなくなったとき、わたしの祖父母は裁判所に監護権の申し立てをした。もしスティーブンがこのまま戻らず、わたしの怠慢を許しがたい罪として離婚を求めたら、わたしは二度と娘たちに会えない。スティーブンの百パーセント健全な中流家庭の育ちと伝統的な家族中心主義的な価値観をまえにしたら、機能不全な子ども時代を送ってきたわたしは、特異性と奇癖の塊だ。養育にじゅうぶんな能力があると認められるわけがない。不利な点が多すぎて、打席に立たせてもらえるかどうかすら微妙だ。わたしに有利な判決を出してくれる裁判官など、この地球上にひとりもいないだろう。当の本人であるわたしでも、わたしには監護権を認めない。

ランボーが隣に腰をおろし、わたしの膝に頭を載せる。わたしは彼を抱き寄せ、毛に顔をうずめて考える。長い年月のあいだには、自分の正体を告げるチャンスが何度もあった。こうしてみると、父の名前を言わないことで、父が存在しないふりができると自分に言い聞かせていたのだろう。だが、父はいる。そして、いまになってわかる。心のなかでは、いつか清算しなければならない日が来ることに気づいていた。

ランボーがくんくん鳴いて、身を引く。わたしはそのまま彼を夜のなかに送りだし、立ちあがって、準備のために家に入る。この状況を正したければ、そう、家族を取り戻したければ、方法はひとつしかない。父を捕まえることだ。なによりも誰よりも家族が大事。そう思っていることをスティーブンにわかってもらうには、それしかない。

5

キャビン

沼の王さまがおびえるお姫さまを泥沼に引きずりこんだあの日から、ずいぶん長くたちました。ある日、コウノトリはぬかるんだ地面の下のほうから緑色の茎が出てきたことに気がつきました。沼からはえてきた茎に、一枚の葉っぱが出てきました。その葉っぱはだんだん大きく広がって、その近くにつぼみがひとつ、つきました。

そしてある朝コウノトリが空を飛んでいると、お日さまの力によってつぼみがひらき、ほころんだ花のなかに、かわいらしい赤ちゃんが横たわっていました。小さな女の子。産《うぶ》湯《ゆ》をつかったばかりのようです。

「そういえば、バイキングのおかみさんには子どもがいない。まえから小さな子を欲しがっておいでだったな」コウノトリは思いました。「人間のあいだには、コウノトリは赤ん坊をはこんでくるという言い伝えがある。今回はこのわたしが一肌脱ぐとしよう」

コウノトリは小さな女の子を花の器からもちあげて、お城へはこびました。窓をおおっている薄い膜にくちばしで穴を開け、かわいらしい赤ちゃんをバイキングのおかみさんの胸元に置きました。

——ハンス・クリスチャン・アンデルセン『沼の王の娘』

わたしは自分の家族がおかしいと思うことなく大きくなった。子どもとはそういうものだ。どんな状況でも、それがその子にとってのふつうになる。虐待する父親のもとで育った娘は、おとなになって虐待する男の手に落ちる。虐待されることに慣れっこになり、それが身に染みているから。自然だから。自分の育った環境に不満を持っていたとしても、避けようもなくそうなる。

むしろわたしは沼地での暮らしが大好きだった。だから、そのすべてが崩壊したときは打ちのめされた。崩壊した原因は、ほかでもない、わたし自身にあったのだけれど、自分が果たした役割を把握できるようになるには、長い時間を要した。いまの自分がしていることをあの当時知っていたら、事態はずいぶんちがっただろうと思う。父をあがめたてまつることはなかっただろうし、母に対する理解は深かったろう。それでもわたしの狩猟好き、釣り好きに関しては、変わりがなかったのではないかと思う。

新聞各紙はわたしの父のことを童話に登場する悪鬼にちなんで〝沼の王〟と呼んだ。そう名付ける気持ちは理解できる。あの童話をよく知っている人なら、誰でもうなずくと思う。だが、わたしの父は怪物ではなかった。その点ははっきりさせておきたい。父の言うことなすことの多くがまちがっていたことは、わたしにもわかっている。だが、詰まるところ、父は自分の置かれた環境下で最善を尽くしたにすぎず、そういう意味では、ふつうの親となんら変わらない。それに、わたしを虐待したことはなかった。少なくとも性的には。多くの人がそう思いこんでいるようなので、あえて言い添えておく。

新聞各社はわたしたちのうちを〝ファームハウス〟と呼んだ。それも理解できる。古いファームハウスとして、あんな家の写真がよくある。風雨に傷んだ板張りの二階屋、汚れすぎて内からも外からも見えない上げ下げ窓、木の板で葺《ふ》いた屋根。そしてファームハウスらしさを醸しだす母屋以外の離れ屋——三方を背板で囲った物置、薪小屋、屋外便所。わたしたち自身は自分たちの家を〝キャビン〟と呼んでいた。誰がいつどんな理由で建てたか知らないが、農業従事者でなかったことは確かだ。キャビンはカエデとブナとハンノキが密生する細長い尾根にあった。沼地から突きだしたその尾根は、でっぷりとした女が横向きに寝転んだような形をしていた。小さな隆起が頭、もう少し大きな隆起が肩で、三つめの隆起が巨大な臀部《でんぶ》と太腿《ふともも》にあたる。位置的には、ターカメノン川流域に広がる三百三十四平方キロメートルの湿地の一部だが、それを知ったのはのちのちのこと。オジブワ族はその川のことを〝白い魚が捕れる川〟という意味の〝アディカメゴング・ジビ〟と呼んでいるものの、実際釣れたのは、カワマス、スズキ、パーチ、カワカマスのたぐいに限られていた。

わが家のあった尾根はターカメノン川の本流からかなり離れていたので、釣り人やカヌーで川下りをする人たちに見つかる心配はなかった。また家を取り囲むベニカエデのおかげで、空からもほぼ見えなかった。薪ストーブを焚けばその煙でうちの位置がわかるだろうと思うかもしれないが、それもなかった。長い年月のあいだには、わたしたちが暮らしていることにたまたま気がつく人がいたかもしれない。だとしても、釣り人が食事のしたくをしているか、狩猟小屋からの煙だと思っただろう。なにしろ、父の一番の取り柄は慎重なことにある。母を誘拐した直後の数カ月は、用心のために火を使わなかったはずだ。

母によると、父は母を捕まえたあとの十四カ月、母を薪小屋の柱に取りつけられた頑丈な鉄製のリングに鎖で繋いでいたそうだ。信じていいかどうか、わたしにはわからない。手錠はわたしも見ていたし、場合によっては、わたしがはめられることもあった。けれど、なぜ父は薪小屋に母を鎖で繋いでおくなどという、手間のかかることをしたのだろう？母には逃げる先などなかった。視界に入るのは、ときおりビーバーやジャコウネズミの巣があるだけの草におおわれた沼地と、別の尾根がひとつきりだった。カヌーを押すには泥が硬すぎ、歩いて渡るには頼りなさすぎた。

春から夏、秋にかけての季節は、沼地がわたしたちを守ってくれた。冬になると、クマやオオカミやコヨーテがときおり氷原を横切った。ある冬のことだ。ベッドに入るまえに

――冬の深夜にベッドを出て屋外便所に行くのだけはなんとしても避けたい――用を足そうとブーツをはいていると、ポーチから物音が聞こえてきた。アライグマだとわたしは思った。その季節にしてはやけに暖かな夜で、気温も零度を切るか切らないかだった。皓々《こうこう》と明るい満月に照らされて長い影が落ちるそんな真冬の夜だったから、冬眠中の動物も春が来たのかと誤解しそうだった。わたしがポーチに出ると、わたしとほぼ同じ背丈の黒っぽい物体が目に入った。まだアライグマだと思っていたわたしは、声をあげて、その物体の腰のあたりを平手で叩いた。そのままにしたら糞をするかもしれず、誰がそれを片付けるかはわかろうというもの。

だが、それはアライグマではなかった。クロクマだった。しかも若いクマでもなかった。クマは振り返ってわたしを見ると、衣擦《きぬず》れのような音をたてて近づいてきた。いまも目をつぶれば、生温かくて魚臭い吐息や、その吐息でぺしゃんこになって顔に張りついた前髪の感触がよみがえる。「ジェイコブ!」わたしは叫んだ。わたしを凝視するクマの目を見つめ返しながら父を待ち、ライフルを持ってやってきた父は、クマを撃った。

その冬のあいだ、クマはわたしたちの食料になった。物置に吊された死骸は、皮膚を剥がれた人間のようだった。脂っぽくて魚臭いと母はこぼしていたけれど、だからなんだと言うのだろう? 父が言うとおり、「体は食べたものでできている」。毛皮はリビングの暖炉のまえに広げて、おうとつができないように釘で打ちつけた。皮膚側が乾くまでは肉の腐敗臭で臭かったけれど、クマ肉のシチューの入ったボウルを膝に抱え、クマ皮のラグに座って暖炉で足先をぬくめるのは、いい気分だった。

父にはもっとおもしろい話がある。わたしの母やわたしが登場するうんとまえ、父がまだティーンエイジャーだったころのことだ。父はグランドマレーの南に位置するナワクワ湖のそばにあった両親の家から、しかけた罠を調べるため、家の北側に広がる森を歩いていた。その年はとりわけ雪が深く、しかも前夜のうちにさらに二十センチの積雪があったので、父がふだん使っていた道や目印が雪に埋まって見えなくなっていた。父はいつしか道をはずれ、突然、雪面を踏み抜いて、大きな穴に落ちた。雪や枝や木の葉までいっしょに落ちたが、下にやわらかくて温かなものがあったおかげで、怪我はなかった。父はその場所がどこで、なにが起きているのか気づくと、大急ぎで穴をよじのぼって外に出たのだが、そのまえに足元を見た。父が踏んでいたのは、手ほどの大きさしかないクマの赤ん坊だった。小さな赤ちゃんグマの首は折れていた。

父からその話を聞かされるたびに、わたしはそれが自分の話ならよかったのにと羨ましくなった。

わたしは母が囚われの身になって二年半後に生まれた。母はあと三週間で十七歳だった。母とわたしは見た目も気質もちっとも似ていなかったが、わたしを身ごもったときの母がどんなだったかは想像がつく。

おまえは赤ん坊を生むんだぞ。父がそう告げたのは、秋も深まったある日のことだったろう。父は裏のポーチでブーツの泥を落としてから、火の使いすぎで暑い台所に入ってきたのではないか。父がこれから起こることをわざわざ母に告げたのは、まだ若くて未熟な母には自分の体の変化の重大さがぴんときていなかったからだ。いや、母はわかっていて、拒んでいたのかもしれない。そのあたりの実情は、ニューベリーの中学校でどんな性教育が行われ、母がどの程度熱心に聞いていたかによって、ずいぶんちがってくる。

ストーブをまえに料理をしていた母は、振り返って父を見る。母はいつだって料理をするか、料理と洗濯のために湯を沸かすか、そうでなければ、料理と洗濯に使う湯を沸かすために水を運んでいた。

わたしの想像による第一バージョンでは、母は驚きの表情を浮かべると同時に両手を腹にあてて、赤ちゃん？ と、つぶやく。笑みはない。わたしの知っている母は、めったに笑わない人だった。

第二バージョンだと、母は傲然《ごうぜん》と頭を上げて、わかってるわ、と言い放つ。

わたしのお気に入りは第二バージョンだが、採用しているのは第一だ。家族として暮らした日々のなかで、一度として母が父に口答えするのを見たことがないからだ。言い返せばいいのに、と思うこともあった。わたしの身にもなってもらいたい。乳児から、よちよち歩きの幼児となり、少女へと育つその過程で、わたしが母親というものについて知りえたのは、『ナショナル・ジオグラフィック』の広告に描かれているエプロン姿の元気な主婦か、さもなければ赤らんだ目の縁に悲しみを秘め、うつむいてよたよたと家事をこなす不機嫌な若い女だけだった。母は一度も笑い声をあげず、めったに話さず、わたしを抱きしめたりキスしたりすることもまれだった。

あのキャビンで赤ん坊を生むと聞かされて、母が恐怖におののいたのは、まちがいない。わたしが母でもそうなる。ひょっとすると、母は、父が沼地のキャビンが出産に適した場所でないことに気づいてくれるのを願っていたかもしれない。町に運ばれて、捨て子のように病院のまえの階段に置き去りにしてもらえたらいいのに、と。

その願いは叶わなかった。やがて、父にさらわれたときからずっと着ていたジーンズとハローキティのTシャツでは間に合わなくなる。そのうち父も、Tシャツでは腹を隠せず、ジーンズのファスナーが上がらなくなっていることに気づいて、自分のフランネルのシャツとサスペンダーを母にあてがう。

わたしの想像のなかの母は、腹がせりだすにつれて、痩せ細っていく。キャビンで暮らすようになった最初の数年で、母の体重は大幅に落ちた。新聞ではじめて母の写真を見たとき、わたしは母のふくよかさに衝撃を受けた。

月日がたち、妊娠五カ月になると、いよいよ腹が目立ってきて、特別なことが起きる。

父に連れられて、買い物に行ったのだ。母の誘拐とキャビンでの暮らしに関しては用意周到だった父も、その先に誕生するわたしの衣類を買うまでの段取りのよさはなかった。

窮地に立たされた父を思うと、いまでも笑みが漏れる。原野で生きるすべを備えた父、若い娘を誘拐し、その後十四年ものあいだ人目から隠してきた父が、その娘を妻に迎えた帰結として避けがたく起きることを予見できなかったとは。思案顔で首をかしげ、顎ひげを撫でながら、なにができるか考えている父を思い浮かべてみる。だが、結局のところ、選択肢は限られていた。そうなると、父はその性格のとおり、もっとも現実的な方法を選んで、スーに出かける準備をはじめる。うちから半径二百五十キロ圏内にあって、〈Kマート〉のある町はスーだけだった。

母を買い物に連れていくのは、想像するほど危険なことではなかった。父以外の誘拐犯も同じことをしている。人はいつしか見ることをやめる。記憶は薄れる。被害者が目で訴えるか、みずから名乗らないかぎり、発覚のリスクは低い。

父は母の髪を少年のように短く刈って、黒く染めた。のちに父が起訴されるにあたって、黒の髪染めがキャビンにあったという事実が重要な事由となった。あらかじめ犯罪の認識と意思があったとみなされたのだ。なぜ父には、髪染めが必要になることがわかったのか。母が金髪であることもだ。それはともかく、目撃した人たちにはふたりが買い物中の父娘《おやこ》に見えただろう。なかには母が妊娠中であることに気づいた人もいたかもしれないが、だからどうした？　ふつうの人なら、若い女の肘をがっちりつかんでいる男が、まさかその女の父親ではなくその腹の子の父親だとは思わないだろう。わたしはのちのち母に尋ねた。なぜ名乗りをあげて助けを求めなかったのか、と。誰からも見えない存在のように感じていたから、というのが母の答えだった。考えてみてもらいたい。母はたった十六歳で、しかも父から一年以上にわたって、おまえのことを捜している人間はいない、と言い聞かされていた。誰もおまえのことなど心配してない。そして実際、誰にも見咎《とが》められることなくカートを押して赤ん坊用品の通路を行ったり来たりしていたら、父から言われていたとおりだと実感したにちがいない。

父は、乳幼児からおとなになるまでの全サイズの服を二枚ずつ購入した。一枚着て一枚洗う、とあとから母に教わった。男児用の服だ。男女どちらが生まれても使えるし、キャビンで暮らすのにドレスがなんの役に立つだろう。それからずっと時間がたち、警察が犯罪現場の捜査を終えて、記者たちがうちのあった尾根に押し寄せたあとのことだ。わたしの寝室の壁沿いにずらっとならんだ、すでに小さくなったサイズの靴を写真に撮った人がいた。その写真はツイッターとフェイスブックでトレンド入りしたと聞いている。世間の人たちは、その写真を見て父の邪悪さのあかし、つまり母とわたしを死ぬまで監禁する意図があったことを示す証拠だと考えたようだ。わたしには、ふつうの親たちが子どもの背丈を壁に印として残すのと同じように、その靴によってわたしの成長の印を残したとしか思えない。

父はわたしの衣類といっしょに、母の衣類も買った。長袖のシャツが二枚。半袖のTシャツが二枚。ショートパンツが二本。ジーンズが二本。下着が六組に、大きいサイズのブラジャーが一枚、フランネルの寝間着一枚、それに帽子とスカーフと手袋とブーツと冬用の上着を。父が母をさらったのは八月十日だったので、まえの冬は上に着るものが父のコートしかなかった。母に聞いた話では、父はなにも尋ねなかったそうだ。どんな色が好きかとか、スカーフは無地と縞《しま》のどちらがいいかとか。父が黙って母のものを選んだ。そうだろうと思う。父は自分で手綱を握りたい人だった。

〈Kマート〉とはいえ、この小旅行にはかなりのお金がかかったはずだ。父がそのお金をどこで手に入れたのか、見当がつかない。ビーバーの毛皮をいくらか売りはらったか、オオカミを撃ったか。わたしの子ども時代、アッパー半島ではオオカミ猟が禁じられていたが、ネイティブアメリカンを中心に、その毛皮を売買する市場はつねに活況を呈していた。盗んだ金が使われた可能性もあるし、クレジットカードで支払われた可能性もある。父に関してはわからないことだらけだった。

自分が生まれた日のことは、うんと考えた。誘拐されて幽閉されていた少女たちに関する記事や本にも目を通し、それが母がくぐり抜けてきた経験をいくらか理解する助けになった。

母は本来なら学校に通って、異性にのぼせあがったり、同性とつるんだりしている年齢だった。バンドの練習とか、アメリカンフットボールの観戦とか、その年頃の子どもらしいことをしているはずだった。それなのに母は出産を控えていて、しかもあてにできるのは、自分を家族のもとから引き離して、さんざん自分を犯した男だけだった。

母と父の寝室にあった古い木製のベッドが分娩台になった。ベッドには父が選《よ》りだした薄いシーツが何枚かかけてあった。わたしが産みだされるころにはすべてが使い物にならなくなるとわかっていたからだ。最大の難関に立ち向かう母に対して、父は最大限の配慮を示した。つまり、おりをみて母に食物や水を与えたということだ。あとは母が自力で乗り越えるしかなかった。父は残忍にもなれる人だけれど、この件に関してはそれはない。ただ、いよいよ出産となるまで、ほとんど手出しのしようがなかっただけだ。

ついにわたしの頭が出てくる。わたしは大きな赤ん坊だった。母の膣口がじゅうぶんに開いて、わたしは産み落とされた。これで出産終わり。だが、まだこれでは終わらない。一分過ぎ、五分過ぎ、十分過ぎた。父は問題が発生したことに気づく。母の胎盤が出てきていないのだ。どうしてだか、父にはそれがわかった。父は母に告げる。痛いだろうから、ベッドのヘッドボードの支柱をつかんで耐えろ、と。母がのちに語ったところによると、あのとき以上の痛みは想像できないそうだ。父がそう言うだけのことはあったわけだ。母は気絶した。

母は、父が子宮に手を突っこんで胎盤を剥がしたときに内部を傷つけられたせいで、その後、子どもができなかった、とも言っていた。実際のところはわからない。弟も妹もいないから、事実なのかもしれない。胎盤が剥がれないとき、母親を救いたければ早急に対処しなければならないのはわたしも知っている。となると、選択肢はたいしてなかった。医者も病院も望めないとなれば、なおさらだ。

母は感染症にかかり、それからの何日か、高熱にうなされた。わたしに母乳を飲ませられないときは、父がぐずるわたしの口に砂糖水を含ませた布切れをあてがった。母はときおり意識を取り戻したものの、大半は眠っていた。父は母が目を覚ますたびにヤナギの樹皮の煎じ茶を飲ませ、それが功を奏して母の熱は引いた。

いまなら母がわたしに無関心だった理由がわかる。わたしとの繋がりを感じていなかったのだ。出産するには若すぎたし、その直後にはひどく体調を崩していた。それに恐怖と孤独感に支配されて、自分自身の苦痛と悲しみにはまりこんでいた。似たような状況でも、生まれた赤ん坊が母親の生きる理由になることがある。だが、母に関してはあてはまらなかった。わたしは父がいてくれたことを感謝している。

6

わたしは玄関ホールのクローゼットからリュックサックを取りだし、たっぷりの銃弾とグラノーラバーと水のボトルを数本入れると、それと父の釣り道具とテントと寝袋をピックアップトラックの荷台に載せた。キャンプ道具と釣り道具があれば、人からなにをしているのかとか、どこへ行くのかとか問われたときに、もっともらしい言い訳ができる。捜索区域には近づかないつもりだけれど、なにがあるかわからない。父の捜索に携わっている人は多い。

ライフルに銃弾を装填して、運転席の窓のうえにある棚に置く。法律上、装填した銃器を載せて運転するのは禁じられているが、守っている人などどこにもいない。たとえ守る人が大半だとしても、銃器なしで父の捜索に出ることなど、わたしには考えられない。わたしが近頃好んで使っている銃器はルガー・アメリカン。この何年かで少なくとも半ダースのルガーを撃ったが、あきれるほど高精度なうえに、競合他社の銃器よりもうんと手頃な値段で入手できる。さらにクマ用として、四四口径のマグナムも載せている。成人したクロクマは屈強な骨格と筋肉を持つ手ごわい相手で、一発でクロクマを撃ち倒せる猟師はあまりいない。しかもクマの場合、傷を負わせてもシカのようには出血しない。血が脂肪と毛皮のあいだに流れこみ、口径が小さいと、脂肪が穴をふさぎつつ毛皮がスポンジのように血を吸い取るので、あとには血痕すら残らない。手負いのクマは体力が尽きるまで走りつづけ、その距離は二十五キロにも三十キロにもなる。わたしが犬なしでクマ狩りをしない理由のひとつはそこにある。

マグナムに弾を込め、グローブボックスにしまう。動悸がして、手のひらが汗ばんでいる。猟に緊張はつきものとはいえ、今回の獲物は自分の父親、幼いわたしが愛した男。彼なりのやり方で十二年のあいだ、精いっぱいわたしを面倒見てくれた人。もう十五年、口をきいていない父親。遠いむかしにわたしが逃げだしてきた相手であり、逃げだすことでわたしは自分の家庭を壊してしまった。

神経が高ぶりすぎて眠れないので、ワインをグラスに注ぎ、リビングに移る。使うことになっているコースターを無視してグラスをいきなりコーヒーテーブルに置き、ソファの隅に身を沈めて、テーブルに足を上げた。スティーブンは娘たちが家具に足を載せると、激怒する。わたしの父なら、テーブルのこすれ跡など、歯牙にもかけないだろう。女性は夫選びとなると父親に似た男性を選ぶ、と聞いたことがある。もしそれが真実なら、わたしは例外ということになる。スティーブンはアッパー半島の出身ではない。狩猟も魚釣りもしない。レーシングカーの運転や外科手術ができないのと同じように、彼には脱走もできない。彼と結婚したときは、いい相手を選んだと思っていた。いまでもだいたいはそう思っている。

わたしはグラスの中身をいっぺんに飲みほした。ここまで動揺したのは、沼地を出たとき以来だ。母とともにこちらの世界に戻って二週間もすると、思い描いていた自分の新生活が期待どおりにはいかないとわかった。悪いのはマスコミだ。その渦中にいた経験のある人でなければ、わたしを完全に呑みこみかけた過熱報道の激烈さを理解することはできないと思う。世界じゅうがわたしの母の身に起きたことに惹きつけられたものの、関心の的はわたしだった。人里離れた沼地で孤立して育った野生児。罪のない娘とそれをさらった男のあいだにできた子ども。沼の王の娘。知らない人たちが欲しくもないものを送りつけてきた。自転車にぬいぐるみ、ＭＰ３プレイヤーにノートパソコン。大学の学費を援助するという匿名の申し出もあった。

わたしの祖父母はほどなく、家族を襲った悲劇が金鉱に代わったことに気づいた。彼らは嬉々としてその機会に飛びついた。祖父母は、わたしと母に「マスコミと口をきくな」と言い含めた。祖父母の留守番電話にメッセージを残し、通りの向かいにバンを停めて張っている記者たちと話すなということだ。わたしと母が黙っていれば、いつかわたしたちの話が大金で売れるのだろう、とわたしは思った。わからなかったのは、いつまで黙っていればいいのか、話がどんな形で売買されるのか、だった。そもそも自分たちに大金がいるかどうかが、母やわたしにはわかっていなかった。けれど、祖父母がそれを望むのなら、言われたとおりにするつもりだった。当時はまだ、わたしにもおもねる気持ちがあった。

結局『ピープル』誌が最高入札者になった。いまに至るまで、彼らがいくら払ったかわたしは知らないし、母もわたしもその取引で入ったお金を見ていないのは確かだ。わたしにわかるのは、祖父母が母とわたしのために開いた大がかりなウェルカムパーティに出かける直前になって、祖父がわたしと母を座らせ、パーティの席で『ピープル』誌の記者からインタビューを受けることになった、と告げたことだ。祖父は、カメラマンから写真を撮ってもらう、記者から尋ねられたことにはなんでも答えるように、と言った。

パーティはペントランド・タウンシップホールで開かれた。わたしはその名前からバイキングのお城に似たものを想像していた。天井は高くてアーチ形、厚みのある石壁に細長い窓、藁《わら》の敷き詰められた床。ニワトリや犬やヤギがうろついていて、部屋の隅の鉄製のリングには乳牛が繋がれている。部屋と同じくらい長い木製のテーブルは小作人用。うえの階には領主やその妻たちの私室がある。そんなわたしの想像に反して、会場となったホールは大きな白い木造建築で、誰が見ても明らかなように正面に名前が掲げてあった。メインの階にはダンスフロアと小さなステージが、ダイニングと台所は地下階にあった。思ったほど豪勢ではなかったけれど、当然ながら、わたしがそれまでに見たなかで一番大きな建物だった。

会場に到着したのはわたしたちが最後だった。四月とはいえまだ寒さが残っていたので、誰かが送ってくれたふかふかのダウンジャケットをはおり、縁に白いファーもどきがついた赤いセーターにブルージーンズを着て、沼地から逃げたときにはいていたつま先に鋼鉄の入ったワークブーツをはいていた。祖父母はわたしに母がむかし着ていた黄色い格子柄のドレスを着せ、タイツをはかせたがった。脚のタトゥーを隠すためだ。ふくらはぎに巻きつくように施されたジグザグ模様は、父がわたしにした最初のタトゥーだ。頬にはドットの線が二列刻まれているし、右の二頭筋には、洞窟の彫刻で有名なシカに似た小さなシカの模様がある。これはわたしがはじめて大きな動物を殺したことを記念して彫られたもの。肩胛骨《けんこうこつ》のあいだあたりに刻まれたクマは、わたしが子ども時代にポーチで遭遇したクマを表している。わたしのスピリットアニマルはムクワことクマだ。スティーブンとつきあいだして、お互いにしっくりしてくると、彼にタトゥーのことを尋ねられた。わたしは子どものころ、バプテストの伝道師の娘として連れていかれた南太平洋の島で部族の通過儀礼の一部として施されたものだと答えた。そのころには、作り話というのは荒唐無稽なほど信じてもらいやすいことに気づいていた。彼が両親に会いたいと言いだすといけないので、両親が同じ島で対立する部族間の争いを鎮めようとして殺害されたとも伝えておいた。いまこうして秘密が明るみになり、タトゥーに関しても真実が語れるようになってみると、わたしが嘘を話すことに慣れきっていたことがわかる。

祖父母がパーティでわたしに着せたがったドレスは、キャビンの台所にかかっていたカーテンを思いださせる代物だった。そのカーテンよりは鮮やかだったし、かぎ裂きや穴もなかったけれど。たっぷりしていてふわりとした生地の感じが、なにも着ていないようで気に入っていた。だが祖父母の寝室にあった背の高い姿見のまえに立っている分には少女に見えるものの、座ると少年のように脚を開いてしまうので、祖母の判断でジーンズにすることになった。母は青いドレスを着て、共布でできたリボンをつけた。『わたしを見かけませんでしたか?』というポスターの写真と同じ恰好だが、丈が短くて窮屈そうだと祖母は文句たらたらだった。いま思い返してみるに、祖父母が二十八歳になる母に自分たちが失った十四歳の娘の役どころを押しつけることと、母が進んでその役を演じようとしたことのどちらがより悲惨か、わたしにはわからない。

母と祖父母とともに城への跳ね橋を模した木製の傾斜路を歩いてのぼりながら、わたしは期待に筋肉が引きつるのを感じた。文字どおり、筋肉が音をたてそうだった。わたしはメスに向かって尾羽を広げようとしている野生のオスの姿を写真にとらえようと身構えている気分だった。こちらがちょっとでも体を動かしたら、七面鳥が怖がって逃げてしまう。すでに想像を絶する数の人たちと出会っていたが、その日、会場で待ち受けているのは親族だった。

「来たぞ！」わたしたちを見て、誰かが叫んだ。音楽がやんだ。静けさが広がる。そしてつぎの瞬間、百人ほどの人たちの口笛や歓声や拍手で、会場が沸きかえった。母はおばやおじやいとこたちからなる金髪の人たちの群れに引き入れられた。親族たちがアリのようにわたしに群がった。男たちはわたしの手を取って握手した。女たちはわたしを胸に抱き寄せてから、腕の長さまで遠ざけて、わたしの存在を疑っているようにわたしの頬をつねった。子どもたちは、男の子も女の子も、そういうおとなたちの背後からキツネのように用心深くようすをうかがっていた。それまで『ナショナル・ジオグラフィック』で街の風景写真を見ながら、人に囲まれるのはどんなものか想像していたわたしは、そのとき答えを知った。騒々しかった。ごみごみしていた。暑苦しかった。臭かった。その瞬間瞬間がわたしにはたとえようもなく甘美だった。

『ピープル』誌の記者はわたしたちを人だかりから救いだし、階段の下に導いた。わたしが騒音や大騒ぎに恐れをなしていると思ったのだろう。彼女はそのときまだ、そこがわたしのいたい場所だと知らなかった。そう、わたしが自分で選んで沼地をあとにしてきたことを。

「お腹《なか》、すいてない？」記者の女性は尋ねた。

すいていた。パーティ会場には食べるものがたくさんあるからと言って、祖母が来るまえに食べさせてくれなかったからだ。祖母の言ったとおりだった。記者はわたしを台所の隣にしつらえられた長テーブルに連れていった。わたしが生まれてから目にしてきた食べ物すべてを合わせたよりもたくさんの食べ物があった。父と母とわたしが三人で食べても、一年、いや二年は食べられそうな量だった。

記者は紙のように薄い皿をわたしに持たせた。「かきこんじゃって」

そう言われても、ショベルは見あたらず、なにより、かきこむべきものがなかった。だが、わたしは沼地を出たあと、どうしたらいいかわからないときはほかの人のまねをするのが一番だと学んでいた。だから記者がテーブルに沿って移動しながら皿に食べ物を載せるのを見て、わたしもそれにならった。料理によっては名前が書いてあった。肉抜きラザニア、マカロニ＆チーズ、チーズポテト、アンブロシアサラダ、グリーンビーンキャセロール。文字面だけは追えたけれど、意味はちんぷんかんぷん、味の見当もつかなかった。とりあえず、どの料理もスプーン一杯ずつ盛った。料理を持ってきてくれた女性を傷つけないように、どの料理もかならず食べるようにと祖母から命じられていた。皿一枚にすべてが載るかどうか不安だった。二回めを取っていいかどうかも、わからなかった。だがそのとき、ひとりの女性が大きな金属製の缶に料理ごと皿を落として、歩き去るのが目に入ったので、皿がいっぱいになったときは、そうすればいいのだと思った。おかしな習慣だとは思った。沼地では食べ物を捨てるなどありえなかった。

長いテーブルの終わりまで来ると、パイとクッキーとケーキを満載にした別のテーブルが横に置いてあった。そのなかにぽってりとした茶色のフロスティングにカラフルな粒チョコをたっぷりまぶしたケーキがあった。アーチ状に配置された十二本の小さなロウソクの下に黄色のフロスティングで〝おかえりなさい、ヘレナ〟と描いてあるので、わたしのためのケーキだ。わたしはマカロニやポテトやアンブロシアやキャセロールの載った皿を金属製の缶に落として、新しい皿を手に取ると、ケーキを丸ごと皿に載せた。『ピープル』誌の記者が笑顔になり、カメラマンが写真を撮ったので、これでよかったのだと思った。沼地を出てからのわたしは、たくさんのへまをしでかしていた。最初の一口の味はいまでも覚えている。軽くて、ふわふわで、チョコレート風味の雲を噛んでいるようだった。

ケーキを食べるわたしに、記者が質問をした。どうやって読み書きを覚えたの？　沼地に住んでいて、一番よかったことは？　タトゥーを入れられたときは痛かった？　父親にさわられて、いやだと思ったことはない？　いまなら最後の質問は、父が性的な意味でわたしに触れたかどうかを尋ねたのだとわかる。そんなことはまったくなかった。わたしがあると答えたのは、父からよく頭や背中をこづかれたからだ。わたしを懲らしめる必要があると、父は母にするのと同じようにわたしにも手をあげたし、殴られるのはもちろんいやだった。

わたしが食べ終わると、記者とカメラマンとわたしはうえの階に移動して、バスルームに入った（なんでお風呂に入る場所もないのにバスルームというのかな、と思ったのを覚えている。それに男性用とか女性用という標識を掲げたドアがあるのに、子ども用がないのも不思議だったし、なぜ男性と女性に別のバスルームがいるのかも疑問だった)。バスルームに行ったのは、祖父母がタトゥー隠しとして施した化粧を洗い流すためだった。みんながあなたのタトゥーを見たがっていると記者に言われて、彼女の言葉に従ったのだ。

撮影を終えると、開いたドアの向こうに駐車場があり、ボールで遊んでいる男の子たちが見えた。なぜそれが〝ボール〟だと知っていたかというと、母が『ナショナル・ジオグラフィック』を使って教えてくれたからだ。だが、実物は見たことがなかった。なによりアスファルトに叩きつけられたボールが跳ね返って男の子たちの手に戻るようすに魅了された。まるで生きているよう、精霊が宿っているようだった。

「おまえも遊ぶか?」男の子のひとりが尋ねた。

遊びたかった。そして、もしその子がわたしに投げるとわかっていたら、まちがいなくちゃんと受けとめられた。だが、不意を衝かれたせいで、ボールに腹部を強打された。たいした痛みはなかったものの、わたしはうめき声を漏らし、ボールは地面を転がった。男の子たちはどっと笑った。感じの悪い笑い方だった。

そのあと起きたことは、すべて尋常じゃなかった。わたしはセーターを脱ぎ捨てた。汚せば〝ドライクリーニング〟しなければならず、それにはお金がかかるから汚さないように、と祖父母に言われていたからだ。そしてナイフを取りだしたのは、背中側から投げて、バスケットボールのゴールがある木の柱に突き刺すためだった。彼らがボールを扱えるように、わたしにはナイフが巧みに扱えるところを見せたかった。男の子のひとりがわたしからナイフを取りあげようとしたことも、そのせいで手のひらを切ったことも、わたしのせいではない。ナイフの刃をつかむなんて、愚かにもほどがある。

その後の〝ごたごた〟――祖父母はのちのち、そのときのことをそう呼び習わした――は、男の子の悲鳴とおとなたちの叫び声、祖母の泣き声にまぎれて判然とせず、わたしは気がつくと手錠をはめられて、パトカーの後部座席に座らされていた。なにをどうまちがえたのか、まるでわからなかった。あとになって、わたしから傷つけられると男の子たちが思ったのだとわかったが、それもわたしには荒唐無稽なたわごとにしか聞こえなかった。もし本気で誰かの首をかき切るつもりなら、さっさとやっている。

当然ながら、『ピープル』誌はもっともセンセーショナルな写真を採用した。タトゥーを施した顔に、むきだしの胸、日差しを照り返すナイフの刃。ヤノマミ族の戦士のようなその写真が、表紙を飾った。もっとも売れた号のひとつ（ワールドトレード・センターの特集とダイアナ妃の追悼号についで、三番めだったらしい）と聞いたから、彼らも投資した分は回収できただろう。

あとになってみると、わたしたち全員があまりに世間知らずだった。祖父母は娘の経験が濡れ手に粟《あわ》で金になると考え、母は沼地での日々などなかったようにかつての生活に戻れると考え、わたしはわたしで、難なく新しい生活に順応できると考えていた。その一件を機に、わたしが通っていた学校の子たちは二派に分かれた。わたしを恐れる子たちと、わたしを称賛しつつ恐れる子たちに。

わたしは立ちあがって、ストレッチをする。グラスを台所に運んで、流しで洗い、寝室に移動する。携帯のアラームをセットして、朝日が差したらすぐに動きだせるよう、そのままの恰好でベッドカバーのうえに横たわる。

父を獲物にしたことは過去にもある。これが最後になるよう、全力を振り絞るのみだ。

7

五時になるとアラームが鳴った。寝返りを打って、ナイトスタンドの携帯を手に取り、メールをチェックする。スティーブンからの連絡はない。

わたしはナイフをベルトに留めつけ、台所でコーヒーの用意をはじめる。子どものころは、いやな臭いのする父特製の薬草茶をべつにすると、チコリしか温かい飲み物がなかった。太い根を掘りだし、それを洗って乾燥させておいて、こまかくすりつぶす。それだけの手間暇をかけてできあがるのは、いまとなると基本的にただのコーヒーの代用品でしかない代物だった。食料品店で粉末チコリが買えるのは知っているが、それを欲しがる人がいることがわたしには理解できない。

外が白んでくる。魔法瓶にコーヒーを入れて、ドア脇のフックにかけてあったピックアップトラックの鍵束を手に取る。スティーブンにメモを残すかどうかで悩む。いつもならそうする。わたしの居場所といつ帰るかがわかると、スティーブンは安心する。わたしとしても残すのは構わないけれど、彼のほうにも、わたしが計画を変えることがあり、そのときはそれを知らせられないかもしれないことをふまえておいてもらう必要がある。アッパー半島では携帯の電波が不安定で、入らない場所が多い。携帯が必要になりそうな場所でかからないのだから、皮肉なものだといつも思う。わたしは考えた末に、メモを残さないことにする。たぶんわたしのほうがスティーブンよりうんと早く帰宅することになる。もし彼が帰ってきてくれたら、だけれど。

トラックを私道から出すと、ランボーが窓の外のにおいを嗅ぎ取ろうとする。時刻は五時二十三分。いま摂氏六度にして、さらに下がってきている。通常、昨日のような小春日和のあとには温度が下がると言われていて、そのとおりになった。ミシガンの気候が気に入らなければ、何分か待ってみるといい。南西から毎時二十五キロの一定の風が吹いている。今日の昼近くに雨の降る確率は三十パーセント、午後にはそれが五十パーセントまで上がる。天気予報のその部分がわたしの心配の種だ。最高の追跡者であっても、流し去られた形跡までは読み取れない。

わたしはラジオをつけ、父の捜索がいまも熱心に行われていることだけを確認すると、ラジオを切った。走っている幹線道路沿いのカエデは、半分黄色に変わっている。そこここでベニカエデが血の色に紅葉し、頭上の雲は黒ずんで青痣《あおあざ》のようだ。交通量が少ないのは火曜日だから。セニーでM77号線に検問所が設けられているのも手伝って、北に位置するグランドマレーにはぽつりぽつりとしか車が来なくなっている。

わたしの読みでは、父は昨日、道筋に偽の手がかりを残したあと、大きく円を描いて川まで引き返し、夜じゅう歩いて保護区から遠ざかっている。そしてドリッグス川をたどって北に向かう。そのほうが山野を横断するよりは楽だし、川を南に向かえば保護区のまっただ中に突き進むことになる。それに川沿いに行けばM28号線の下を通る暗渠《あんきょ》があり、これを使えば人に見られずにハイウェイを横切ることができる。暗がりのなか、父が木立のあいだを縫い、小川のなかを歩く姿を思い浮かべる。伐木搬出路のほうが移動は楽だが、ヘリコプターからサーチライトで照らされたらひとたまりもない。

そして空が白みはじめるや、父は日中のあいだ身を隠すべく、使われていないキャビンに潜りこむ。わたしも一度ならずキャビンに押し入ったことがある。天候が変わって身動きできなくなったときだ。キャビンのなかを汚さず、押し入った理由を書いたメモと、食べさせてもらった食料の代金として数ドル残しておけば、誰もうるさいことは言わない。いまわたしが直面している課題は、そのキャビンを見つけることだ。父は天候がぐずついたとしても、日が落ちたらすぐに動きだす。父の形跡が見えなければ追うことはできないから、夜になるまえに父を見つけなければ、朝までのあいだに大差をつけられて、二度と見つけられなくなる。

最終的には父はカナダに向かうというのが、わたしの見立てだ。理屈のうえではアッパー半島の山野を死ぬまでさまよいつづけることもできる。定住せず、火を使わず、動くのは夜のみに限り、電話やお金を使わず、狩猟や釣りをして、押し入ったキャビンで見つけたものを手当たりしだいに飲み食いする。〝北の池の隠者〟がメイン州で三十年近く送った生活だ。だが、この国を出るほうがうんと手っとり早い。人のいる国境検問所を通ることはできないにしろ、カナダとミネソタ北部の国境線は長く、警備も厳重ではない。道路や鉄道の交差部の多くにはセンサーが埋めこまれていて、何者かがこっそり通り抜けようとすると、当局に通報される仕組みになっているが、人里離れた深い森に入りさえすれば歩いて国境を越えることができる。あとは好きなだけ北上し、外界と切り離されたネイティブアメリカンのコミュニティの近くに腰を落ち着けて、なんなら新しい妻をもらい、無名のまま穏やかに一生を終えることもできる。父はその気になれば北米先住民族《ファースト・ネーション》で通る風貌をしている。

うちから八キロ南の位置で西に折れ、砂地の二車線の道に入った。その道を行くと、フォックス川のキャンプ地に出る。これと似たようなむかしながらの伐木搬出路が半島全域に張りめぐらされている。なかには二車線の幹線道路のように広い道もあるが、たいていは狭くて植物におおわれている。わたしと同じくらい裏道に通じていれば、舗装された道を使わずに半島を横断できる。父が逃げた時刻と身を隠すまでに移動できる距離を考えると、わたしの見立てではこの真ん中の道を行った可能性が高い。そしてこの道沿いには気になるキャビンがいくつかある。捜索隊にしても、もし父に野生動物保護区に誘導されていなければそのキャビンを調べるだろう。彼らもいずれは、そのキャビンにたどり着くかもしれない。いや、着かない可能性もある。母は十五年近くのあいだ、行方不明のままだった。

母の誘拐の皮肉さは、それまで誘拐とは無縁な土地で起きたことだ。ミシガン州アッパー半島の中程にある町のかずかずは、町と呼ぶのもおこがましい。セニー、マクミラン、シングルトン、ドラービルといったら、町の標識と教会とガソリンスタンド、それに酒場が一、二軒あるのみの、ほぼ高速道路の交差点にすぎない。加えてモーテルとコインランドリーを併設したレストランが一軒あるセニーは、M28号線を西向きに旅するなら〝セニーストレッチ〟の始点に、東に向かうなら終点になる。グレート・マニスティーク・スワンプの残りを横断するセニーからシングルトンまでの四十キロ、パンケーキのように真っ平らな大地を矢印のように真っ直ぐな高速道路が突っ切り、神経が麻痺《まひ》するほど退屈な風景を提供している。旅行者は端に位置する町のどちらかで車を停め、ガソリンを満タンにしたり、スナック菓子とコークで休憩したり、出発にあたって最後にトイレを使ったりする。そこから三十分は、文明らしきものに接する機会がないからだ。なかには実際のセニーストレッチは八十キロあると言う人もいるが、その人がそう感じるにすぎない。

母の誘拐事件があるまで、ルース郡では子どもたちを錠や鍵で守る習慣がなかった。事件後もそうだったかもしれない。むかしながらのやり方はそう簡単には変わらず、わが身に災難が降りかかると本気で心配する人は少ない。ほかの誰かがそんな目に遭えば、さらに拍車がかかる。『ニューベリーニュース』紙はどんなにささやかな犯罪でも、すべて取りあげる。そしてささやかな事件ばかりだった。施錠してない車の前部座席からCDがケースごと盗まれたとか、郵便受けが荒らされたとか、自転車が盗まれたとか。子どもが盗まれるなど、誰も、夢にも思わなかった。

さらに皮肉なのは、祖父母が自分の娘の行方を必死に追っているあいだ、その娘が八十キロと離れていないところにいたことだ。アッパー半島は広い。ミシガン州の陸地の二十九パーセントにあたる面積に住むのは、人口わずか三パーセント。そして半島の三分の一が州もしくは国が保有する森林にあたる。

マイクロフィッシュ化された新聞の記録集成が、捜索のなりゆきを伝えている。

一日め。行方不明。近辺にいると思われるので、まもなく見つかるだろう。

二日め。いまだ行方不明。州警察の捜索隊と警察犬が投入される。

三日め。捜索網を拡大。セントイグナスの沿岸警備隊のヘリコプター一機と、現場で勤務する天然資源省の職員、小型航空機数機が捜索に加わる。

などなど。

線路脇にある使われていない建物で遊んでいたら、男がやってきて、犬を捜してると言った。母の一番の友だちがそう認めたときには、母がいなくなって丸一週間が経過していた。〝誘拐〟という言葉がここではじめて現れた。当然ながら、すでに遅きに失した。

新聞に掲載された母の写真を見ると、なにが父の気を惹いたかがわかる。金髪。ぽちゃっとした体つき。お下げ髪。だが、金髪でぽちゃっとした体つきの十四歳の少女なら、ほかにもたくさんいただろう。なぜ母だったのか、わたしはかねてから疑問に思ってきた。誘拐する数日まえ、あるいは数週間まえから、母を付け狙っていたのだろうか？　母に対してひそかに恋心をいだいていたとか？　それとも、母はたまたまいた時と場所が悪かったというだけの理由で、さらわれたのか？　わたしは後者だろうと思っている。父と母のあいだに、愛情めいたものが行き来するのをついぞ見たことがないからだ。母とわたしが食べたり着たりするのに困らないようにしておくことが、わたしたちに対する父の愛情のあかしだったのかも？　心が弱っているときには、ついそう考えたくなる。

わたしたちが戻るまで、母の安否を知る人はいなかった。毎年、母が誘拐された日には『ニューベリーニュース』に記事が掲載されたが、それもしだいに短くなっていた。最後の四年は見出しと一段落のみの記事で、しかも〝地元の少女、いまだ行方不明〟という、文言まで同じだった。父に関してわかっていたのは、母の友人の証言のみ。細くて小柄な男。〝浅黒い〟肌、長くて黒い髪、ワークブーツにジーンズ、赤い格子柄のシャツを着ている。当時のこの地域の住民を人種別に見ると、ネイティブアメリカンの数がフィンランド系ならびにスウェーデン系の数とおおむね同じぐらい、十六歳以上の男性のほぼ全員がワークブーツとフランネルのシャツで歩きまわっていたので、母の友だちの証言はなにも特定していないに等しかった。母は記憶の彼方に追いやられ、例外は年に一度の二段記事と、祖父母ふたりの心に空いた穴だけだった。

それがある日、父に誘拐された日から十四年と七カ月二十八日後に母が戻り、同時に、アッパー半島の住民がかつて――そしていまに至るまで――経験したことのない大規模な人狩りがはじまった。

わたしは人が歩ける精いっぱいぐらいの速さまで速度を落として車を走らせている。いま走っているのがうっかり外に寄りすぎると車軸まで深い砂地に埋まって、牽引トラックがないと抜けだせなくなるような道だという事情はさておき、足跡を探しているからだ。もちろん、人が徒歩で移動した跡をちゃんとたどりたければ、車に乗ったままでは無理だし、父がこの道に足跡を残す確率は――ここを実際に歩いたとしても――極端に低いけれど、万が一ということがある。こと父に関しては、なにごともゆるがせにはできない。

わたしにとっては走り慣れた道だ。五百メートルほど先にカーブがあり、そこならしっかりした地面があるので、脇に寄せて車を停めておける。そこから徒歩でさらに五百メートルほど北西に行き、急な斜面を下ると、わたしの知るなかでもっとも大きなブラックベリーの茂みがある。ブラックベリーは大量の水を好むため、暗渠の底に小川が流れているここだと特大サイズに育ち、運がよければ、一度に一年分のジャムの材料を確保することができる。

それがイチゴだと話がちがってくる。野生のイチゴは、食料品店で買える巨大なカリフォルニア産とは別物だ。ふつうはおとなの小指の先ほどしかなく、その小ささを補って余りある芳香に恵まれている。ごくたまに、わたしの親指と同じくらい大きいイチゴに出くわすこともあるが（そんなときはイチゴ用の手桶ではなく、わたしの口に直行する）、野生のイチゴとしてはそれが望みうる最大の大きさだ。そこそこの量のジャムを作るには、大量の野生のイチゴが必要になるため、うちのイチゴジャムはその分、割高になる。

なんにせよ、今日のわたしはベリーを探していない。

携帯がポケットのなかで振動する。取りだすと、スティーブンからのメールだった。

三十分で帰宅する。娘たちは両親に預けたから、心配いらない。

ふたりで乗り越えよう。愛を込めてS

わたしは道の真ん中で停まって、画面を見つめる。スティーブンが戻ってきてくれるとは思っていなかった。娘たちを実家に降ろすや、来た道を引き返して自宅に向かっているにちがいない。わたしの結婚生活はまだ終わっていない。スティーブンがもう一度チャンスをくれようとしている。そう、彼は帰ってくる。そのことが示す意味に圧倒されそうになる。スティーブンはまだわたしを捨てると決めていない。わたしの正体を知ったのに、そのことを棚上げしようとしている。〝ふたりで乗り越えよう。愛を込めてS〟。場違いなことを言ったりしたりしては、そのへまを冗談のように扱って自分の無知を隠してきた過去がことごとくよみがえる。もうそんなふりをしなくていいことに気づく。わたしは自分を箱に入れて閉じこめてきた。スティーブンはわたしをわたしとして愛してくれている。

〝三十分で帰宅する〟。彼が帰宅したとき、もちろんわたしはいないが、かえってよかったかもしれない。いまになって、書き置きを残してこなかったことに胸を撫でおろす。わたしの心づもりを知ったら、スティーブンはどうかなってしまう。彼にはわたしが朝食なり買い物なりに出たか、警察署で手掛かりの追跡を手伝っているだけで、じきに帰る、と思わせておいたほうがいい。わたしの計画どおりに運べば、実際そうなるのだから。

わたしは最後にもう一度メールを読んでから、ポケットに携帯を戻した。アッパー半島の電波状況が悪いことは、みんなが知っている。

8

キャビン

バイキングのおかみさんは自分の胸のうえにきれいな赤ん坊がいるのを見て、それはそれはよろこびました。しきりに口づけしたり、撫でたりしたのですが、赤ん坊はちっともうれしがりません。かえって大声で泣きながら、足や腕をつきだすしまつ。そしてついに泣きつかれて眠ってしまいました。すやすや眠るその姿は、うっとりするほどの愛らしさです。

つぎの朝早く、バイキングのおかみさんが目をさますと、赤ん坊がいません。びっくりしたおかみさんは寝椅子から飛びおき、部屋を一回りして赤ん坊をさがしました。するとなんと、寝椅子の自分の足があった場所に、赤ん坊ではなく、大きくて醜いヒキガエルがいるではありませんか。

おりしもそのとき、のぼってきた太陽の光が窓枠からさしこみ、寝椅子にいる大きなカエルにあたりました。すると、カエルの大きな口がふいに縮んだようで、小さく赤くなりました。手と足がうごいて、にょっきりのび、それが長くなって、美しい形になりました。そして、なんとまあ、目のまえにかわいらしい赤ちゃんが横たわっているではありませんか。見苦しいカエルはもうどこにもいません。

「どういうことなの？」おかみさんは叫びました。「悪い夢でも見ているのかしらね？そこにいるのは、わたしの愛らしい天使ちゃんじゃないの」そう言ってキスをし、抱きあげたのですが、赤ん坊は身をよじってあらがい、小さな野良猫のようにおかみさんを噛んだのです。


――ハンス・クリスチャン・アンデルセン『沼の王の娘』

父はキャビンの発見にまつわる話をするのが好きだった。その日、父はニューベリーの北側で弓矢を使って狩猟をしていたという。父は矢を放ったが、標的のシカがすんでのところで跳ねたため、傷つけることしかできなかった。父はそのシカを沼際まで追いつめ、パニックを起こしたシカは父の見ているまえで水に入って溺れた。立ち去ろうと父が振り返ると、キャビンの屋根沿いに取りつけられていた雨押さえの金属が、日差しを受けて煌めいた。別の時季、別の時間帯なら、あるいは同じ日でも雲の出方がちがったら、絶対に見つからなかったろう。父はよくそう言っていたし、実際そうだったろうとわたしも思う。

父はその場に印をつけておき、あらためてカヌーで戻った。キャビンを目にしたとき、ここで家族を作るべく大いなる精霊がその場に導いてくれたのがわかった、と言っていた。要は公有地の無断使用だといまならわかるが、当時のわたしは気にしていなかった。実際、キャビンに住んでいたあいだ、それが問題視されることはなかった。アッパー半島には、打ち捨てられた建物が無数にある。日常を離れられる場所が欲しいという思いに駆られた人たちが、国や州の公有地に囲まれた森林に土地を買って、キャビンを建てる。しばらくは、文明を離れたいときに行ける場所があることが嬉しくて、通うかもしれない。だがそのうち困難が立ち現れる。子どものこと、仕事のこと、年老いた両親のこと。キャビンを訪れることなく一年が過ぎる。さらにもう一年。そして、使っていない不動産に税金を払いつづけることが重荷になる。日常の煩《わずら》わしさから逃れたがっている別の哀れな愚か者を見つけないかぎり、錆《さ》びたキャビンの立つ十六ヘクタールの沼地を買う人などいないので、税金の未納分として州に差しだす所有者が多い。

警察による犯罪現場の検証がすみ、マスコミの注目が鎮まると、州は黙ってわたしたちが住んでいた土地を納税者名簿からはずした。事件の現場となったキャビンは取り壊されたと思う人もいただろうが、詰まるところ、その費用を払いたがる人はいなかった。

そんな訳でキャビンはいまもそこにあるが、家のある尾根に導いてくれる支流を見つけるには、何度か路《みち》に迷うかもしれない。キャビン内にあったものは、記念品荒らしが持ち去った。いまこのときでもｅＢａｙでわたしの持ち物とされる品々を購入できるものの、売られているものの大半は、ほぼ百パーセント偽物だと断言できる。だが、ヤマアラシが噛んで開けた台所の穴のほかにも、キャビンと、物置と、薪小屋と、発汗小屋《スエットロッジ》と、屋外便所が、わたしの記憶のままに残っている。

わたしが最後にキャビンを訪れたのは、二年まえのことだ。母が亡くなったあとだった。娘たちができてから、自分がどんなふうに育ったのかが気になったし、わたしの記憶が現実と合致しているかどうかを確認したくなった。ポーチが落ち葉と松葉におおわれていたので、手折ったマツの枝できれいにはいた。リンゴの木立にテントを設営し、数個のミルク差しに沼の水を汲むと、ひっくり返した薪に腰をおろして、グラノーラバーを囓《かじ》りながら、アメリカコガラのさえずりに耳を傾けた。暗くなる直前、沼地に静けさが広がった。日中に活動する昆虫や動物はおとなしくなり、夜行性の生き物はまだ出てきていない。むかしは毎晩、夕食がすむとポーチのステップに座り、『ナショナル・ジオグラフィック』のページを繰ったり、父から教わったスクエアノット結びやハーフヒッチ結びを練習したりしながら、星が現れるのを待った。ニンガビ・アヌング、ワブン・アヌング、オジーグ・アヌング——夜星、朝星、北斗七星。オジブワ族にとって主だった星三つ。風が凪《な》いで、池が鎮まると、水面にくっきりと星が映る。沼地を出たあと、わたしは祖父母の家のポーチで星を見あげて長い時間を過ごした。

キャビンには二週間いた。魚を釣り、動物を狩り、罠をしかけた。何者かが薪ストーブを持ち去っていたので、調理は火を起こして屋外でした。十三日めにオタマジャクシでいっぱいの水溜まりを見つけ、マリとアイリスに見せてやりたいと思ったとき、うちに帰る時が来たのがわかった。カヌーに荷物を載せてトラックまで戻る道すがら、目に入るもののひとつずつを記憶に焼きつけた。戻るのはこれが最後になるのがわかった。

若い母親が家を離れるのに二週間は長すぎたかもしれないと、いまならわかる。当時それに気づいていたら、家を離れなければならない理由を説明する必要に駆られて苦しんだだろう。わたしは新しい人生を切り開いていた。家族のことを愛していた。不幸せだったわけではない。たぶん長いあいだ自分の正体を隠して、環境に順応しようと必死だったので、過去の自分に繋がりなおす必要があったのだと思う。

決して悪い生活ではなかったのだ、途中までは。

母からわたしが物心つくまでの話を聞いたことは、ほとんどない。洗濯と養育に明け暮れた日々だったのだろう。〝一枚着て一枚洗う〟という方針は、聞く分には問題がない。だがわたし自身、娘を育ててみてわかったのは、赤ん坊のときは着るものだけでも日に三、四枚はいるということだ。それに加えておむつがある。まえに一度、母がどれほどおむつの洗濯に追われていたか、祖母に語るのを聞いたことがある。わたしには赤ん坊のとき、とくに不快な思いをした記憶はないけれど、お尻じゅうが赤く爛《ただ》れてじくじくと血を滲ませていたと母親が言うのだから、信じないわけにはいかない。並大抵なことではなかっただろう。おむつについた固形物を屋外便所でこすり落としてから、バケツで手洗いするのだから。薪ストーブには洗濯用の湯を沸かし、雨模様の日は台所に物干し紐を張り渡し、雨が降っていなければ庭に干す。その点、ネイティブアメリカンは赤ん坊におむつなどあてない。もし母が知恵のまわるタイプで、下半身をむきだしのまま走らせておいても問題がないほど暖かくなっていたら、同じようにしていただろうと思う。

うちのあった尾根には新鮮な水がなかった。キャビンを建てた人が井戸を掘ろうとした痕跡として、庭に深い穴があった。その穴には厚い材木の蓋がかぶせてあって、父は罰としてときおりわたしを閉じこめたが、井戸の水は涸《か》れていた。キャビンが放置されたのは、そのせいだったのかもしれない。わたしたちは沼から水を汲んでいた。半円形をした岩がちな場所を水汲み場に決め、植物におおわれないようにしていた。そこなら底の堆積物を巻きあげずにバケツで水を汲めるだけの深さがあった。うえにあるキャビンまでバケツを運ぶうちに二十センチは腕が長くなる、と父はよく冗談を言ったものだ。小さいころはその冗談を額面どおりに受け取っていたし、大きくなってわたしもバケツで水汲みをするようになると、その冗談の真意が骨身に染みた。

木を切り、運んで、薪にする。母がわたしを清潔で乾いた状態に保つのに必要な薪を準備するそうした作業は、父の担当だった。わたしは父が薪割りをするのを見るのが大好きだった。父は黒々とした長い髪を邪魔にならないよう三つ編みにして、寒さの厳しい時期でもシャツを脱いで諸肌《もろはだ》になった。皮膚の下でさざ波立つ筋肉が、夏の日にインディアングラスの平原を吹き渡る風のようだった。わたしの仕事は父が中断なく薪を割ることができるように、丸木を立てることだった。パシッ、パシッ、パシッ、パシッ。丸木一本に斧一振り。父が最後の瞬間に斧の刃をひねると、きれいに二分された丸木が宙を舞った。薪割りをよく知らない人は、斧をまっすぐ振りおろしがちだ。斧の重さと勢いだけで割れると思っているのだろうが、それだと刃がノミのように生木に突き刺さって、そのあと抜くのに手を焼く。ある年、ミシガン州パラダイスで開かれたブルーベリー祭り――わたしはそこでジャムとジェリーを販売していた――の主催者は、催しを盛りあげるため移動遊園地を呼んでいた。ハンマーで台座を叩き、ポールをのぼったウエイトでうえの鐘が鳴ったら賞品をもらえるというゲームをご存じだろうか？　わたしはみごと、賞品を手にした。

うちの伐採林は尾根の低いほうにあった。父が木を切り倒し、枝を払って、薪の長さに切りそろえたら、みんなでキャビンまで運びあげる。父は直径二十センチから二十五センチの木をもっとも好んだ。扱いやすい手頃な大きさだし、薪にせず丸木のまま使えば、夜くべて朝までもつ。またキャビンに近いカエデの木立には手をつけず、大きくして樹液の採取用にしていた。平均的なサイズのカエデやブナノキからおよそ一コードの薪が取れ、冬の厳しさによって毎年二十から三十コードの薪を消費したので、木を切って薪を積むのは季節に関係なく通年の仕事だった。父はよく、薪小屋いっぱいの薪は銀行預金のようなものだと言っていたが、常時いっぱいにしておくことはできなかった。冬になると、父はうちの伐採林の木がもつように、近くの尾根の木を切った。そして木回しや鉤てこを使い、肩にかけたロープで引っ張って、氷のうえに丸太をすべらせて動かした。アッパー半島じゅうでパルプ材を伐採している大規模な製紙会社は、木材を再生可能な資源扱いしたがるが、わたしと母がキャビンを去るころには、尾根の低い側にある木々はあらかたなくなっていた。

そこまで薪集めに苦労したのだから、冬のキャビン暮らしはさぞかし快適だっただろうと思うだろう。だが、そうはいかなかった。百五十センチを超える雪や氷に囲まれているのは、冷蔵庫のなかで暮らすようなものだ。十一月から四月にかけて、キャビンのなかにいても暖かいということがなかった。日中の外気温が零度を超さない日がたまにあり、夜間の最低気温がそこから三十度、四十度下ということが珍しくなかった。そこまで行くと、息を吸いこむたびに冷気が肺を直撃し、毛細血管が収縮するせいでむせる。鼻のほうは、鼻腔内の水分が凍ってむずむずした。実際、あそこまでの北の最果てに住んだことがなければ、厳しくて逃げ場のない寒さに対抗して生きていく大変さはわからないと思う。たちの悪い霧のような寒さが、うえから横から、まんべんなく押し寄せ、凍った地面から立ちのぼり、キャビンの床板や壁の隙間や割れ目から容赦なく忍びこんでくる。カビボナカン

──冬神さま──がやってきて取り憑《つ》き、骨から熱を奪って血と心臓を凍らせ、最後には薪ストーブの火だけで対抗するしかなくなる。

嵐の夜は、目を覚ますとよくブランケットが雪だらけになっていた。板が縮んだ窓の隙間から、雪が吹きこんだのだ。わたしは雪を払い落としたブランケットを体に巻きつけて廊下を急いだ。そしてホットチコリの入ったマグを両手で持ち、薪ストーブのまえで寒さにめげずに動く気になるのを待った。うちでは冬のあいだ、入浴する習慣がなかった。というより、単に入浴できなかった。父がサウナを建てた理由のひとつがそれだった。そう聞くとおぞましいと思う人が多いのはわかっている。だが衣類を洗えないのに、体だけ洗ってもしかたがない。それに、わたしたち三人だけの暮らしだったので、においたとしても、三人が同じようににおっているので気にならなかった。

幼児期のことはほとんど記憶にない。記憶の切れ端。音。におい。記憶にある場面というより、デジャブの感覚に近い。もちろん、赤ん坊のときの写真はない。だが沼地での暮らしは決まったパターンの繰り返しなので、その隙間を埋めるのもむずかしくない。十二月から三月は氷と雪と寒さ。四月になるとカラスが戻ってきて、トリゴエアマガエルの卵が孵化《ふか》する。五月には沼地じゅうが緑の草と花々におおわれるけれど、大きな石の周辺や丸太の北側だと、まだ雪が溶け残っている。六月は虫の月。蚊、ブヨ、アブ、メクラアブ、ヌカカ——虫が飛んできて噛まれれば、それでわかる。七月と八月はもっと緯度の低い南のほうに住む人たちがすべてを夏とボーナスに関連付けるとき。わたしたちが住んでいた北の果てのほうでは、十時過ぎても明るい。九月には最初の霜がおりる。九月中に降雪があることも珍しくなかった。といっても軽く積もるぐらいで、木の葉もまだ色付ききっておらず、本格的な冬の季節の前触れにすぎなかった。九月はカラスとカナダのガンの群れが飛び立つ月でもある。十月と十一月の沼地は封鎖同然になり、十二月のなかばにはふたたび急速冷凍の冷蔵庫に閉じこめられる。

移ろっていくそうした事象すべてのなかに駆けまわる幼児を置いてみてほしい。雪のなかで転がったりすべったり。水しぶきをあげ、ウサギになったつもりで庭を跳ねてまわり、ガチョウだかガンだかの翼のように腕をはためかす。父のレシピ（すりつぶしたヒドラスチス根茎にクマの獣脂を混ぜたもの）どおりに母が作った自家製の防虫剤をこってり塗られているにもかかわらず、目も耳も首も手も、虫刺されの跡だらけで腫れている。幼少時代に関するわたしの思い出はおおむねそんなものだ。

最初の本格的な記憶は、五歳の誕生日のことだ。五歳のわたしは、ずんぐりした母を身長百二十センチにしたような体つきに、父譲りの目と髪と皮膚の色をしていた。父が長い髪を好んだので、わたしも髪を切ったことがなかった。腰あたりまであった。だいたいはお下げにするか、父と同じ一本の三つ編みにしていた。オーバーオールと、父のにそっくりな赤い格子柄のフランネルのシャツを好んで着ていた。その年着ていたもう一枚のシャツは緑だった。なめし革のワークブーツも、つま先に鋼鉄が入っていなくて小さいことを除けば、父の靴にうりふたつだった。そういう恰好をしていれば、いつかどこかからどう見ても父にそっくりな男になれる気がしていた。わたしは父の癖をまね、口ぶりをまね、歩き方をまねた。崇拝とまでは言わないが、それに近いものがあった。わたしはなんの疑いもためらいもなく、父のことを心から愛していた。

その日が自分の五歳の誕生日であることはわかっていたけれど、ふだんとちがうなにかを期待することはなかった。けれど母はケーキを焼いて、わたしを驚かせた。母は食料貯蔵室に積まれた缶詰と米袋と小麦袋のあいだから、ケーキミックスの箱を見つけた。なんと虹色の粒チョコ飾りがついたチョコレートケーキだった。父はいつか自分にも子どもができるとわかっていたのだろうか？　する必要のない台所の仕事には興味のないわたしだったけれど、箱の表を飾っていた写真にいたくそそられた。わたしには想像がつかないことながら、母によれば、そのほこりっぽい茶色の粉が、色とりどりの小さなロウソクと茶色の砂糖衣でおおわれたケーキになるとのことだった。

「〝百八十度以上に余熱のこと〟ってどういうこと？」箱の後ろに書いてある作り方を読んで、わたしは尋ねた。文字は三歳から読んでいた。「それに、オーブンはどうするの？」『ナショナル・ジオグラフィック』に載っていた台所用品の広告でオーブンの写真を見ていたので、うちにないのはわかっていた。

「オーブンはなくても大丈夫」母は答えた。「ケーキもビスケットと同じように焼けるのよ」

わたしは心配になった。母が錬鉄製のフライパンをボックスストーブのうえに載せて作るベーキングパウダー入りのビスケットはたまに焦げていたし、焦げていないときも堅かった。噛んでいて乳歯が抜けてしまったこともある。父はいつも母の料理下手をくさしていたが、わたしは気にならなかった。最初からないものは、嘆きようがない。あとになってみれば、もう少し年長の娘をさらってくれれば避けられた問題だと容易にわかることだけれど、わたしがいまさらそんなことを言ってどうなるものでもない。要するに、父の自業自得だった。

母はネズミが侵入できないカップボードにしまってあるクマ脂の容器に布を浸けて、フライパンの内側に塗りつけると、熱を加えるべくストーブのうえに載せた。「クッキングオイル？」

「〝卵ふたつと四分の一Cのクッキングオイル〟」わたしは続きを読んだ。

「クマ脂よ」母は言った。「Cはカップのこと。卵はある？」

「ひとつ」野生のカモは春になると卵を産む。さいわいわたしは三月末生まれだった。

母は粉のなかに卵を割り入れると、同量の水とともに錫《すず》のカップに入れてストーブの熱で溶かしたクマ脂を加えて、生地をかき混ぜた。「〝電動ミキサーをハイスピードにして三分か、手で三百回〟」母の腕が疲れてくると、わたしが代わった。粒チョコはわたしに入れさせてくれたものの、生地の準備ができたころには、わたしに食べられて半分になっていた。味自体はいつだって大歓迎の甘い味だったが、口のなかで舌に触れる感触がネズミの糞みたいだった。母は生地がくっつかないようにもう一塊クマ脂を入れてから生地を流しこみ、錬鉄製の蓋をした。

のぞいたらケーキが焼けないと母から二度叱られつつ、十分後、母はみずから蓋を開けて焼け具合を調べた。縁は焼けてきていたが、まだ内側が粘ついていた。母はストーブの扉を開けて、火のまわりが均一になるように熾《おき》をならし、薪を足した。この一手間が功を奏した。できあがったものは写真とは似ても似つかない代物ながら、それでもわたしたちは残すことなく平らげた。

野生のカモの卵とクマ脂で作ったケーキと聞いたら、食指が動かないかもしれないが、はじめて味わうチョコレートは、この世のものとは思えなかった。

そのケーキだけでも大満足だっただろうと思う。けれど、それでは終わらなかった。あとになって思うと、母親らしい愛情からだったのだろうが、母はその日、めったにないその愛情の表現として、人形を作ってくれた。わたしが着ていた古い赤ん坊用の寝間着に乾燥させたガマの穂を詰めて、左右の袖口に指としてそれぞれ五本の枝を差しこんで紐で固定し、父の古い靴下に炭の塊でゆがんだ笑い顔を描いて頭の代わりにした。そうしてできあがったのは、ご想像どおり、たいそうみっともない人形だった。

「これなに？」わたしは尋ねた。母がテーブルのわたしのまえにそれを置いたとき、わたしは少しも残したくなくて、ケーキの皿を舐めていた。

「人形よ」母はおずおず言った。「わたしが作ったの。あなたのために」

「人形」まちがいなく、はじめて聞く言葉だった。「どういうもの？」

「そうね……遊ぶのよ。名前をつけて。これを赤ちゃんにして、あなたが母親をするの」

わたしはどう応えたらいいかわからなかった。なにかのふりをするのは得意だったけれど、この命のない塊の母親になるのは、想像の域を超えていた。ありがたいことに、やはりそれをくだらないと考えた父親が大笑いしてくれたおかげで、気持ちが楽になった。

「おいで、ヘレナ」父はテーブルを離れ、手を差し伸べた。「おれからもプレゼントがある」

わたしは父に連れられて、両親の寝室に行った。父はわたしを抱きあげ、ベッドに載せた。高さのあるベッドだったので、脚が床につかずにぶら下がった。ふだんは入るのを許されない部屋だけに、嬉しくて足を揺らしていると、父が四つん這いになってベッドの下に手を伸ばした。父が引っ張りだしたのは茶色の革製のケースだった。茶色の取っ手とぴかぴかした金色の縁がついていた。持ちあげるとき父がうめいたので、ケースが重いのがわかった。そしてベッドにいるわたしの隣にそれをおろすと、ベッドが跳ねて、小さく揺れた。ベッドのうえで飛び跳ねるという、わたしがやってはいけないことをしたときと同じだった。父はキーリングから一番小さな鍵を選び、錠に差しこんだ。掛け金が音をたててはずれた。父は蓋を持ちあげ、わたしに見えるようにケースの向きを変えた。

わたしは息を呑んだ。

ケースのなかはナイフでいっぱいだった。長いナイフ。短いナイフ。細いナイフ。幅広のナイフ。木製の握りがついたナイフ。削った骨の握りがついたナイフ。折りたたみ式のナイフ。剣のように刃が湾曲したナイフ。のちのち父からそれぞれのナイフの呼び名や特徴、そしてそれぞれを狩猟や戦闘や護身でどう使うのかを教わることになるのだが、その時点では、ただ触れてみたい一心だった。その一本ずつに指を這わせてみたかった。金属の冷たさや、木肌のなめらかさ、一本ずつの刃先の鋭さを感じてみたかった。

「さあ」父は言った。「一本選べ。おまえも大きくなった。自分のナイフを持ち歩いてもいい年頃だ」

薪ストーブのなかで炎が燃えあがるみたいに、たちまち体内が熱くなった。物心ついたころからずっと、ナイフが欲しかった。そんな宝物が両親のベッドの下に隠されていたなんて全然知らなかった。しかも、父がその宝物の一本をわたしに分けてくれるという。わたしはドアのほうをちらっと振り返った。眉をひそめて腕組みをする母を見て、反対なのがわかった。台所で母の手伝いをするときも、尖ったものにはさわるなと言われていた。わたしはもう一度、父を見た。そして瞬時に母には耳を貸す必要がないと悟った。もういいのだ。自分のナイフを持っていいころだと父さんが言ってくれたのだから。

わたしはふたたびケースに目を戻した。二回にわたって、じっくりと一本ずつ検討した。「これにする」金色の柄と艶やかな木製の握りのついたナイフを指さした。決め手は革製の鞘《さや》に施された葉っぱの浮き出し模様だ。小さなナイフではなかった。父が大きくなったと言ってくれても、わたしには自分がまだこれから大きくなるのがわかっていた。そして、成長したわたしに見あったナイフが欲しかった。そう、わたしの寝室の片隅で山積みになっているシャツやオーバーオールのように、成長したとき用済みになるナイフではなく。

「いいのを選んだな」父は王が騎士に剣を授けるように、二十センチほどあるナイフを差しだした。いまならわかる、それは諸刃のボウイナイフだった。わたしはつかもうとして、手を止めた。父はよく、なにかをくれるふりをして、わたしが取ろうとすると、引っこめるという、そんなゲームをして、わたしをおちょくった。いまそれをやられたら耐えられない。父はためらうわたしに笑いかけ、励ますようにうなずいた。それもまたゲームの一部になっていた。

だが、わたしはナイフが欲しかった。いや、絶対に自分のものにしたい。父が反応するより早く、わたしはナイフをつかんだ。そして握りしめたナイフを背中に隠した。必要とあらば、父と争ってでも手に入れようとしただろう。

父は大笑いした。「大丈夫だ、ヘレナ。心配するな。そのナイフはおまえにやる」

わたしはゆっくりとナイフを背中からまえに持ってきた。父の笑みが大きくなり、手が脇に垂れたままなのを見て、その美しいナイフが自分のものであることを実感した。ナイフを鞘から出し、手のうえでひっくり返した。掲げて光にあて、横向きに膝に置いた。その重さ、大きさ、形、持ち心地が、自分の選択の正しさを裏付けてくれていた。まえに父がやっているのを見たとおり、刃先に親指をすべらせて鋭さを試した。切れて血が出た。痛くなかった。わたしは親指をくわえて、もう一度、部屋の出入り口を見た。母はいなくなっていた。

父はケースに錠をかけて、ベッドの下に戻した。「上着を着てこい。罠を調べに行く」

わたしが父のことをどれほど愛していたか。その父から外に誘われて、さらに愛情が強まった。父は毎朝、罠を調べていた。そのときは午後のもう遅い時間だった。それなのにわたしに新しいナイフを試させるため、もう一度外に出ようとしていると思うと、胸がはち切れそうだった。父のためなら殺せる。死ぬのもいとわない。そして父も同じ思いでいるのをわたしは知っていた。

父の気が変わらないように、わたしは急いで防寒具を身につけ、上着のポケットにナイフをしまった。歩くとナイフが脚にあたった。罠は尾根の長さいっぱいにしかけてあった。山道の両脇にはわたしの背丈と同じくらい雪が積もっていたので、わたしは父の足跡を念入りにたどった。たいして遠くへは行かなかった。空も木々も積雪も青ずんだ宵闇色に染まっていた。ニンガビ・アヌングが低い西の空でまたたいていた。わたしは大いなる精霊に向かって祈った。どうかどうかお願いです、わたしが外にいられるうちにウサギを授けてください、と。

だが、ギッチ・マニトゥはわたしの辛抱強さを試した。神さまたちはときにそんな試練をお与えになる。ひとつめ、ふたつめの罠には、なにもかかっていなかった。三つめにはウサギがかかっていたが、すでに死んでいた。父はウサギの首に輪縄をかけて、罠をしかけなおし、硬直したウサギをずだ袋に入れた。そして暮れつつある空を指さした。「どうする、ヘレナ？　このまま行くべきか？　それとも帰るか？」

そのころには、夜星のほかにもたくさんの星が出ていた。気温は低く、冷えこみが厳しくなりつつあって、吹き渡る風は雪を予感させた。わたしの頬はひりひりし、歯の根は合わず、目は潤んで、鼻の感覚は麻痺していた。「このまま行く」

父は黙って回れ右をすると、引きつづき山道を下った。わたしは転げるようにあとに続いた。オーバーオールが湿ってこわばり、足の感覚がなくなっている。だが、つぎの罠を見ると、凍ったつま先のことなど頭から吹き飛んだ。こんどのウサギは生きていた。

「急げ」父は手袋をはずし、息を吹きかけて手を温めた。

ウサギの後ろ肢が罠にかかっていた。そんなとき、父ならウサギを持ちあげて木の幹に頭を叩きつけるか、喉を切り裂くかした。わたしは雪面に膝をついた。ウサギは恐怖と寒さで硬直しているが、ちゃんと息はあった。わたしは鞘からナイフを抜いた。「ありがとうございます」空と星に感謝を述べ、ウサギの首に刃をあてて、すばやく引いた。切り口から血が噴きだし、わたしの口や顔や手や上着にかかった。わたしは悲鳴をあげて、大急ぎで立ちあがった。なにがいけなかったか一瞬にして悟った。はじめての殺害にはやるあまり、脇によけるのを忘れていたのだ。わたしは雪をすくい、上着のまえになすりつけながら、けらけら笑った。

父もいっしょに笑った。「気にするな。帰ったらおまえの母親がなんとかしてくれる」父はウサギの傍らに膝をつき、指二本を血に浸けた。そっとわたしを引き寄せ、「マナジウィン、尊敬」と言った。わたしの顎を持ちあげ、左右の頰に指を這わせた。

父は山道を下りだした。わたしはわたしのウサギを持ちあげて背負い、父についてキャビンまで戻った。血の縞が乾くにつれて、頰がちりちりする。顔がにやついてしまう。これでわたしも猟師であり戦士。尊敬と名誉に値する人物。父と同じ、自然に生きる人だ。

母はわたしを見るとすぐに顔を洗いたがったけれど、父が許さなかった。母はわたしの上着についた血を洗ってから、夕食としてわたしのウサギをローストし、茹でたクズウコンの根と、地下貯蔵庫の木の箱のなかに押しこんであった生のタンポポの葉を添えた。過去最高の食事だった。

のちに州政府は父が広くコレクションしたナイフを売りはらい、父の裁判費用の足しにした。だが、わたしの手元にはいまもそのときのナイフがある。

9

　五歳の誕生日に父からもらったナイフは、コールドスチール社のナッチェスボウイといって、いまだと七百ドル近い値段で売買されている。非の打ち所のない戦闘用ナイフだ。バランスがよくて力強く、リーチがあって、てことして使える。刃はカミソリのように鋭く、鉈《なた》のようにぶった切ることもできるし、短剣のように刺すこともできる。

　父が逃走に使ったナイフは、トイレットペーパーでできていた。それを聞いて、わたしは意外に思った。父の性癖や能力からして、金属製のナイフのほうを好みそうだからだ。作る時間はたっぷりあったろう。あえてトイレットペーパー製にしたのは、人畜無害な材料から殺傷能力のある武器ができるという皮肉におもしろ味を見いだしたからだと思う。ナイフもどきを作るとなると、受刑者はときにとびきりの創造性を発揮する。プラスチックのスプーンや折れた歯ブラシをセメントでできた独房の床や天井や壁にこすりつけて尖らせ、使い捨てのカミソリの刃を植えつけたり、デンタルフロスで何カ月もかけてスチールベッドの枠から金属製のナイフを切りだしたりする。だが、さすがにトイレットペーパーで人を殺せるとはわたしも思っていなかった。

ユーチューブにはその作り方がアップされている。まず紙をきつく丸めて円錐《えんすい》形にし、紙張り子における接着剤の代わりに歯磨きペーストを使って固める。あとは好みの形にしあげればいい。一方にトイレットペーパーを巻きつけて、ぎゅっと握ってやれば、手にぴったりの握りができる。形が決まったら、堅くなるまで乾燥させ、ふつうに研いだら、殺傷能力のある武器になる。しかもこのナイフなら生物分解する。使い終わったらトイレに捨て、柔らかくなるのを待てば、そのまま流せる。

父は犯行現場に残していった。もはや用済みで、もっともらしく否認する筋書きを立てるまでもないということか。ニュース報道によると、父のナイフもどきは長さ十五センチの柄付きの諸刃で、どうやって着色したか知らないが、柄は茶色に塗られていた。そのことには驚かなかった。むかしからボウイナイフは父のお気に入りだった。

昨日、警察からナイフに関して具体的な発表があったことを除くと、確実な事実としてわかっているのは、殺されたふたりの看守の片方が刺殺、もう片方が射殺だったことと、父が彼らの武器を持って逃走したことだけだ。目撃者はいない。誰も刑務所の護送車がセニーストレッチの中程で側溝にはまりこむのを見ていなかったのかもしれないし、父がそのあたりをうろついているうちは、進んでなにかを見たと言いたくないのかもしれない。

父をよく知るわたしには、その行間を読むことができる。父がずいぶんまえから逃走を企てていたことはまちがいない。母の誘拐を企てたときと同じように、年単位だったかもしれない。父がいの一番に行ったことのひとつは、模範囚の地位を確立して、刑務所と裁判所間の押送を担当する看守たちと良好な関係を築くことだったろう。受刑者の逃走には、かならずなにかしらの人為的なミスがからんでいる。たとえば受刑者を脅威と見なしていない看守は、めんどくさがって受刑者の手錠にダブルロックをかけない。あるいは同じ理由から身体検査のときに受刑者の体や衣類に隠された手錠の鍵に気づかない。厄介者扱いされている受刑者だと警備がよけいに厳しくなるので、父はそう見なされないように気をつけていたはずだ。

マーケット刑務支所から父が裁かれていたルース郡立裁判所までは、距離にして百六十キロあるから、走行時間はかなりのものになる。父のようなサイコパスは、ときにカリスマ的な魅力を発揮する。世間話を通じて看守たちが関心を持っていることを探りだし、少しずつ魅了していく。犬を捜しているといって、母に警戒を解かせたのも同じなら、子どもだったわたしの興味を引き、さりげなく、けれど徹底して、母親に背を向けさせたのも同じだ。わたしは母がわたしに対して愛情を持っていたという考えを受け入れるために、何年もセラピーを受けなければならなかった。

父がどうやって独房からナイフを持ちだして、護送車に持ちこんだのか、わたしにはわからない。看守もおざなりにしか触れないジャンプスーツの股間に近いあたりの縫い目に隠したのだろうか。本の背表紙に隠すという手もある。小型のナイフなら実効性のある方法だと思う。だが、父について理解すべきことのひとつは、なにごとにつけ中途半端はありえないということ。さらにもうひとつ、それは父が辛抱強いことだ。父は何度となく逃げる機会を見送って、すべての条件が完璧にそろうのを待ったにちがいなかった。天候が思いどおりでなかったり、看守がいつになく不機嫌だったり、用心深かったり、ナイフの完成度に満足がいかなかったり。父は性急にことを進める人ではない。

そして昨日、すべての星がきれいにならんだ。父は独房からまんまとナイフを持ちだし、護送車の後部座席の裂け目に隠して、復路まで決行を待った。長時間の運転で看守に疲れが出るし、日没直前に逃走すれば、捜索隊による追跡がむずかしくなる。さらに帰り道は西向きに走ることになり、知ってのとおり、西日に向かって運転すると注意が散漫になる。

父は後部座席で前かがみになって、うたた寝をしているふりをしていた。よく知った道筋なので、目をつぶっていてもたどれるが、万が一を嫌う父は何分かごとに目を開いて、進行具合を確かめた。エンガディンへの道を通りすぎ、フォーコーナーズを通りすぎて、坂道をのぼる。その先にあるのはマクミランの小さな町。家屋が五、六軒と、むかしからあるマクギニス農場を越えたら、坂を下ってキングズ川に出る。またつぎの坂道をのぼると、一九七〇年代にヒッピーのカップルが建てたもう使われていない陶芸工房とキャビンがある。その先のダナハー・ロードを過ぎ、もうひとつ小さな丘を下って、またのぼり、もう一度下ると、いよいよフォックス川橋の西に広がる湿地帯に出る。父の脈は沼地を目にして速くなるが、そんなことはおくびにも出さない。

護送車はセニーに止まることなく走りつづける。運転していた看守がもうひとりの看守にトイレに行かなくていいかと尋ねたかもしれないし、必要なら相手が言うものと考えて運転を続けたかもしれない。父にはそんな贅沢は許されていないが、今回は気にならない。父は後部座席で動く。わずかに体をまえにずらしつつ、その動きを隠すためいびきをかくふりをする。シートの割れ目に手をやり、隠し場所からナイフを取りだして、手錠のかかった両手で包むようにして持つ。うえから攻撃できるように、刃先は自分に向けてある。そしてさらに体をまえにずらした。

セニーから西へ進むこと十六キロ、川に沿って保護区の中央へと続くドリッグス・リバー・ロードを越えるや、父はまえに飛びだす。敵に襲いかかる兵士のようにわめいたかもしれないし、暗殺者のように静かだったかもしれない。いずれにせよ父は助手席にいた看守の胸にナイフを突き立て、深々とやいばを差し入れて右心室を貫き、隔膜を切り裂いた。これで看守は失血ではなく、心臓の周囲に溜まった血による圧迫で亡くなる。

看守は驚きのあまり声もあげられない。死にかけていることに気づいたときには、父は彼から奪い取った拳銃で運転席の看守を撃っている。護送車は側溝に突っこみ、それきり動かなくなった。父は看守ふたりの死亡を確認してから、手錠の鍵を探しだし、まえの座席に移動して、車から抜けだす。護送車の陰に隠れてハイウェイの左右を確認し、目撃者がいないのを確かめてから、まっすぐ南に向かう。そして自分がどちらに向かったか捜索隊にわかるように、道のあいだの長く伸びた草や木を踏みしだく。二キロほど歩いたところで、ドリッグス川に入る。川を下り、少し歩いて同じ側の岸に上がる。川は深すぎて泳がないと渡れないが、保護区に向かったと思いこませるまでは、捜索隊にあまり無理をさせたくない。随所に折れたシダや枝や、不完全な足跡を残す。捜索隊をして自分たちのほうが賢い、日が落ちるまえに捕まえられると錯覚する程度に痕跡を残しておいて、父がここだと判断したタイミングで沼地に分け入り、朝露のように気化して、跡形もなく消える。

わたしは父の動きをこう読んだ。少なくとも、わたしが父ならそうする。

最初に調べたいキャビンまであと二キロほどと迫ったとき、ランボーが外に出してもらいたいとき特有の声で鳴きはじめる。アームレストを引っかいて、シートでぐるぐるまわりだしたら、いやでも車を停めてやるしかない。ランボーが行きたいとなったら我慢がきかないのに気づいたのは、最近のことだ。年齢のせいなのか、運動不足のせいなのか知らないが、プロットハウンドの寿命は十二歳から十六歳とされ、八歳のランボーはその歳に近づいてきている。

わたしはグローブボックスのなかに手を伸ばし、ジーンズの前ポケットにマグナムを突っこむ。助手席のドアを開けるが早いか、ランボーが鉄砲玉のように飛びだす。わたしは道端をゆっくりと歩いて、人が通った痕跡を探す。枝にオレンジ色の生地が引っかかっているとは思っていないので、靴紐のないテニスシューズの足跡といったものを。父はよくわたしと母に言っていた。もしうちの尾根に思いがけず誰かが現れたときは、ぬかるんだ草地に入って泥のなかを転がり、おれがいいと言うまでじっとして戻ってくるな、と。まずまちがいなく、父の受刑者用のジャンプスーツにはそのていのカモフラージュが施されている。

道路脇の木立のなさや下生えの密生具合からして、このあたりが伐採されて十年ほどになる。いま育っているのはブルーベリーとハンノキだけだ。伐採業者が残していった枝の山と即席の食料源が、恰好のクマ寄せになっている。ランボーが降りたがるわけだ。

わたしは道を渡って、反対側の道端を戻った。わたしはまだ小さかったころに父から足跡のたどり方を教わった。父は、わたしを遊ばせたりうろついたりさせておいて、そのあいだにわたしに追跡させる道を準備した。そのあと、わたしに痕跡を見つけてたどらせながら、その隣を歩いて、わたしが見落としたヒントをひとつずつ指摘した。ふたりで足の向くままに歩き、行く先々でおもしろいものを見つけては、教えてくれることもあった。吹き寄せられた糞とか、アカリスに特有の跡とか、鳥の羽根とフクロウが吐き戻したペレットであふれかえったモリネズミの巣穴の入り口とか。糞の山を指さして、「オポッサムかヤマアラシか？」と、尋ねることもあった。そのふたつを見分けるのは簡単ではない。

やがてわたしは痕跡をたどることが、読むのに似ていることに気づいた。痕跡は言葉だ。それを繋ぐと文章になり、そこを通った動物になにがあったかを物語ってくれる。たとえば、シカが寝床にしているくぼみを見つけたとする。場所は沼地にできた小島かもしれないし、周囲を警戒しやすい小高い丘かもしれない。わたしがまず注目すべきは、くぼみのへこみ具合だ。それによって寝床の使われ度合いがわかる。土までへこんでいれば主たる寝床なので、シカは戻ってくる可能性が高い。つぎに注目すべきは、寝床の向きだ。雄ジカは風に背中を向けて寝ることが多い。その寝床がどの風に対して作られたかがわかれば、その風が吹いている日に来るので、その日を狙えばシカをしとめられる。そんなふうに物語を読み解く。

父が獲物役を買って出ることもあった。父はこっそりとキャビンを抜けだし、目隠しをされたわたしは、出来心でインチキをしないように、窓に背を向けて座らされている。わたしは千まで数えたら、母に目隠しをはずしてもらい、追跡に取りかかる。裏庭に広がる砂地には縦横に足跡が残っていて、そこから父のものを見つけだすのは至難の業だ。わたしはステップの最下段にしゃがみ、足跡のひとつずつに目を凝らして、最後についたとおぼしき足跡を探しだす。うっかりまちがった足跡をたどったが最後、父は絶対に見つけられず、父の歩いた距離や隠れていた時間やその日の気分によって、わたしが井戸のなかで沈思黙考する時間はうんざりするほど長引くことになった。

父は追跡ゲームをよりむずかしくするために、ポーチから落ち葉の山や岩に飛びおりることがあった。靴を脱いで、靴下や素足でつま先歩きをすることもあった。母の靴をはいてわたしの裏をかいたことも一度ある。あのときはふたりして大笑いした。沼地を出てから知ったことだが、世間には子どもの自己肯定感を育むため、わざと子どもに負けてやる親たちが少なくない。その点、父はわざと見つかりやすくしたことなど一度もないし、わたしもそれを望まなかったと思う。それ以外に学びようがあるだろうか？　自己肯定感に関しては、父を追いつめて殺せたときは、何日も顔がにやついたものだ。もちろん、本当に殺すわけではない。だが、父の隠れている場所に合わせて、父の足元の地面なり、木の幹なり、頭の横の枝なりを撃つことでゲームは終了になった。続けて三度わたしが勝つと、父はこのゲームをしなくなった。その後うんとたってから、授業で先生から『もっとも危険なゲーム』という短編を読んで聞かせてもらった。父とわたしが繰り広げていたゲームにそっくりだったので、その話が父のゲームの元ネタだったのかもしれないと思った。狩られる側と、狩る側。わたしがその両方になったことがあるのをクラスのみんなに話したくなったけれど、そのころにはもう、沼地での生活については極力話さないほうがいいことを学んでいた。

警察車両は道端に停めてある。より正確を期すと、アルジャー郡保安官事務所のパトカーで、ニュースで最近購入したと言っていた車両の一台だ。白地に黒のストライプが入り、車体の側面に黒とオレンジでロゴが描かれている。フロント部分にはプッシュバンパーがつき、うえには回転灯が載っている。これがはじめての出動なのか、ぴかぴかの新車だった。

わたしは車の速度を落とす。この際、わたしに取れる対応はふたつ。こんな辺鄙《へんぴ》なところになぜパトカーが停まっているのか、まるでわからないふりをして通りすぎる。警官に車を停められたら、ピックアップトラックの荷台に載せた釣り道具の出番だ。車のナンバープレートと運転免許証を調べられたら、名前から父との関係に気づかれるかもしれないし、気づかれないかもしれない。いずれにせよ、悪くしても、帰宅しておとなしくしていろという警告とともに送り返されるのがせいぜいだろう。

なんなら、脱走犯のニュースを聞いたので、釣り旅行を切りあげて、家に帰る途中だと言うこともできる。こちらの選択肢には、ついでに捜索の進捗状況を尋ねることができるという利点がある。警官に長々と話をさせられれば、無線で流れてくる有益な情報を聞けるかもしれない。

そのとき、わたしはどちらの選択肢も無用だと気づく。パトカーはもぬけの殻だった。

わたしは車を端に寄せて、停めた。ときおり無線からノイズが聞こえるだけで、森は静まりかえっている。窓枠のうえの棚からルガーをおろし、グローブボックスからマグナムを取りだした。あたりをうかがって動きがないかどうか探り、しゃがみこんで道に残された跡を調べる。足跡が一組。靴のサイズからして男性だろう。深さからして、体重八十キロから百キロ。足取りから判断するに、最新の注意を払って動いている。

足跡をたどると、道端の草むらに消えていた。折れたシダや踏まれた草から、警官が走っていたことがわかる。わたしは時間をかけて痕跡を調べ、警官がなにかから逃げていたのではなく、調べるに値すると思ったなにかを追っていたのだと判断する。

ルガーを肩から提げ、マグナムを両手でまえに構えた。足音はほぼしない。いつも茂みではいているモカシンのおかげ、父が授けてくれた訓練の賜物《たまもの》だった。

警官の足跡はカバノキとアスペンの混合林を抜けて、峡谷のうえへと続いている。わたしは突端まで歩いて、下をのぞく。峡谷の底に人が横たわっている。

10

キャビン

ほどなくバイキングのおかみさんにも、その子がどうなっているのかがわかってきました。どうやら強力な魔法使いに魔法をかけられているようです。昼のあいだは見た目こそ光の天使のようにかわいらしいのに、ねじ曲がっていて、たけだけしい性質でした。それが夜になると、姿形は醜いカエルになりますが、物静かで陰気で、目には悲しみをたたえています。

ふたつの性質があって、太陽が出ているかどうかによって外面と内面が入れ替わるのです。つまり日中はその母親からひきついだ姿に父親ゆずりの激しい性格がやどり、ぎゃくに夜になると、外側には父親の影響があらわれ、内側は母親ゆずりの心になるのでした。

――ハンス・クリスチャン・アンデルセン『沼の王の娘』

『ナショナル・ジオグラフィック』は、わたしにとって絵本であり、最初の読み物であり、歴史や科学や世界の文化の教科書であった。文字が読めるようになってからも、飽きずに写真のページをながめたものだ。一番のお気に入りは、オーストラリアのどこか奥地にいるというアボリジニの裸の赤ちゃんだった。赤茶けたちりちりの髪に、赤茶けた肌をしたその子は、肌の色と変わらない色の地面に座って、木の皮を噛みながら、にこにこしていた。まるでベビー仏陀だった。ふくよかで幸せそうで、誰がどう見たって、その瞬間その場にいることに満ち足りていた。その写真をながめては、自分がその赤ん坊になったところを想像したものだ。

アボリジニの赤ちゃんのつぎに好きだったのが、ブラジルの熱帯雨林に住むヤノマミ族の写真だった。タトゥーの入った顔に切りそろえた前髪をした母親たち。上半身裸で赤ん坊をあやしたり、腰に抱えて運んだりする彼女たちの頬や鼻には、黄色い羽根の房飾りのついた棒が刺さっている。少年たちは性器をろくろく隠せない紐状のふんどしをつけ、自分たちの弓矢でしとめたサルと極彩色の鳥の死骸を肩にかついでいる。腕と同じぐらい太いつるにぶら下がって、川に飛びこむ少年や少女たちの写真もあった。添えられた記事によると、その川にはクロカイマンやオオアナコンダやピラニア・ナッテリーが棲んでいるという。そんな野性味あふれる、勇敢な少年少女たちを自分の兄弟だと想像するのは、心躍ることだった。暑い日には、着ているものをすべて脱ぎ捨てて、沼の泥を体に塗りたくり、腰に紐を結びつけて、青くてやわらかいヤナギの若木で作った弓矢を振りまわしながら、尾根を駆けめぐった。ウサギを狩るのもむずかしいほどやわい弓矢だったけれど、ごっこ遊びには事足りた。母がわたしの古い寝間着で作った人形を薪小屋に掲げ、それを弓矢の練習の的にした。矢が跳ね返ることのほうが多いとはいえ、たまには突き刺さることもあった。わたしが裸でいることを母はいやがったものの、父は気にしていなかった。

わたしはそうした写真を雑誌から破り取って、マットレスとボックススプリングのあいだに隠した。母はめったにわたしの寝室に来ず、父に至っては一度も来たことがなかったが、万が一ということがある。ベッドの下にはもう一冊雑誌を隠してあって、それには新世界であるアメリカ大陸にはじめてできたバイキングの集落に関する記事が載っていた。バイキングのすべてが好きだった。挿絵に描かれた彼らの暮らしは、わたしの暮らしによく似ているようだった。ただし、家は芝土でできていて、人数はうんと多かったけれど。夜になると父が火を起こし、わたしはできるだけ近くに座って、彼らが見つけた出土品の写真をつくづくながめた。そのなかには人骨も含まれていた。三人そろってベッドに入る頃合いだと父が判断するまで、その時間は続いた。

読むことは好きだったけれど、雨の日と、夜の炉端の時間に限られていた。朝靄や黄色く色付いた木の葉、凍った沼などの描写が強烈にわたしに訴えかけてきた。詩人の名前までがフロスト——凍りつく——というのだから、できすぎだ。自分でつけた名前なのかもしれない、と当時は思っていた。わたしがバイキングごっこをするときに〝恐れ知らずのヘルガ〟と名乗るのと同じで。父が本の表紙を切り取って、中身を屋外便所に置いたときは、心底がっかりした。母が言うには、以前は本物のトイレットペーパーがあったらしい。でもわたしの記憶にはないので、早くになくなっていたのだろう。『ナショナル・ジオグラフィック』の硬い光沢紙を好む人がいるとは思えないが、それでも一応の用はなした。

詩の本が永遠にはないことに早い段階で気づいていたら、もっと真剣に暗記していたと思う。いまも断片が記憶に引っかかっている。〝暗く深い、うるわしの森……真夜中の空、夕焼けは燃える……黄色い森のなかで道は二手に分かれ、わたしは通った人が少ないほうの道を選んだ〟。いや、通った人〝の〟だったかもしれない。

アイリスは学校に上がるまえに、自分で読むことを覚えた。わたし譲りだと思いたい。

わたしの子ども時代の話のなかに、一部の人を不快にするかもしれない内容が含まれていることは承知している。たとえば、狩猟をしたことのない人は、父が六歳のわたしに銃の撃ち方を教えたと知ったら、心穏やかではいられないだろう。だがこの点については、母も反対していなかった。アッパー半島における狩猟は、宗教のようなものだ。狩猟期間の初日は、教師も生徒もこぞってシカ狩りに出られるよう学校が休みになり、開いている数少ない店は最低限の人員で商われる。ライフルを持てる年齢に達した者たちはひとり残らず狩り小屋に出かけ、狩猟をしたり、飲んだり、ユーカーやクリベッジというトランプゲームをしたりしながら、二週間におよぶ〝その年一番大きな雄ジカを狩ったのは誰か〟をめぐるお祭り騒ぎを楽しむ。マキナック橋の料金所の受取係は、車のうえやピックアップトラックの後ろに乗せられて、アッパー半島からロウアー半島へと運ばれていくシカの数を標識に掲げている。その大半は大量の餌につられて捕まったシカで、餌となるニンジンやリンゴは、食料品店やガソリンスタンドで大袋で売っている。わたしがそれをどう思っているかは、想像がつくと思う。

わたしたちも毎年十一月、このお祭り騒ぎの二週間になると、毎日、日が昇ってから沈むまで銃声を聞いていた。ときおり遠くに、父以外の人のチェーンソーの音を聞くようなものだ。父の説明によると、この時期は白人たちの〝狩猟期間〟で、白人はこの二週間だけシカ狩りを許されるとのことだった。わたしは白人たちが気の毒になった。誰がそんな規則を作ったのだろう？　その人たちは、わたしが言うことを聞かないとき父がそうするように、規則を破った人たちを井戸のなかに閉じこめるのだろうか？　そして、わたしたちが好きなときにシカを撃っていることが白人にばれたらどうなるの？　わたしが心配して尋ねると、父は、ネイティブアメリカンである自分たちには白人の狩猟規則はあてはまらない、と言った。これでわたしも気が楽になった。

父は毎年二頭ずつシカを撃った。一頭は大騒動の余波がおさまった十二月のなかばに、もう一頭は春先だった。魚と野菜でまったく困らずに生きていけたが、父は食べるものは多様なほうがいいと考えていた。神さまのお導きでうちまでやってきて、結局リビングのラグになったクロクマを別にすると、唯一撃った狩猟動物がシカだった。ライフルは一挺しかなかったし、銃弾もむやみには使えなかった。ウサギにはバネじかけの罠を使った。リスと父のしかけた罠にかかったジャコウネズミとビーバーも臀部と背の部分を食べた。リスとシマリスは、わたしがナイフを投げて殺した。はじめてシマリスをナイフでしとめたときは、庭で起こした火で調理して食べた。無駄にしないのがインディアンの流儀だ。だが、小さな骨格にはほとんど肉がついていなかったので、その後は、面倒を避けてそこまでしなくなった。

横木を渡したフェンスのうえに載せた空き缶を、父が引いた線から十缶続けて撃つこと。父はそれができたらシカ狩りにつれていくと約束していた。貴重品の銃弾を使ってまで射撃を教えたのだから、その重要さがわかるというもの。わたしがあっという間に撃てるようになって父は驚いたと思う。だが、当のわたしはそうでもなかった。父のライフルをはじめて手にしたときから、自分の目や腕の延長のようで、自然に感じたからだ。六歳の子どもにとって重さ三・五キロあるレミントン７７０は重すぎる銃器だったと思うが、わたしは歳のわりに体が大きく、水汲みのおかげで力もとても強かった。

父から出された条件をクリアしてから数週間たっても、なにも起こらなかった。魚を釣ったり、大きな罠や小さな罠で生き物を獲ることはあっても、レミントンは鍵のかかった貯蔵室にしまわれたままだった。父はいつもベルトでじゃらじゃらいわせていたキーリングにその鍵をつけていた。ほかになにの鍵があったのか、わたしは知らない。キャビンに鍵をかけたことがないのはまちがいない。父はただその音と重さと感触が好きなだけだったのだと思う。たくさんの鍵を持ち運ぶことで、自分の重要度が増すように感じていたのかもしれない。

はじめて貯蔵室を見たときは、軍隊を養えるぐらいの食料があると思った。だが、父によると、使った缶詰はそれきり補給できないので、いまあるものを長引かせなければならないとのことだった。母は一日に一缶だけ開けるのを許されていて、それをわたしに選ばせてくれることもあった。クリームコーンの日もあれば、サヤマメの日も、キャンベルのクリームトマトスープの日もあったが、名前に〝クリーム〟とあるものは水ではなくミルクでスープを伸ばしているのだと気づいたのは、うんとあとになってからだ。退屈したときは、残っている缶を数えた。わたしのなかでは、缶詰がすべてなくなったらここを立ち去るのだと思っていた。

いつシカ狩りに出かけるのかと尋ねると、父はそのたびに優秀なハンターには我慢強さが欠かせないとわたしをさとした。わたしが尋ねるたびに、その日が一週間ずつ先送りになる、とも言われた。まだたった六歳だったので、しばらくはどういうことだかわからなかった。わかってからは、尋ねるのをやめた。

翌春のある日、朝早くに、父が貯蔵室の錠を開け、ライフルを肩にかつぎ、ポケットを銃弾でいっぱいにして出てきた。それでついにその日が来たのがわかった。わたしは言われるまえから冬用の防寒着を身につけて、父について出かけた。凍った沼を行くと、吐息が白い雲になった。母は寒い外に出るのをきらったが、わたしは冬の沼を探索するのが好きだった。魔法をかけられたように土地が広がって、好きなところを歩くことができる。わたしは自分の足の下で眠っているカエルと魚のことを思った。口を閉じて、イギリスの雄牛のように鼻から二本の息を吐いた。洟が垂れるときは、かがんで雪面に飛ばした。

歩くと雪がきゅっきゅと鳴った。雪は気温によって異なる音を奏で、その日の足音は寒さの厳しさを伝えていた。狩猟にはもってこいの日だ。こういう日は、シカたちがさまよったり動きまわったりせず、暖を求めて身を寄せあっている。ただ、わたしたちの足音がうるさいという意味では、シカたちに近づくのがむずかしい日でもあった。

カラスがカーカー鳴いた。父はそのカラスにアーンデッグという、ネイティブアメリカン名をつけ、はるか遠方の木を指さした。わたしはめっぽう目がよかったが、黒い体がみごとに枝にまぎれこんでいたので、アーンデッグが鳴かなければ、姿を確認できていた自信がない。父親への尊敬の念で、心が温かくなった。父はアニッシュナビ――先住民――と沼地に関することなら、なんでも知っていた。魚釣り用の穴を開けるなら、どこが一番いいか。一日のうち、魚が食いつきやすいのはいつか。氷が割れて落ちることがないように、どうやったら氷の厚さを調べられるか。父なら呪医にも呪術師にもなれただろう。

雪が小さな山を作っているところへ来た。父が罠をしかける、ドーム状になったビーバーの巣穴だ。父は声が風に運ばれないよう、その背後にしゃがみこみ、声を落として言った。「ここから撃つぞ。この巣で身を隠すんだ」

わたしはゆっくりと顔を上げた。ヒマラヤスギが尾根を囲んでいるが、その下にシカの姿はなかった。失望感が目を刺す。立ちあがろうとしたとき、父から引き戻された。父は唇に指をあてて、指さした。わたしは目を細めて、凝視した。ようやくシカの白い呼気が淡い煙のようにうっすらと見えてきた。雪におおわれたシカが、雪におおわれた大地に座り、その頭上には雪におおわれたヒマラヤスギの枝がある。こうなると容易には見えないが、わたしには見えた。父からライフルを渡され、スコープに目をあてると、シカがはっきり見えた。わたしは群れを見渡した。一頭だけ、ほかよりも大きなシカが離れて座っていた。雄ジカだ。

わたしはミトンを取って雪面に落とし、セイフティをはずして、引き金に指をかけた。父の視線を感じる。頭のなかで父の指示を聞いていた。〝肘をしめろ。下の手をまえに出して支えにすると、安定するぞ。標的から目を離すな。シカを撃ったら、そのあとをかならず目で追え。完全にはずしたと思いこむのは禁物だ〟。わたしは息を詰めて、引き金を絞った。ライフルが肩ではずんだ。痛かったけれど、父に叩かれたときほどではない。シカの群れがてんでちりぢりに走り去るなか、わたしは標的の雄ジカに目を凝らしつづけた。心臓や肺を撃たれたシカは、飛びあがってフルスピードで駆けだす。内臓を撃たれると、尻尾を下げ、背中を丸めて、逃げる。わたしのシカはどちらもしなかった。急所を一撃したのだ。

「おいで」父は立ちあがると、脇によけて、わたしに先を譲った。膝よりも高く積もった雪のなかを歩いて、獲物の場所まで行った。雄ジカの目は開いたまま、首から血が流れていた。舌が口の横に垂れている。わたしの雄ジカには角がなかったが、時季が時季だったので、あるとも思っていなかった。胴体が大きいこと、大切なのはそこだった。

そのとき、雄ジカの腹が動いた。ほんのわずか、さざ波か震えほどの動き、両親がベッドカバーの下で寝返りを打ったような動きだった。まだ生きている、と最初に思った。続いて獲物を生きたまま丸呑みしたアナコンダのことを思いだした。そんなときは獲物がなかで動いているのが見えることがある。だが、シカは肉食ではない。どういうことだろう？

「脚を持ってろ」父はわたしの雄ジカをひっくり返した。わたしは足元側に移動して、左右の手でそれぞれの脚を押さえて固定した。父は白い毛皮にそろそろとナイフを走らせ、雄ジカの腹を開いた。切れ目が広がるにつれて、小さなひづめがひとつ、またひとつと現れて、わたしは自分が撃ったのが雄ジカでないことに気づいた。父は雌ジカの腹から子ジカを取りだして、雪面に置いた。子ジカは生まれる直前だったらしく、父が羊膜を切り裂くと、手足をばたつかせ、立ちあがりたがっているようだった。

父が子ジカを雪面に押さえつけて、首筋をあらわにした。わたしはナイフを取りだした。横に移動して、血しぶきを避けるのを忘れなかった。父は雌ジカの処理をしながら、子ジカをどうしたらいいかわたしに指示した。「胸骨を見つけろ。胸骨が終わって、腹がはじまる部分を探るんだ。そしたら胸骨から股まで腹を裂く。ゆっくりやれよ。皮とその下の膜を切りつつ、内臓には傷をつけるな。よし。こんどはこんなふうに内臓を引っ張る。股からうえに向かって、内臓を背骨に固定してる薄膜をだんだんに切っていくんだ。つぎに肛門周辺を切って、胴体から腸を抜き取れ。そうだ、いいぞ。よくやった」

父とわたしは雪で手とナイフを清めた。濡れた手を上着にこすりつけ、ミトンをはめて、誇らしさに胸をふくらませながら、内臓を抜いた子ジカを見おろした。小さな子ジカなので、一、二回分の食料にしかならないが、皮のほうは、斑点入りのミトンを母に作ってもらうだけの大きさがあった。

父は湯気のたっている内臓を山にした。アーンデッグとその仲間たちは騒々しい鳴き声をあげながら、わたしたちが去るのを近くの木の枝で待っている。父は雌ジカを軽々と両肩にしょった。わたしもまねして子ジカをしょった。小さくて軽い子ジカだったので、父についてキャビンに戻るあいだも、重さを感じなかった。

それから一月以上にわたって、母はわたしのミトン作りに励んだ。それには伸ばしたりこすったり引っ張ったりといった作業が欠かせなかった。ネイティブの女たちは皮を噛んでやわらかくするが、母の歯はそれほど丈夫にできていなかった。母は台所の椅子の背もたれについた丸い取っ手に子ジカの皮をあてて繰り返し前後に引っ張り、小さな範囲をやわらげては、つぎの部分に移った。

父は毛をつけたままの状態で皮をなめした。子ジカの斑点は皮まで達していなかったからだ。なめすには子ジカの脳を使った。皮はインディアン流になめすこともできる。冷たい川の流れに岩で毛皮を沈めておけば、水流と時間が毛をゆるめてくれるのだ。だが、どうせわたしたちは脳みそを食べないので、なめしに使えば無駄にせずにすむ。父によると、どの動物も皮をなめすのに適した脳の大きさをしているのだとか。大いなる精霊にはなんでもお見通しというわけだ。皮に残っていた肉片をきれいにこそげ落としたら、脳みそを同量のお湯で茹でてつぶす。すると、油分を含んだ液体ができる。つぎに皮膚のほうをうえにして地面や床に皮を広げ、脳の液体の半分を塗りつける。コツは水に浸したあとの皮に適量の水分を残しておくことだ。乾きすぎていると、脳みそがはじかれてしまうし、湿りすぎだと、脳みそが染みていく余地がない。

塗り終わったら皮を丸め、動物にいたずらされない場所に一晩放置して、翌日広げたら、また同じことを繰り返す。脳が皮に作用したら、毛をすっかりこすり落として洗い、そのつぎの工程が皮をやわらかくすることで、ここからが母の出番だった。

こうしてみると、ここまで母についてあまり語っていないことに気づく。なにを話すべきか、よくわからない。母に関しては、外をほっつき歩いてお腹をすかして帰るときに、夕食になにを準備してくれているのだろうと思うぐらいで、正直、あまり考えずに大きくなった。母はそこに背景として漂っているだけの人で、生殖の延長として自然が母にあてがった仕事、つまりわたしに着るものを着せてひもじい思いをさせないという仕事をこなしていた。母にはもっといい人生があってしかるべきだったし、母の望んだ人生でなかったこともわかっているが、わたしは母が言うほど沼地での暮らしが悪かったとは思わない。母にしても、幸せなときはあったにちがいなかった。幸せといっても、思いがけず訪れる、はかない一瞬のことではない。たとえば春のあいだ、うちの庭を毎晩横切る小さなスカンクの家族は、母に笑みをもたらした。そういう幸せではなく、母が健やかで、本当に幸せだったときのことだ。母が自分の外に踏みだし、天から見おろすように自分のことを客観的にながめることができていたら、こう思えることもあったはずだ。〝そうよ、わたしはこれが好き。ここで、こうしている、この瞬間が。いい気分だわ〟

わたしは庭仕事をしていたときの母はそう感じていたと思っている。子どもだったわたしにも、耕したり雑草を抜いたり収穫したりしているときの母は、ふだんほどしょぼくれていなかった。歌を口ずさむこともあった。〝ずっと愛するから、ガール……どこへも行かないで〟。わたしは母が歌っているのはわたしのことだと思っていた。だが沼地を離れたあと、わたしは時間の止まった母の寝室で、白いTシャツに破れたジーンズをはき、黒っぽい色の髪をした五人の少年たちのポスターが壁じゅうに張られているのを目にすることになった。その歌を演奏していたのは、〝ボーイバンド〟と呼ばれていたグループだった。当時すでに子どもでも新人でもなかった彼らは、新顔《ニュー・キッズ・オン・ザ・ブロック》を標榜していた。自分のことだと思っていた歌の出自が明らかになったことよりも、母が自分の部屋の壁に好きなポスターを張っていた時代があったことのほうが驚きだった。

　野菜にかける母の情熱は、尋常ではなかった。どうしてエンドウ豆やジャガイモにそこまで思い入れできるのか、わたしにはついぞわからなかった。春がめぐってきて、地面がゆるんでくると、雪融けにはまだ日があるにもかかわらず、母は帽子とスカーフとミトンの重装備で外に飛びだし、ショベルを手に地面を耕しはじめた。苦労して手で掘りあげた凍った地面の内側を強まりつつある日差しにさらせば、暖かくなるのが早くなると思っているようだった。

　母の庭はたいして広くなく、せいぜい五メートル四方で、周囲は高さ百八十センチの金網で囲ってあった。だが、年間を通じ、肥料として堆積させている野菜クズのおかげで、ふんだんに収穫できた。野菜の分解物質が尾根の砂地を徐々にローム層に近いものに変えることを、いったい母はどうやって知ったのだろう。秋に種を取ってまた翌春に植えられるように、作物ごとに少し残しておく知恵にしてもそうだし、それを言ったら、ニンジンの一部は地面に植えたまま越冬させ、翌年ふたたび大きくさせることもだ。ニンジンが収穫までの過程を完結するには二シーズンいる。父が母に教えたとは思えない。父は採集民というより狩猟民だ。では母の両親かというと、それも考えられない。わたしは何年か祖父母と暮らしたけれど、そのあいだ家庭菜園に興味を示したことは一度もないし、その必要もなかった。野菜が欲しければ、〈スーパーバリュー〉か〈アイ・ジー・エイ〉まで車を走らせるだけで、新鮮な野菜がたっぷり買えた。ひょっとすると『ナショナル・ジオグラフィック』で読んだのかもしれない。

レタス、ニンジン、エンドウ豆、カボチャ、トウモロコシ、キャベツ、トマト。これが母の栽培していた野菜だ。なぜわざわざトマトを育てていたのか、わからない。沼地における植物の生育期間はきわめて短いので、最初のトマトが色付くころには、どんなに小さくて緑でも、すべての果実を摘まなければならなかった。最初の霜が降りたが最後、ぐしゃぐしゃになってしまう。母はトマトをひとつずつ紙に包み、根菜類を貯蔵しておく穴の床にならべて追熟させたが、十個のうち九個はほどなく腐りだした。トウモロコシもまた収穫の見込みが薄かった。アライグマには一種異様な能力があって、トウモロコシを収穫する一日か二日まえになると、夜間に急襲をかけてきた。そして彼らを締めだしておけるフェンスはどこにも存在しない。

ある夏のことだ。一匹のマーモットが金網の下を掘って、母が育てていたニンジンを丸ごとだめにした。あのときの母の嘆きぶりときたら、誰かが死んだかと思うほどだった。それもこれも二度とニンジンを食べられないからだったのだが、食べられる根菜はほかにもあった。たとえばクズウコンの塊茎《かいけい》だ。クズウコンはインディアンの言葉でワパトゥーという。父が言うには、泥沼のなかに素足で入り、連結する根をつま先で探って塊茎を引っ張りだすのがインディアン流のワパトゥーの収穫方法なのだそうだ。父がまじめに言っているのか、ふざけているのか、わたしにはいつもわからなかったので、この方法は試さなかった。うちでは、農家で干し草をかき集めるのに使っているような、古い四本歯の熊手を使っていた。胴長靴を身につけた父が、泥沼の岸付近の深いところに入り、熊手を前後に動かす。わたしの仕事は表面に浮かんできた塊茎を回収することだった。水は凍えるほど冷たく、我慢にも限界があったけれど、死なない程度のつらさは人を強くするというのが、父が好んだ口癖だった。父はまだよちよち歩きのわたしの腰にロープをゆわえつけ、水に投げこんで、泳ぎを教えた。

父と母に関する真実がわかってからは、どうして母が逃げなかったのかが一貫して謎だった。あとになって母が主張したように、そんなに沼地での暮らしがきらいだったのなら、なぜ逃げなかったのか？　沼地が凍っている時期なら、父とわたしが罠をしかけに出かけているあいだに歩いて渡ることができたし、父とわたしがカヌーで釣りに出ているあいだに、父の胴長靴を身につけて沼のなかを進むこともできた。父とわたしが狩猟に出かけているあいだに、父のカヌーを盗んで、出ていくこともできた。父にさらわれてキャビンに連れてこられたときは子どもだったから、いま挙げたような選択肢もすぐには浮かばなかったかもしれない。だが、十四年あれば、なにかしら思いつけたのではないか。

誘拐されて幽閉されていた少女たちの話を読んだいまは、わたしも心理的な要因が大きく作用していたのを理解している。自立性を奪われた人間の精神と意志には、なんらかの断裂が生じる。みな自分なら同じような立場に置かれてもボブキャットのように闘えると思いたがるが、まず屈すると思ってまちがいない。それも時間をかけず、早々にだ。抵抗するほど厳罰を受ける立場に置かれた人間は、早いうちに誘拐した側の意向に沿うことを学ぶ。これはストックホルム症候群ではなく、心理学者が言うところの、学習された無力感というものだ。誘拐した側の指示に従えば罰を受けずにすむだけでなく、ブランケットやわずかな食物といった報賞まで与えられるとなれば、誘拐された側はそれがどんなに屈辱的で自分を貶《おとし》める行為であっても、言われたとおりにしてしまう。誘拐した側が痛みという要素を導入すれば、その過程をさらに早めることができる。やがて誘拐された側は、それをどんなに望んでいようと、逃げようという試みまでを放棄する。

捕まえたハツカネズミかトガリネズミを金属製のたらいに入れて、その動きを観察してみるといい。最初のうちはネズミはたらいの端につかまり、逃げ道を求めて周囲をぐるぐる走りまわる。何日かすると、たらいのなかにいることに慣れ、生来の本能に反していようと、食べ物や水を求めて中央に出てくるようになる。さらに何日かしたら、布切れかロープを取っ手の片方に結びつけ、たらいの内側と外側に垂らしてやる。だがネズミは相変わらず円を描いて走りつづける。それしか知らないからだ。やがてネズミは死ぬ。世の中には飼育されるのに不向きな生き物もいる。もしわたしが出しゃばったまねをしなければ、母とわたしはいまもあの尾根で暮らしていただろう。

母に関してもうひとつ、特筆すべきことがある。庭仕事をするときは、いつも長ズボンと長袖のシャツを着ていたことだ。どんなに暑い日でも、父が母のために買ったショートパンツとTシャツ姿だったことはない。ヤノマミの母親たちとは大ちがいだった。

11

わたしは峡谷のうえから谷底を見おろしている。両側面とも急斜面で、植物もまばらにしか生えていないので、谷底に転がる人がはっきり見える。刈りこんだ髪、血色のいい顔、日に焼けた首筋。死んだ警官は四十代前半か。そこそこ鍛えた体、体重は九十キロぐらい。彼の足跡からわたしが予測した体重の範囲のど真ん中に位置する。顔はわたしのほうを向き、驚きに目をみはっている。後頭部に開いた銃弾の穴がもたらした影響の大きさを理解できずにいる。

わたしは死んだ看守たちと、その家族のことを思う。いま一度父が収監されたあとも、長く続くであろう悲しみを思う。そしてこの警官の家族のことを。なにごともなかったかのように送られる彼らの日常。夫を、父を、兄弟をなくしたのに、彼らにはそれがわかりようがない。スティーブンの身になにかが起きたとして、どう感じるかを想像してみる。

父が近くにいるかもしれないので、眼球だけを動かして、視覚の隅からあたりの動きに探りを入れる。だが峡谷の反対側でカケスが甲高い声をあげ、キツツキが木を叩きはじめると、すでに父が去ったことがわかった。

そして斜面を下る。死んでいるのが確実な警官を、ひっくり返してみる。首筋に指を二本あてて、死亡を確認するつもりだった。仰向けになった体を見て、熱いものにでも触れたように手を引っこめる。シャツが引き裂かれ、傷ついた胸板に血で描かれた文字。

ForH

胴震いして、呼吸を落ち着かせようとする。父が最後に同様のメッセージを残したときのことがフラッシュバックする。沼地を出て二年後に、寝室の窓枠で見つけたスペリオル湖産の瑪瑙《めのう》は、赤ん坊のこぶしほどある大きなものだった。深みのある濃い赤色で、オレンジ色と白の層が同心環を描き、中央にこまかな水晶の結晶が埋めこまれていた。切って磨きをかければ、高い値のつく上物だ。ひっくり返すと、底に黒のマーカーで四つの文字が描かれていた。**ForH**

最初はいたずらで片付けようとした。そのころにはもう、ナイフ事件があったウェルカムパーティ以来、わたしをへこませてやろうと挑んできた学校の男子全員を打ち負かしていたが、まだ一部、わたしのロッカーに動物の死骸を入れるといったくだらないいやがらせをやめられない男子が残っていたし、小癪にも祖母の家の表側に赤いスプレーペンキで〝沼の王の娘〟と描いたやからもいた。

わたしはその瑪瑙をどうともしなかった。ただ靴箱に入れて、その靴箱をベッドの下にしまった。母にも祖父母にも告げなかった。どう考えていいか、わからなかったのだ。父からの贈り物であってほしい反面、そうであってほしくなかった。父には会いたくないと思いながら、やっぱり会いたかった。父を愛していたけれど、同時に恨んでもいた。わたしのどん底の不幸と順応できない苦しみは父のせいだから。父は外の世界のことをもっとわたしに教えるべきだった。狩猟や釣りが人並み以上にできたからといって、なんになるだろう? クラスメートにしてみたら、わたしはなにも知らないできそこないだった。カラーテレビが最近までなかったと思いこみ、コンピュータも携帯も見たことがなく、アラスカとハワイが州になったことも知らない。これで髪がブロンドだったら、事情はちがったと思う。わたしが母に似ていたら、祖父母もわたしを愛してくれたかもしれない。だが、父にうりふたつのわたしは、父が彼らの娘にしたことを日々思いださせる存在だった。沼地を出るときのわたしは、母の両親が長く失っていた娘がボーナスを連れて戻ることを大喜びしてくれると思っていた。だが、わたしは父の娘だった。

ドジョウツナギで編んだ籠に入れたふたつめの瑪瑙が窓枠に現れたとき、それが父からの贈り物であることを確信した。父は自然の素材からなんでも作れる人だった。編んだ籠、ヤマアラシの針の飾りがついたカバノキの樹皮の箱、ミニチュアのかんじきの材料はヤナギの枝と生皮、カバノキの樹皮でできた小さなカヌーには模様が彫られたシートとパドルがついている。キャビンの暖炉のうえにあった炉棚には、父の作品がならんでいた。暖炉のまえを歩いて、父が作った小物を見るときは、後ろで手を組んだものだ。見てもいいけれど、さわってはいけないと言われていたから。父はクラフトワークのほとんどを、空いた時間がたっぷりある冬のあいだに行っていた。一度ならずわたしに教えようとしたけれど、手工芸品作りに関しては、わたしはなぜかひどく不器用だった。すべてが得意な人はいない。父がそう言って慰めてくれたのは、わたしがヤマアラシの毛で小物を作ろうと例によって悪戦苦闘したあとのことだ。だが、わたしから見て、父はその言葉があてはまらない人だった。

父がわたしに贈り物を置いていく理由はわかっていた。近くにいることを伝える、父なりの方法なのだ。おまえを見守っている、見捨てない、自分から出ていった娘でも。手元に残しておいてはいけないものだった。証拠品を隠し持っていたら、犯罪者である父の従犯者になるとわかるぐらいには、テレビで警察番組を観ていた。けれど、父とのあいだに秘密があること、それがわたしには嬉しかった。父はわたしを信頼してくれている。黙っていることならわたしにもできた。

贈り物はその後も届いた。毎日ではなかった。毎週でもなかった。あいだが空きすぎて、父がわたしのことなど忘れて遠くへ行ってしまったと思ったこともある。だが、やがてまたつぎが届いた。贈り物はベッドの下の箱にしまった。寂しくなると箱を取りだし、贈り物に触れながら、父のことを思った。

そしてある朝、ナイフがあった。母が起きてきたらいけないので、窓枠にあったナイフを急いでつかみ、靴箱のなかに隠した。父がそのナイフをくれるなんて、信じられなかった。キャビンで暮らしていたころ、父とふたり、開いたナイフケースをあいだに置いて両親のベッドに座り、それぞれのナイフにまつわる話を聞いたものだ。その銀色の小さなナイフには、短剣のように鋭利な刃がつき、その根元にGLMというイニシャルが刻んであった。誕生日に選んだナイフのつぎに、わたしはこのナイフが気に入っていた。GLMというのは誰なのかと尋ねるたび、父がそれは謎のままにしておこうと答えるので、わたしは自分なりに話をでっちあげた。たとえば、父が殺した相手のナイフだったとか。酒場のケンカに勝った戦利品だとか、ナイフ投げに勝った賞品だとか。スリを働いていて、誰かのポケットにあったとか。あまたある父の技能のなかにスリが入っているかどうかわからなかったけれど、話としては筋が通っている。

その日、母は祖母の車に乗せられてセラピストのもとへ出かけ、祖父は昼食を終えて店に戻っていた。わたしは箱を取りだして、ベッドに宝物を広げていた。コレクションを取りだして種類ごとに山にしてみることもあれば、受け取った順番や、好きなものの順番にならべてみることもあった。もちろん、どれも大好きだったけれど。母の面談はだいたいが一時間、ときにはさらに長引くこともあったので、四十五分は出したままでいいと踏んでいた。一日を時間や分の単位に分けるという考え方にはまだ抵抗があったとはいえ、誰かがどれぐらいのあいだ出かけていて、いつ戻ってくるかを正確に知るには、便利に使えることも理解していた。

そのときわたしはベッドに座っていた。父が隣にいて、ついにそのナイフにまつわる真実を明かしてくれている場面を夢想していると、母と祖母が部屋に入ってきた。ふたりが足音を忍ばせて近づいてきたとは思えないから、わたしが父の話を夢想することに没頭していて、戻ってきた車の音を聞きのがしたのだろう。母のセラピーが不調に終わって、早く帰宅したのだと知ったのは、のちのちのこと。それについては納得がいった。わたしも同じセラピストをあてがわれたのだけれど、この件がある半年まえに行くのをやめていた。わたしが学校でひどい目に遭わされていると訴えても、学校を卒業してマーケットにあるノーザン・ミシガン大学に入学しろ、そして生物学か植物学で学位を取得して、野外調査が行える仕事に就けの一点張りだったからだ。わたしには教室に座っていることの意味が見いだせなかった。わたしが知っている以上に沼地のことを教えられる人がいるとは思えなかった。いずれも湿地や沼地を表すスワンプとマーシュとボグとフェンという言葉のちがいを説明する教科書など、わたしには必要なかったのだ。

祖母が部屋に入ってくるなり目をつけたのは、ナイフだった。ベッドまでやってくると、わたしをにらみつけて、手を突きだした。

「そんなものでなにしてるの？　よこしなさい」

「わたしのよ」わたしはほかのコレクションともどもナイフを靴箱にしまい、ベッドの下に箱を押し入れた。

「盗んだのかい？」

わたしがナイフを買えないことは、どちらも承知していた。祖父母はわたしに現金を持たせなかった。沼地を出たあと、わたし宛てに送られてきたお金もだ。祖父母には、そういうお金は〝信託〟にしてあるから手をつけられない、と聞かされていた。十八歳になったとき、信託を手に入れるためにわたしが雇った弁護士は、信託などないし、あったこともない、と言った。祖父母がフォードのF350やリンカーンのタウンカーを乗りまわすのに、大いに寄与していたというわけだ。祖父母が母の災難からお金を儲けることより、母が災難を乗り越えることに熱心であってくれたら、母の境遇はずいぶんちがっていただろうと思う。

祖母は四つん這いになり、ベッドの下から靴箱を引っ張りだした。大柄な人だったし、膝が悪かったので、それだけでも難儀だった。そして中身をベッドにあけ、ナイフをつかむと、それを振りまわして、一メートルと離れていないわたしに向かってどなりちらした。ささやき声だって、完璧に聞こえる距離なのに。わたしはいまだにどなられるのが大の苦手だ。父のことをどう思おうとかまわないが、声を荒らげることのない人だった。

特徴のあるナイフだったので、母は見るなり父のものだと気づいた。手で口を押さえ、ナイフが彼女に襲いかかろうとしているコブラでもあるように、後ろ歩きで部屋を出ていった。それでも悲鳴をあげなかった。当時すでに二年が経過していたのに、母は父のことを思いださせるなにかが起きたり、誰かが父の名前を口にしたりすると、びくつくことが多かった。セラピストの有能さがわかるというものだ。

祖母は靴箱を警察に提出した。警察はわたしの指紋とともに、キャビンに残されていた指紋に合致する指紋をナイフから検出した。まだ父の名前は判明していなかったが、その指紋によって父が近辺にいることが実証された。担当刑事が逮捕は時間の問題だと祖父母に請けあい、その点は刑事の言うとおりになった。たくさんのナイフをコレクションしている先住民の男を捜して聞きこみを行うと、ターカメノン滝の北にぽつんと離れてある伐採作業員の宿泊所が浮かびあがった。父は北米先住民族《ファースト・ネーション》の男ふたりとともに、そこに住んでいた。当時は誰も欲しがらないような雑木を伐採するため、斡旋《あっせん》業者がカナダから先住民を雇い入れることは珍しくなかった。作業現場にトレイラーやキャンピングカーを置いて寝泊まりさせ、週に一度、発電機用のガソリンと食料品を運んでは、こっそり給金を払ったのだ。

わたしはFBIが手入れをしたときのボディカメラの映像を何度もユーチューブで視聴した。『全米警察24時』や『ロー&オーダー』に実の父親が出演しているようなものだが、ノーカット版なので少し長い。ひそひそ声がたくさん入っているし、カメラのアングルもおかしい。万が一に備えて、丸太の山や木材牽引車の下や機材用のトレイラーやそれになんと屋外便所にまで突撃班がひそんでいたからだ。まずは父や父の同居者たちがその日の伐採作業から戻ってくるのを待つ時間が延々と続く。突撃班が「地面に伏せろ！　地面に伏せろ！」と叫びながら、武器を手にわっと飛びだしたときの父の顔に浮かんだ表情を思いだすと、いまでも笑えてしまう。だが、一気呵成《かせい》に進むので、一時停止ボタンを押す準備をしていないと見落とす。ＦＢＩの最重要指名手配犯リストの筆頭に載っている男をかくまっていたとわかったときは、斡旋業者も少なからず驚いたはずだ。

理屈のうえでは、父は最初に逃げた段階で、自由の身でいつづけられる条件を確保できていた。なにせ、当時は父の正体を知る人がいなかった。母とわたしはジェイコブが父の本名だと思っていた。それ以外、考えようがないではないか。だが、知っているのはそれだけだった。警察の似顔絵担当係は父の特徴をよくとらえていたと思う。けれど、たぶん父はよくある顔をしていたのだろう。テレビをつけるたび、新聞を開くたび、あるいはハイウェイを走るたびに父の似顔絵を目にしたのに、なんの成果もあがらなかった。父の両親が息子だと気づいて、警察に申し出たのではないかと思うかもしれないが、わが子が誘拐犯にして殺人犯であることを進んで認められる親は、多くないだろう。

逃走生活の疲れが、父をしてわたしに接触させたのだと言う人もいる。寂しかったのだろうとわたしは思う。沼地での生活を懐かしみ、わたしを懐かしんだのだと。あるいは、わたしがそう考えたかっただけかもしれない。

ずいぶん長いあいだ、わたしは父が逮捕されたことで自分を責めていた。せっかく信頼してくれたのに、その期待を裏切ってしまった。もっと慎重であるべきだった。父からもらったものを安全な場所にしまっておくべきだった。父を傷つけたがっている人たちの手にわたしのコレクションが渡らないよう、もっと闘うべきだった。

月日がたち、父の犯した罪の重さや、母に与えた影響の強さがわかってくると、わたしにその責任があるとしても、父が残りの人生を刑務所で送ることがそれほど気にならなくなった。父がもう一生、沼地をそぞろ歩いたり、狩猟をしたり、釣りをしたりできないことについては、心から気の毒だと思った。だが、父にも逃げるチャンスはあった。西のモンタナなり北のカナダなりに移っていれば、父に責任を問う人はいなかった。わたしに贈り物を持ってきて、それが逮捕に繋がったのだとしたら、悪いのはわたしではなくて父だ。

わたしは警官のシャツの裾を引っ張りだし、父が胸に描いた文字をぬぐい取って、死体を発見時と同じうつぶせに戻す。犯行現場を荒らしていることはわかっているが、父が死んだ警官の胸に残したわたし宛てのメッセージをそのままにするほどの肝っ玉はない。それでなくとも、警察から共犯の疑いありと見られている。峡谷をうえに戻りながら、押し寄せる吐き気を感じる。この男性はわたしがいるから父に殺された。わたしに発見させるために父は死体を残していった。猫が飼い主に見せるため、殺したネズミをポーチに残していくように。

ForH。文字は消したが、そのメッセージはわたしの脳に焼きつけられている。あらゆる状況をいいように活用する父の能力は、通常の理解を越えている。わたしがこの道をたどって父を捜しに来ることを予測しただけでなく、警察の車両を見つけると、その車両に乗っているのが、悪いときにひとりでやってきた勘のいい警官だと見抜いた。そしてわたしにこの光景を見せつけるというだけのために彼を外におびきだし、峡谷に導いた。わたしは父がパトカーのまえを横切るところを想像する。警官が路肩に車を寄せて停めるように、みんなが捜している男の姿を一瞬、垣間見させる。負傷していてあぶなくないと思わせるため、わざとつまずいたかもしれない。もはや耐えられないとばかりによろめいて草むらに警官をおびき寄せ、警官の頭を単独で脱走犯を捕まえたことに対する称賛でいっぱいにさせる。そのあと円を描いて背後にまわり、後ろから警官を撃つ。

父はこの先なにを繰りだしてくるだろう?

道まで戻り、その足でトラックへ向かう。助手席のドアを開け、手を伸ばしてランボーの引き綱を自分に留めた。ランボーが低く鳴きながら、鎖を引っ張る。血のにおいを嗅ぎつけ、わたしの緊張を感じ取っている。ランボーに導かせて峡谷の底に引き返し、父のにおいを嗅がせてから、ふたたび斜面を引き返す。警官が殺されていると通報しなければならない。警察に父の捜索を任せて、夫の待つ家に帰ろう。だが、殺された警官に残されていたメッセージはわたし宛てだ。

わたしは、めったに思いだすことのない亡き母を思った。娘たちを思った。ひとりぼっちでわたしを待っている夫を思った。このまま殺しを続けさせてはならない。わたしが父を見つける。そして捕まえる。わたしが父を刑務所に連れ戻し、彼がしてきたことすべてを償わせるのだ。

12

キャビン

そのころは厳しくて荒削りな時代でしたが、それでも彼女の荒々しさと激しさはきわだっていました。彼女はヘルガと名付けられました。そんな気性の赤ちゃんにしては、なんともかわいらしい名前ですけれど、姿形はやっぱり美しかったのです。

馬が生け贄《いにえ》として殺されれば、まだ温かな血を白い手に受けて、その血をまきちらしておもしろがりました。むしゃくしゃした気分のときは、祭司が殺そうとしていた黒いおんどりの首をはねることもありました。

バイキングのかしらである父親に向かって、こんなことを言ったこともあります。「もし父さんが寝てて守りがおるすになってるときに、敵がやってきてこの館をひきたおしたって、あたしは父さんを起こしてやんないわよ。そうよ、起こせたって、起こさない。むかし父さんに殴られたせいで、まだ耳がどくどくしてるもの。あたし、あのときのこと、絶対に忘れないから」

ですが、バイキングのかしらは娘の言うことを真に受けませんでした。みんなと同じように娘の美しさにまどわされていたし、ヘルガの姿と性格が夜になると入れ替わることなど、ちっとも知らなかったのです。

――ハンス・クリスチャン・アンデルセン『沼の王の娘』

父の残虐な面にはじめて触れたのは、わたしが八歳のときだった。当時は父がわたしに対してしていることが悪いとは思っていなかったし、父がたまにわたしにするようなことをふつうの父親なら自分の子どもにしないこともわかっていなかった。それでなくとも世間の人は父のことを悪く思っている。わたしとしては、その父をさらに悪者にするようなことはしたくない。だが、わたしは自分が育つときに父がどんなふうであったかを語るにあたって、正直でありたい。だとしたら、いい部分だけではなく、悪い部分も明らかにするしかない。

父の話によると、父は人殺しをきっかけに沼地で暮らすようになった。起訴されたことはないし、被害者の腐乱死体はミシガン州ハルバート北部にある空きキャビンで発見されたのだが、その知的障害を抱えていた男性の死に父が関与していたことを示す証拠もなかった。父の言うことは、そのときどきでちがった。殴り殺したということもあれば、男が涎《よだれ》を垂らしたり、口ごもったりするのがいやで、喉を切り裂いたということもあった。

だいたいはひとりで被害者を殺したことになっていたけれど、弟に死体の片付けを手伝わせたというバージョンもあった。ただし、のちのち父がひとりっ子であったことがわかるのだが。殺人事件について父が語ったことに真実が含まれていたのかどうかは知るよしもなく、長い冬の夜の暇つぶしに話をでっちあげただけの可能性もあった。父はよく話を聞かせてくれた。

とっておきの話は、オジブワ語でマドゥードスワンと呼ばれる発汗小屋《スエットロッジ》のなかで聞かせてくれた。母はそれをサウナと呼んでいた。わたしが八歳の年の夏、父が表のポーチを取り壊して建てたものだ。表と裏の両方にポーチはいらないと父は言い、見た目はちぐはぐになるものの、もっともだとわたしも思った。

父が発汗小屋を建てたのは、立って入浴することに疲れたからだった。それに、そのときはまだわたしも赤ん坊のころから使っていた青い琺瑯《ほうろう》製の洗い桶が使えていたけれど、父と同じようにしなければならない日が遠からず来ようとしていた。母は入浴したことがなかったので、希望を考慮するまでもなかった（母は父やわたしのまえで絶対に服を脱がず、体をきれいにしたいときは、濡れた布で拭いておしまいだった。とはいえ、まわりに誰もいないと思った母が下着のまま沼で泳ぐのをわたしは見たことがある）。

それが起きたのは、八月の末から九月の頭にかけてのある日だった。日付を追う生活はしていなかったので、だいたいしかわからない。夏の終わりは、屋外作業に適した時季だった。暖かさを残しつつ、害虫がいなくなる。母は虫を引き寄せるタイプの人だった。よく体じゅうを噛まれて、あまりの不快さに泣いていた。開拓者としてシベリアやアラスカに入植した人たちが蚊にやられて精神に異常をきたしたという記事を読んだことがある。ただわたしの場合は、蚊はあまり問題にならない。ブヨのほうがはるかにたちが悪い。ブヨは首筋や耳の裏を狙うことが多く、噛まれたが最後、何週間も痛痒さが続く。目の端をひとつ噛まれただけで、まぶた全体が腫れあがって目が開けられなくなる。それがふたつになったらどうなるか、想像がつこうというものだ。六月に伐採林で薪用の木《き》を伐りだしていると、ブヨが大量に飛び交っているせいで、いやでも何匹かは口に飛びこんできた。プロテインが余分に摂れてよかったじゃないかと父は笑い飛ばしたが、噛みつくブヨが一匹減ったとしても、わたしはそれがいやだった。アブは皮膚を嚙《かじ》り取る。メクラアブもほうっておけば噛むが、顔のまわりを飛ぶので動きが予想しやすい。顔のまえを通ったときにタイミングよく手を叩きあわせれば、それで片をつけられる。ヌカカは文章の終わりのピリオドと同じぐらいの大きさしかないのに、その大きさに見あわない噛み方をする。テントのなかで寝ていて、蚊に刺されているような気がするのにそれらしい姿が見えないときは、ヌカカを疑う。そうなったら頭まで寝袋に入って、朝までそうしているしかない。防虫剤の化学成分がガンを引き起こす原因になると言って心配する人がいるが、沼地に住んでいたころもしあったら、わたしたちはまずまちがいなく使っていたと思う。

発汗小屋の建設は家族総がかりのプロジェクトだった。暑い日にわたしたち三人が協力して仕事を分担する姿を思い浮かべてもらいたい。働く父の背中を玉の汗が転がり落ち、わたしは鼻先から汗を滴らせている。父に使ってもらおうと、わたしがお尻のポケットに入れていたハンカチを差しだすと、早くもおれたちをこんなに汗だくにするとは、よくできた発汗小屋だな、と父が冗談を言った。母は木材を種類ごとに分けて、積み重ねていた。床板と根太《ねだ》と梁《はり》をそれぞれ山にするのだ。根太と梁は発汗小屋の隅柱と直立材になり、側面は床板でおおう。そして父がそのままの形でとりよけておいたポーチの屋根がある。いるのはそのうち半分だったが、半分突きださせておけば発汗小屋用の薪置き場として雨露を防げるというのが、父の説明だった。うちのマドゥードスワンの奥の壁には座れるようにベンチを造りつけにし、父が火を起こす場所として、ポーチの基礎になっていた石を円形に置くことになっていた。台所のストーブではカエデとブナノキを燃料にしていたが、発汗小屋では早く燃やして温度を上げるために、シーダーとマツを使う。暑くした小部屋に座っているのがなぜ浄化になるのかわたしには理解できなかったけれど、それが発汗小屋の効用だと父が言うので、わたしはそのまま受け入れた。

わたしの仕事は父が抜いた釘の曲がりを直すことだった。わたしは針が抜けるときの、罠にかかった動物が鳴くような音が好きだった。父がやって見せてくれたとおり、平らな石のうえに、曲がったほうをうえにして釘を置き、トントン叩いて、できるだけまっすぐに戻す。父によると釘はどれも手作りで、つまりキャビンはうんとむかしに建てられたということだった。手作りする以外にどうやって釘を作るのだろう？　わたしはそんなことを考えていた。

うちのキャビンを建てた人たちのことも考えた。わたしたちがその一部を壊しているのを見たら、どう思うだろう？　どうしてここじゃなくて、もっとシカの集まる尾根にしなかったのだろう？　そして、ポーチをふたつにしたのはなぜだろう？　ある程度の答えは出ている気がした。たとえばポーチをふたつにしたのは、表のポーチで日の出をながめ、裏のポーチで日没をながめるためだとわたしは思った。そして、シカの集まる尾根でなくてこの尾根にキャビンを建てたのは、自分たちが実際に猟に出てシカを撃てるようになるまでは、シカたちを油断させておきたいと思ったからだ。

当時のわたしは、ありとあらゆることを疑問に思うようになっていた。たとえば釘抜きに使っていた青いバールを父はどこで調達してきたのだろうとか。外から持ちこんだのか、それともキャビンにあったのか？　なぜ、わたしには兄弟姉妹がいないのか？　チェーンソーのガソリンが切れたら、どうやって木を切るつもりなのか？　どうしてうちには『ナショナル・ジオグラフィック』に載っているようなコンロがないのか？　母が小さいころ、母の家には火口が四つある白くて大きいコンロがあったそうだ。ふだんは心のなかでひとり思うだけだった。なぜどうしてを連発すると、父がいやな顔をするからだった。

父は金槌《かなづち》をこまかく動かすのではなく、強く叩いて仕事を早めろと言った。急いでいるわけじゃないが、来年を待たずに今年の冬からマドゥードスワンを使いたいからな、と。笑顔でそう言ったので、冗談だとわかった。それとはべつに仕事を早めさせたがっているのも伝わってきたので、わたしは金槌を振るう手に力を込めた。一発で釘をまっすぐにできるだろうか？　釘の山から、あまり曲がっていない釘を選りだした。

どうしてあそこまで大はずししたのか、あとになって原因を考えてみた。リスが松かさを落として、一瞬そちらを見たのか？　ハゴロモガラスの鳴き声に気を取られたとか、あるいは、風でおがくずが目に入って、まばたきしたとか？　理由はわからないが、わたしが金槌で思いきり親指を叩いて大声をあげると、父も母も走ってこちらにやってきた。見る間に親指が紫色に腫れあがった。父はその指をつかみ、あちこちに動かして、折れていない、と言った。母はキャビンから布切れを持ってきて、親指に巻いた。わたしにはなんのためなのか、わからなかったけれど。

その日の午後は裏庭にある大きな岩に寝転び、片手で『ナショナル・ジオグラフィック』を繰っていた。オレンジ色のボールのような太陽が沼地の草むらに沈むと、母はもう何時間もまえからわたしの鼻腔をくすぐっていたウサギのシチューを皿によそいに行った。食事のしたくができたことを告げる母の声がして、父が道具を片付ける。沼地にはふたたび静寂が戻った。

食卓には椅子が三脚あった。このキャビンを建てた人たちも三人家族だったのか、というのもわたしの疑問だった。誰もなにもしゃべらなかった。口をいっぱいにしたまま話すのを父が嫌ったからだ。

父は食べ終わると、椅子を押して立ちあがり、テーブルをまわってわたしの隣に立った。

「親指を見せてみろ」

わたしは手を広げテーブルに置いた。

父は親指の布をほどいた。「痛いか？」

わたしはうなずいた。本当はさわらなければ痛くないのに、父に関心を持ってもらえるのが嬉しかった。

「今回は折れてなかったが、折れていてもおかしくなかった。わかるな、ヘレナ？」

またうなずいた。

「おまえには用心が足りない。沼暮らしにはまちがいが許されないのを知ってるな？」

わたしは三度めのうなずきを返し、父と同じくらい真剣な顔になろうとした。用心しろと父からさんざん言われていた。怪我をしても、自力で対処するしかないからだ。なにがあろうと沼地を出ないことが前提だ。「ごめんなさい」蚊の泣くような声で謝った。そのときはもう心から悔やんでいた。とにもかくにも、父をがっかりさせるのがいやだった。

「謝ってすむ問題じゃないぞ。事故には結果がつきものだ。それをおまえに教えこんで、忘れさせないためには、どうしたらいいんだろうな」

父から言われて、石を呑みこんだごとく胃が硬く締まった。また井戸に閉じこめられて一晩過ごしたくない。ほんとのほんとに後悔している、もっと用心する、それにもう二度と絶対に金槌で親指を叩かない。だが、わたしがそう謝るよりも先に、父は手をこぶしにして、わたしの親指を思いきり叩いた。部屋じゅうに星が散った。激しい痛みが腕を駆けあがった。

わたしは目を覚ますと床にいて、傍らにはひざまずく父がいた。父はわたしを抱きあげて、椅子に座らせ、わたしの手にスプーンを持たせた。受け取る手が震え、親指の痛みは金槌で打ったとき以上だった。まばたきして涙を払った。父はわたしの涙を嫌った。

「食べろ」

吐きそうだった。ボウルにスプーンを入れて、口に運んだ。シチューが胃に入る。父はわたしの頭を撫でた。「もっと」わたしはもう一口食べた。さらにもう一口。シチューがなくなるまで、父はわたしのそばを離れなかった。

父の行為はまちがっていた。いまではわたしもそう理解している。それでも、父がわたしを傷つけたがっていたとは思わない。父はわたしに大切なことを教えるために、必要だと思ったことをしたのだろう。

それよりものちのちまで理解できなかったのは、テーブルの向こうから黙って見ていた母だ。この一連のできごとが起きているあいだ、母はこれが夕食の材料にしたウサギと同じ小さくてささいなことのように、指一本動かさなかった。わたしがこのときの母のことを許せるようになるには、長い時間を要した。

その冬、父は新しい発汗小屋で話を聞かせてくれた。わたしは父と母にはさまれて、狭いベンチに座っていた。母はハローキティのTシャツと下着のパンツという恰好。父とわたしはちゃんと裸になり、ただ父は肌身離さずつけているスペリオル湖産のぴかぴかの瑪瑙を首から下げていた。わたしは父が服を脱ぐのが好きだった。タトゥーが全部見られるからだ。父はインディアン流に魚の骨と煤《すす》を使って自分でタトゥーをした。九歳になったらわたしにもタトゥーをしてくれる約束だった。

「ある冬のことだ。結婚したばかりの男女が、村ごと新しい猟場に引っ越した」父の話がはじまると、わたしは身をすり寄せた。怖い話だからだ。父の話はすべて怖いと決まっていた。「ふたりには子どもがいた。ふたりが背負子《しょいこ》に入れた息子を見ていると、赤ん坊が言った。『あのマニトゥはどこ？』」

父は話を中断して、わたしを見た。

「マニトゥは空の精霊だよ」わたしは答えた。

「いいぞ」父は言って、話に戻った。「『とても強いんだって』赤ん坊は言った。『いつかぼくも会いに行くんだ』すると赤ん坊の母親はたしなめた。『お黙りなさい。そんなことを口にしちゃいけません』そのあと夫婦は背負子に入れた赤ん坊をあいだにはさんで、眠ってしまった。夜中になって、母親は赤ん坊がいなくなったことに気づき、夫を起こした。夫は火を起こし、ふたりでテント小屋《ウィグワム》のなかをくまなく捜したが、赤ん坊は見つからなかった。隣のウィグワムまで捜したあと、カバノキの樹皮で作ったたいまつを灯し、痕跡を求めて雪のなかを外に出た。湖に向かう小さな跡が見つかった。それをたどっていくと、背負子があった。その背負子から湖へと向かう跡は人間の足跡よりもずっと大きかった。両親は震えあがった。自分たちの子どもがウェンディゴという、恐ろしい人食い怪物になったことに気づいたんだ」

父はバケツからカップで水を汲み、その水をバランスよく火のうえに置いた錫板にゆっくりと垂らした。滴った水が音をたててダンスを踊り、蒸気が室内に充満する。水滴がわたしの顔を伝って、顎から落ちた。

「その後しばらくすると、村はウェンディゴに襲われた」ふたたび父の話がはじまった。「ウェンディゴはがりがりに痩せていて、恐ろしげだった。死と腐敗物のにおいがした。骨に皮膚がかぶさり、皮膚は灰色で屍《しかばね》のようだった。唇はずたずたで血が滲み、目は落ちくぼんでいた。そしてこのウェンディゴは恐ろしく大きかった。ウェンディゴというのは、どれだけ殺しても食べても満足しない。つねに新しい獲物を求める。人間をひとり食べるたびに大きくなるから、いつまでたっても、満ち足りることがない」

　外で物音がした。キーッキーッ、キーッキーッ。発汗小屋の側面に枝がこすりつけられているような音だったが、わが家のマドゥードスワンは空き地の真ん中にあって、触れるような枝はそのへんになかった。父が頭をかしげた。わたしたちは待ちに入った。音はそれきり途絶えた。

　父がまえのめりになった。顎の下から炎の輝きを受けて、顔の上側が影に沈んだ。

「ウェンディゴが村に近づいてくると、マニトゥを守っている小さな人たちが外に飛びだして迎え撃った。なかのひとりがウェンディゴに石を投げた。石は稲妻となってウェンディゴの額に突き刺さった。ウェンディゴは死に、巨木が倒れるような音をたてて地面に倒れた。雪面に転がっているウェンディゴは、大きなインディアンのようだった。だが、ウェンディゴを切り刻みだした村人たちは、それが実際は大きな氷の塊でしかないことに気づいた。砕いた氷が溶け、なかから小さな赤ん坊が出てきた。額には石が命中したときにできた穴があった。ウェンディゴになったかつての赤ん坊だったんだ。もしマニトゥがウェンディゴを殺していなかったら、村じゅうの人間が食い尽くされていただろう」

　わたしは身震いした。一瞬、揺らめく炎のなかに、額に穴の開いた赤ん坊と、好奇心の強すぎる子どもに降りかかった恐ろしい運命を嘆き悲しむ両親が見えた。屋根の隙間から水が滴り、引きこまれた氷混じりの水がわたしの首筋に落ちた。

またもや外から物音が聞こえた。キーッキーッキーッ。そして、呼吸の音が――あーあーあー。遠くから走ってきたなにかが、うちのある尾根にたどり着いたかのようだった。父が立ちあがった。頭が天井につきそうだった。炎によって作りだされた影はさらに大きい。外になにがいようとも、呪術師である父なら対抗できる。父は炉をめぐって、扉を開けた。わたしは目をつぶり、縮こまって母の後ろに隠れた。冷気が流れこんだ。「目を開けろ、ヘレナ」父が恐ろしげな声で命じた。「ほおら！　おまえのウェンディゴが来たぞ！」

わたしはますますぎゅっと目をつぶって、引きあげた足をベンチに載せた。ウェンディゴが部屋に入ってきた。そう感じたのだ。荒い呼吸の音がする。臭くておぞましい息のにおいがする。冷たくて湿ったなにかがわたしの足に触れた。わたしは悲鳴をあげた。

父の笑い声が響いた。わたしの隣に腰かけて、膝に引き寄せてくれた。「目を開けろ、バンギ・アガワテヤ」それは父がわたしにつけたあだ名で、小さな影、という意味だった。わたしは言われたとおりにした。

信じられないことに、それは発汗小屋に入りこんできたウェンディゴではなかった。犬だった。『ナショナル・ジオグラフィック』に写真があったので、犬だとわかった。コヨーテともオオカミとも似ても似つかない、短くて斑点のある毛をしていた。耳は垂れ、鼻先をわたしのつま先に押しつけながら、尻尾を左右に振っていた。

「座れ」父が命じた。もう座っているのに、なぜ座れというのかわからなかった。父は犬に話しかけていた。しかも、犬は父の言うことを理解して、それに従った。犬はお尻をつけて座り、父を見あげて、小首をかしげた。〝これでいいよね。言うとおりにしたよ。つぎはどうするの？〟そう問いかけているようだった。

母が手を伸ばして、犬の耳の裏をかいた。わたしが見た、かつてないほど勇敢な母の行為だった。犬は甘えた声を出し、母に身をすり寄せた。母は立ちあがって肩にタオルをかけると、犬に「おいで」と声をかけた。犬はとことこと母についていった。はじめて見る光景だった。わたしには、母がなんらかの手を使って父の呪術の一部を盗み取ったのだとしか思えなかった。

母は夜のあいだ、犬をキャビンのなかに入れたがった。父は笑い飛ばして、動物は外にいるものだと言った。犬の首にロープを巻きつけて、薪小屋に連れていった。

父と母がベッドをきしませ終わってだいぶしてから、わたしは自分の寝室の窓まで行き、庭を見おろした。雪面が月明かりを照り返して、昼間のように明るかった。薪小屋の隙間から、犬が動きまわっているのが見えた。わたしは指の爪で窓をこつこつ叩いた。犬が動きまわるのをやめて、わたしのほうを見あげた。

わたしは肩から毛布をかぶり、足音を忍ばせて階段を下った。外に出ると、夜気は冷たく、しんとしていた。わたしはステップに腰かけてブーツをはき、庭を横切って薪小屋まで行った。犬は奥の鉄の輪に繋がれていた。わたしは入り口に立ち、父が犬に与えたネイティブアメリカン名をささやいた。犬は尻尾でぱたんと床を打った。わたしは父に聞いた話を思いだした。オジブワ族のもとに犬がもたらされたいきさつを伝える話だ。ある巨人が森で道に迷った猟師たちに宿を提供し、彼らが帰路につくとき、ウェンディゴから守るため自分のペットであった犬を与えたという。そして人間たちに飼われることを受け入れた犬たちは、人間たちの手から餌をもらい、その子どもたちの遊び相手となった。

わたしは薪小屋に入り、母が犬の寝床として広げた乾いたガマのうえに腰をおろした。わたしはもう一度、父がつけた名を呼んだ。「ランボー」と。犬はこんども尻尾でぱたんと床を打った。わたしはさっと身を寄せて、手を伸ばした。犬は身を乗りだしてきて、わたしの指を嗅いだ。わたしはじわっと近づいて、犬の頭に手を置いた。あの母に犬を触れるだけの勇気があるなら、わたしにだってないわけがない。犬は頭をよじってわたしの手の下から出ると、わたしが手を引くより先に舌を出し、わたしの指を舐めだした。舌はざらついていて、やわらかかった。わたしが頭に手を置くと、犬はわたしの顔を舐めた。

目を覚ますと、薪小屋の横木のあいだから朝日が差しこんでいた。ひどく寒くて、息が白かった。ランボーはわたしにくっついて丸まっていた。わたしはブランケットの隅を持ちあげ、眠っている犬にかけてやった。ランボーはため息をついた。

あの犬に感じていた愛情の深さを思うと、いまでも胸が締めつけられる。秋の終わりから冬になっても、わたしは寒さが本格化するまでは、薪小屋でランボーと眠った。薪小屋の側面は薄い板張りで外気にさらされていたので、わたしは薪を積んで避難所を作り、うえと側面をブランケットでおおった。スティーブンが娘たちとともに枕とクッションでリビングに作った基地のようなものだ。

ランボーは「おいで」や「お座り」や「待て」といった、ごく基本的な命令に関しては訓練を受けていたが、わたしのほうがそれを知らなかった。なのでランボーに理解できる語彙《ごい》がわかってくるにつれて、彼がわたしの言うことがわかるようになってきたのだと思った。ウサギの跡を追っているときや、シカの枝角に齧りついているとき、あるいはシマリスにいたずらしているときに、彼がわたしの命令どおり、それを中断してこちらに来たり、座ったりすると、呪術師になったようで誇らしかった。

父はわたしの犬を嫌っていた。当時はその理由がわからなかった。犬はオジブワ族の友人だとされていた。にもかかわらず、ランボーがついていこうとすると、父は彼を蹴ったり、どなったり、棒きれで叩いたりした。ランボーに暴力を振るっていないときは、食べさせる口がひとつ増えたといって文句をつけていた。なにがそう不満なのか、わたしにはわからなかった。父によると、ランボーは狩猟の最中に飼い主とはぐれたクマ狩り用の猟犬だった。クマ狩りのシーズンは八月だ。そのときは十一月のなかばだったので、それまでの数カ月、ランボーは困ることなく自分で食べていたことになる。わたしが与えているのは、わたしたちが口にしない食べかすだった。捨てるしかない骨や内臓をランボーが食べるだけなのに、父はなにを問題にしているのだろう?

いまならわたしにもわかる。父がわたしの犬を嫌ったのは、父がナルシストだったからだ。ナルシストが幸福でいられるのは、世界が自分の思いどおりにまわっているときだけだ。父が考える沼地におけるわたしたちの生活には犬が含まれていなかったので、父には犬が厄介物でしかなかった。

さらに父の目には、ランボーが脅威に映っていたのだと思う。当初はわたしに気前のいいところを見せたくてランボーを飼うことを許したが、わたしが父を愛するのと同じように純粋に犬を愛するようになると、父は嫉妬するようになった。わたしの愛情の一部が犬に奪われたと思ったのだろう。だが、わたしの愛情はそんなふうに分けられるものではなかった。愛情の総量が増えたのだ。犬を愛したからといって、父への愛情が減ったわけではなかった。愛せるのは人ひとりだけじゃない。ランボーがそれをわたしに教えてくれた。

翌春、父がふらっといなくなったのは、ランボーのせいだったのだろう。それまでふつうにキャビンにいた父が、気がつくと消えていた。母とわたしには、父の行き先も、外出の理由もわからなかったが、今回がいつもとちがうと思う理由はなかった。それまでにも数時間とか、一日とか、あるいはときには泊まりがけとか、父がいなくなることはあった。

なのでわたしと母はできるかぎりふだんの生活を続けた。母は水を運び、火を絶やさないようにしたし、わたしは薪を割り、罠を調べてまわった。罠はほとんど空だった。ウサギは春の繁殖期のあいだ巣にこもりがちなので、捕まえるのがむずかしい。そしてシカ狩りをしたくても、あいにくライフルは父が持ちだしていた。母とわたしは根菜貯蔵庫に残っていた野菜を食べてしのいだ。父の斧で食料貯蔵室のドアを叩き割って、保管されている食料を取りだそうと、何度、思ったことか。だが、父が戻ってきてそれを知ったらなにをされるかわからないので、実行には移さなかった。ランボーがウサギの巣を掘り返して赤ん坊たちが出てきたときは、それも食材になった。

二週間すると、父はいなくなったときと同じように、ふらっと戻ってきた。口笛を吹き鳴らしながら肩にライフルをかついで尾根を上がってきた。なにごともなかったかのように、麻袋からはリュウキンカがのぞいていた。母には塩が、わたしには父のとそっくりのスペリオル湖産の瑪瑙があった。わたしへのプレゼントだ。父はどこでなにをしていたか言わなかったし、わたしたちも尋ねなかった。戻ってきてくれたことをただ喜んだ。

それからの数週間、わたしたちはそれまでどおり日課をこなした。だが、なにかが変わっていた。生まれてはじめて、父のいない世界を想像できたがゆえだった。

13

わたしは父に繋がる手がかりを求めて、メンフクロウのように頭を左右に振りながら、車で道を進んでいる。なにを探しているかわからない。ただ曲がり角を曲がった先で、父が手を振ってわたしを停めることでないことは確かだ。たぶん見たらわかる。

ランボーの引き綱は助手席のうえの手すりに結わえてある。いっしょにトラックに乗るときは繋がないことが多いのだけれど、ランボーはわたしの気持ちに感応して落ち着かず、鼻をひくつかせ、筋肉をさざ波立たせている。父のにおいを嗅ぎ取るのか、ときどき頭を上げては低く鳴き、そのたびにわたしは手を握りしめ、胃は締めつけられる。

運転しながら、スティーブンのことをうんと考える。前夜の諍《いさか》いのこと。彼が今朝、戻ってくること。わたしがやったあれこれにもかかわらず、まだわたしを支えたいと思ってくれていること。家族のなかのわたしたちの役割について。保護者のわたしと、養育者のスティーブン。わたしがそのことを問題だと思ってきたこと。

そして当然のように、わたしたちが出会ったブルーベリー祭りのあの日、神さまが采配してくれたにちがいないあの日のことを。わたしが瓶をならべて、テーブルのまえに看板を出すと、スティーブンがその真正面でテントを張っていた。正直に言うと、彼の写真よりも展示方法に感心した。灯台の写真が旅行者に人気があるのは知っていた。湖岸線が五千キロにもおよぶミシガンには、ほかのどの州よりもたくさんの灯台がある。だが、なぜその写真を壁にかけたいのか、わたしにはそこがもうひとつ理解できなかった。

簡易トイレに行こうとまえを通りかかったとき、たまたまクマの写真が目に入らなければ、彼のテントには足を踏み入れていなかっただろう。会場をぐるっとまわって土産物屋でたくさんのクマの写真やポストカードを見たけれど、彼のクマの写真にはわたしを惹きつけるなにかがあった。撮影時の光の加減なのか、彼の選んだ角度なのか、定かなことはわからない。ただクマの瞳の煌めきと口元にわたしの目をとらえるなにかがあった。

わたしは足を止めた。スティーブンの笑顔に誘われて、なかに入った。針金細工の反対側に灯台の写真が掲げてあり、わたしの心をとらえたのは、その写真だった。サギとサンカノゴイ、ワシとミンク、カワウソとビーバーとツバメ。子どものころ身近にいた動物たちが、それぞれの特徴と性格もあらわに写真にとらえられていた。まるでスティーブンには彼らの魂が見えるようだった。わたしはクマの写真を買い、スティーブンは残っていたジャムとジェリーをすべて買い取ってくれた。その先のことは、もはや言うまでもない。わたしがスティーブンに見ていたものはわかる。彼がわたしに見ていたものはいまだによくわからないが、考えすぎてもいいことはない。スティーブンはこの地球上でただひとり、わたしを選んでくれた人だ。義務としてではなく、みずから進んでわたしを愛してくれている。過去を生き抜いてきたわたしに対する宇宙からの贈り物としか思えない。告白すべき正体を告白せずにきたすべての年月と、すべての機会のことをまた考える。秘密を守るために犠牲にしてきたことも多い。父には近づかないようにした。生まれたばかりのアイリスを母に会わせたくても、会わせられなかった。わたしがふつうとはちがうことを言ったりしたりするたび、スティーブンから奇異な目で見られたのに、なにも説明できなかった。真実を語っていれば、ずっと楽だっただろう。

十分後、わたしは車を脇に寄せて、停める。ランボーが窓枠に前肢をかけ、ガラスに鼻を押しつける。出してもらえると思っているようだが、外に出なければならないのはわたしのほうだ。車から少し離れて茂みに入り、ジーンズのファスナーをおろす。この道を通る車は少ないとはいえ、通らないとはかぎらない。父と狩猟や釣りをしていたときは、誰にはばかることなく自然の欲求を満たしていたが、外の世界に住む人たちの神経ははるかにこまかい。

もう少しで終わるというとき、ランボーが鋭く短い鳴き声を立てつづけにあげた。なにかを見つけた合図だ。わたしはファスナーを上げるや、マグナムをつかんで、腹ばいになる。両手で銃をまえに持ち、草むらのあいだから前方を透かし見る。

なにもない。風を防御に使って、別の角度からトラックを見られる位置まで腹ばいで進む。トラックのもう一方の側にしゃがみこむ脚が見えるかもしれない。だが、どこも静かなものだ。ゆっくりと二十数え、なにも起こらないのを確認して、立ちあがる。ランボーがわたしを見て吠えだし、外に出せと前肢を動かしている。わたしはトラックに近づき、助手席のドアを薄く開ける。隙間から手を差しこみ、ランボーの首輪をつかんで、手すりに繋いであった引き綱をはずす。いまの状態でランボーを放ったら、何日も帰ってこない。一生そのままになる可能性もある。初代ランボーがうちの尾根に現れたのも、それが理由だった。

地面に降り立つやいなや、ランボーはわたしがさっきまでいた場所から六メートルと離れていないところにある木の切り株までわたしを引っ張っていき、そのまわりを走りまわりながらわんわん吠えた。リスやアライグマを木に追いつめたような騒ぎようだ。だが、ここにいるのはリスではない。切り株のど真ん中に置かれていたのは、スペリオル湖産の瑪瑙だった。

14

キャビン

バイキングのおかみさんは娘のことでいつも心を痛め、悲しんでおりました。その小さな生き物のことが頭からはなれないのに、ご亭主にはその生き物がどんな状況にあるのか打ち明けることができません。もし打ち明ければ、そのころの習慣からして、かわいそうな子をみんなが通る道におきざりにして、通りがかった誰かに連れていかせるでしょう。やさしいおかみさんには、そんなことはさせられません。そこでご亭主には昼のあいだしか子どもを見せないことにしました。おかみさんはやがて、まわりの人たちに嚙みついたり乱暴したりするきれいな娘よりも、やさしい目をして深いため息をつくカエルのほうに深い愛情をいだくようになりました。

——ハンス・クリスチャン・アンデルセン『沼の王の娘』

わたしの子ども時代は、父が母を溺れさせようとした日をもって終わった。わたしがいけなかったのだ。まさかあんなたわいのないできごとが、そんな結果になるとは思いもよらなかったけれど、事実を変えることはできない。すぐに忘れ去れるようなことではない。いまだにエドモンド・フィッツジェラルド号の沈没を扱った歌がラジオから流れたり、ニュースでフェリーやクルーズ船が転覆したとか、母親がたくさんの幼児を乗せた車ごと湖に突っこんだとか聞かされると、胸がむかむかする。

「隣の尾根にストロベリーが群生してたよ」六月末のある日、わたしは母にそう言った。わたしが十一歳の夏のことだ。母から、うちの尾根でわたしが採ってきたベリーだけだとじゅうぶんな量のジャムができないと文句を言われて、言い返したのだ。

つぎに起きたことを理解してもらうには、わたしが〝隣の尾根〟でストロベリーの群生を見たと言ったとき、母がどの尾根のことか正確に知っていたことを念頭に置いておいてもらわなければならない。白人は自分のため、そして自分にとって大切な人のために、地理上の事物に名前をつける。けれどうちではネイティブアメリカンの伝統にのっとって、わたしたちがそこをどう使うか、あるいは自分たちとの関係性に従って、周囲の事物の呼び名を決めていた――隣の尾根、シカが集まるシーダーの木立、クズウコンが育つ沼、ジェイコブがワシを撃った場所、ヘレナが頭を切った岩。オジブワ語でターカメノン川をアディカメゴング・ジビ――白い魚が捕れる川――と言うようなものだ。わたしはいまでもネイティブの流儀のほうが理にかなっていると思う。

くなるのよ」

「採ってきてくれる?」母が尋ねた。「いま混ぜるのをやめたら、この鍋の分が固まらな

母が溺死しそうになったのはわたしのせいだという理由は、このときの返事にある。いいよと言いたかった。シカを狩るためでもビーバーの罠をしかけるためでもないのに、父のカヌーを持ちだすぐらい楽しいことはない。いつもならふたつ返事で引き受けていただろう。そうしておけばよかったとあとから思った。だが、十一歳のわたしはなにかにつけて自己主張したい年頃に足を踏み入れていた。なので首を横に振って、「魚釣りに行くから」と答えた。

母は長いあいだなにか言いたそうにしつつも、黙ってわたしを見ていた。ついにため息をついて、ストーブの奥のほうに鍋を移すと、父がそのまえの冬に若いヤナギの枝で編んだ籠を手に取り、外に出ていった。

母が出て、網戸がばたんと閉まるが早いか、わたしは熱々のストロベリーシロップを前日焼いたビスケットにかけ、カップにチコリを注いで、朝食を裏のポーチに運んだ。その日は早くも暖かくなっていた。アッパー半島の冬は果てしなく長く、春は延々と続く。そしてある日、六月のなかばに目覚めてみると、突如、こんな夏の日が訪れている。わたしはオーバーオールのストラップをはずし、シャツを脱いで、パンツの裾を上げられるだけ巻きあげた。ナイフを使ってオーバーオールの裾を切り、ショートパンツにしようかと真

剣に悩んだりもしたが、わたしの持ち物のなかでは一番大きなオーバーオールだったので、脚の部分がないとつぎの冬に困る。

わたしはあらかた食べ終わり、台所まで二皿めを取りに行こうかどうか迷っていた。そこへ父が両手に水の入ったバケツを持って斜面をのぼってきた。父はポーチにバケツを置き、わたしの隣に腰かけた。わたしは残っていたビスケットを父にあげ、チコリの残りを地面に捨てて、カップをバケツに突っこんだ。水は冷たくて澄んでいた。水を汲むと、いっしょにボウフラが入ってくることがあった。ボウフラがバケツのなかで、身をよじったりひっくり返ったり、陸に上がった魚のようにばたついているときは、カップを近づけてすくい取るか、指ではじくかした。沸騰させてから飲んだほうがよかったのだろうけれど、夏の暑い日においしくて冷たい沼の水をあきらめるのはむずかしい。それに、三人とも腹を壊したことがなかった。沼地を離れてからの二年、母とわたしは咳とくしゃみに悩まされた。見落とされがちだけれど、孤立して暮らす利点のひとつはそこにある。細菌がないのだ。よく帽子や上着を身につけずに外出したから風邪を引いたと言うが、おかしな話だと思う。その論でいけば、暑さ厳しい夏の日には熱を出さなければならない。

「母さんはどこだ？」シロップ付きのビスケットを食べているせいで父の声はくぐもっていた。どうして父さんは食べながら話していいのに、母とわたしはだめなのか尋ねたかったけれど、その場の雰囲気を壊したくなかった。うちではあまり肉体的な接触がなかったこともあって、父とふたり、腰と膝をぴったりくっつけあってステップの最上段に座っているだけで浮き立った気分だった。

「ストロベリーを採りに行ってる」わたしは誇らしげに答えた。わたしのお手柄で、今年はたっぷりのストロベリージャムができると思ったからだ。「わたしが隣の尾根に群生してるのを見つけたんだよ」

そのころ母は、伐採林の近くにいた。うちの伐採林は尾根の低いほうの端にあった。伐採林の底がV字形になった低地で、父はそこにカヌーを置いていた。

父が目を細くしてポーチを飛びおり、斜面を駆けだした。父はいつになく機敏だった。その時点でもわたしにはまったく先が読めていなかった。まさか母がカヌーを持ちだすことが問題になるとは。父が母を手伝いに行くのかと本気で思っていたぐらいだ。ベリー摘みは女子どもの仕事だと、ふだんから言っている父には珍しく。

押しだされたカヌーが水しぶきをあげたとき、父は母に追いついた。けれどカヌーに乗るかと思いきや、父は母の髪をつかんでカヌーから引きずりおろし、悲鳴をあげる母を引きずった。そうして裏のポーチまで戻ると、母の顔を水の入ったバケツの片方に押しこみ、腕を振りまわし、爪を立てて暴れる母をそのまま押さえつけた。母が動かなくなったときは、死んだのかと思った。父が引きだした母の顔――びしょ濡れの髪で、目を血走らせ、咳きこんだり、あえいだり、水を吐いたりしていた――を見れば、母もそう思っていたのがわかった。

父は母を脇に放りだし、大股で歩き去った。しばらくすると母は四つん這いになり、ポーチを這ってキャビンに戻った。わたしは庭の大きな岩に座り、母が残していった水跡がやがて乾くまで見つめていた。父のことはむかしから怖かったけれど、そのときまでは、畏敬の念に近い怖さだった。父に不快な思いをさせることに対する恐れだった。罰を受けることが怖いのではなく、父を失望させることが怖かったのだ。しかし父が母を溺死寸前まで追いこむのを見て、わたしは震えあがった。なぜ父が母を殺したがるのか、母のなにが悪かったのかわからないので、よけいだった。そのときはまだ母が囚われの身であることや、母が実際逃げようとしていたかもしれないことを知らなかった。もしわたしが母だったら、溺死させられかけたことで、なおのこと逃げる決意を固めただろう。けれど、沼地を去ったのち学んだことのひとつに、人はそれぞれに異なるということがある。ある人にとってはやらずにいられないことが、別の人にはできなかったりする。

それはともかく、そういうわけでわたしは、溺れるということに対して平静ではいられなくなった。

父が母を溺れさせようとするまえは、ビーバーを罠にかけるのが好きだった。うちのキャビンからターカメノン川を一キロ足らずのぼったところにビーバーの池があった。父は毛皮の状態がもっともいい十二月と一月に罠をしかけてビーバーを獲った。池の周辺を歩いてビーバーが新鮮な空気を吸ったり日光浴をしたりするため出てくる場所を探し、胴体用と肢用の両方の罠をしかけた。あの池はまだあると思うけれど、世の中、なにがあるかわからない。カナダの天然資源省《DNR》は川の流れの妨げになっていると判断すると、ビーバーが造ったダムを爆破することがある。人間に不都合が生じているときもそうだ。ビーバーによる物的損害額は年間数百万ドルに達し、DNRにはその対策が求められている。材木や農作物への被害に加え、道路が壊されたり、汚水処理タンクが氾濫したり、あるいは郊外に造られた庭園の観賞用景観植物が荒らされたりすることまで、すべてビーバーのダムを破壊する正当な理由となる。ビーバーの事情などおかまいなしだ。

うちの池は、ビーバーがターカメノン川の名もない小さな支流にダムを造ったことによってできた。記録上最大のビーバーのダムは、長さが八百メートル以上ある。具体的に想像したい人のために言い添えると、あのフーバーダムの二倍の長さであり、ビーバーの雄の成獣が人間の二歳児なみの身長体重であることを考えたら、感歎せずにはいられない。うちのダムはそれよりずっと短かった。わたしはダムのうえを歩きながら、石や枝を池に投げたり、オオクチバスを釣ったり、乾いた側に脚を垂らして座りリンゴを囓ったりしたものだ。わたしは自分が歩きまわっている生息地はそこに住んでいる動物たちによって作られたという考え方が気に入っていた。ビーバーが修復するのにどれくらいかかるか見たくて、ダムの一部を壊したこともあった。

うちの池は、ビーバーにとどまらず、さまざまな種類の魚や水生昆虫や鳥の生息地になっていた。カモ、アオサギ、カワセミ、アイサ、ハゲタカ。ハゲタカが空から石のように落ちてきて、静かな池に飛びこみ、キタカワカマスやウォールアイをかぎ爪でつかんで飛び去る。そんな光景を見たことがないとしたら、あなたは人生で大きな損をしている。

父が母を溺れさせようとした一件を機に、わたしはビーバーを罠にかけることができなくなった。その必要があれば、動物も抵抗なく殺せたが、ビーバーを水中に引き入れ、そこに押しとどめて溺死させる肢用の罠には、吐き気がした。

ビーバーを溺死させること以上にわたしを悩ませたのは、父が罠をかけつづけることだった。その理由がわからなかった。わが家の物置には、毛皮が山をなしていた。ミンク、ビーバー、カワウソ、キツネ、コヨーテ、オオカミ、ジャコウネズミ、オコジョ。父はよく、手をかける動物に対して敬意を表するのは大切なことだ、と言っていた。引き金を引くまえに考えて、無駄な殺生はするな。最初に目にした動物は撃ってはならない。その日、その一匹しか見かけないかもしれず、そのときは数が減っているので、しばらく撃つのを控えなければならない。口ではそう言いつつ、父は毎年、毛皮の山にさらなる毛皮を積みあげていった。わたしがまだとても小さいころは、父はいつかカヌーに毛皮を積み、川を遡上して、フランス人と先住民がかつてそうしたように、毛皮を交換してくるのだろう、そのときはわたしも連れていってもらいたい、と思っていた。だが、母を溺れさせようとするのを見たあとは、そうした全体に疑いの目を向けるようになった。母に対する父の行為はまちがっていた。だとしたら、罠をかけて過剰に生き物を獲るのもやはりまちがっているのかもしれない。もしこれだけの罠をしかけて、その結果が、わたしの身長より高い毛皮の山でしかないとしたら、あまりに無益ではないか？

夏から秋にかけてのある日、夕食を終えたわたしは、そんなことを考えながら裏のポーチに座り、まだ読んだことがない記事を求めて、暗くて見えなくなるまで『ナショナル・ジオグラフィック』をめくっていた。草むらを吹き渡る夜風、沼地に広がる影、ぽつりぽつりと現れでる星。かつては好きだったそんな光景をまえにしても、そのころのわたしは、そわそわした気分になるだけだった。ときおりわたしの隣に寝そべるランボーが、頭を起こし、鼻をひくつかせて、弱々しく鳴いた。わたしの思いが伝染したかのようだった。求めているものが手に入らない感覚。沼地という囲われた空間の外には、もっと大きくて、すてきで、豊かななにかがあるという感触。わたしは地平線上にならぶ暗い木立を見つめ、その向こうにあるものを思い描こうとした。キャビンの上空を飛行機が通ったときは、手で日差しをさえぎり、飛行機が見えなくなるまで空を見あげて、なかに乗っている人たちのことを思った。わたしはあの人たちといっしょに飛行機に乗ってみたいけれど、あの人たちはわたしたちの住むこの沼地に来てみたいと思うだろうか？

父がわたしを案じているのは、感じていた。父もわたし同様、わたしの身に起きた変化を理解できずにいた。たまに、わたしが見ていないと思ってわたしを観察している父に気づくことがあった。そんなときの父は薄い顎ひげを撫でていた。父が考えごとをするときの癖だと言っていたしぐさと同じだった。いつもならこれが話をはじめる前触れになる。ネイティブアメリカンの伝説。狩猟や魚釣りにまつわる話。父の身に起きたおもしろおかしいこと、ドラマチックなこと、怖いこと、すばらしいこと。わたしは父から教わったとおり、あぐらをかき、組んだ手をうやうやしく膝に置いて、話に耳を傾けているふりをしながら、心をさまよわせた。父の話に興味がなくなったのとはちがう。父くらい話し上手な人はめったにいない。ただ、わたしは自分の物語を紡ぎたくなっていたのだ。

同じ年の秋の、憂鬱な雨の降る午前中のことだ。父はその日、わたしにジェリー作りを学ばせると決めた。わたしには意味がわからなかった。それより父のカヌーに乗って、自分でしかけておいた罠を見に行きたかった。シカが集まる尾根の反対側にアカギツネの家族がいて、その一匹を捕まえたかった。キツネの尾を使って、父と同じような耳あて付きの帽子を母に作ってもらいたかったのだ。雨が降っていようと関係なかった。溶けることはないし、どんなに濡れても、いずれは乾く。朝食のとき、母から今日は雨降りだからジェリーを作る、手伝ってちょうだいと言われたのに、わたしは無視してコートを着た。母にはわたしに指図する権限がない。だが、父にはある。その父が今日はわたしがジェリー作りを学ぶ日だと宣言し、わたしは足留めを食らった。

父の手伝いのほうがまだましだった。父は砥石《といし》と磨き布を使ってコレクションしたナイフを研いだり、磨いたりしていた。ナイフはどれも鋭利でぴかぴかだったのだけれど。食卓の中央にはオイルランプが置いてあった。クマ脂は不足しがちだったので、日中はふつうつけなかったが、その朝のキャビンは雨のせいでかなり暗かった。

母はカウンターに鍋を置き、マッシュした熱いリンゴを木のスプーンでかき混ぜて冷ましながら、ストーブでつぎの鍋を煮立たせていた。母が洗って乾かした空き瓶はたたんだキッチンタオルにならべられ、テーブルのうえで待機している。溶けたパラフィンの入ったブリキ缶はストーブの端にあった。母はさめたジェリーのうえに溶けたパラフィンを注ぎ、そのあと瓶を密封した。カビを防ぐためだと言っていたけれど、カビは生えたし、食べるには害がないからと言いながら、当の母はジェリーを食べるまえにカビをすくって捨てるのをわたしは見逃していなかった。床のたらいはリンゴの皮でいっぱいになっている。雨がやんだら、母の手で外に運ばれ、堆肥の山に捨てられる。

たたんだ漉《こ》し布を使ってマッシュしたリンゴから果汁を絞りだす作業をしていたので、わたしの両手はまっ赤だった。台所はむしむしとして暑かった。

地中深くで石炭層から石炭を掘りだしている炭坑作業員の気分だった。わたしはTシャツを脱ぎ、それで顔を拭いた。

「シャツを着なさい」母が言った。

「着たくない。暑い」

母は父に視線を投げ、父は肩をすくめた。わたしはシャツを丸めて部屋の隅に投げつけ、階段をのぼって自分の部屋に入った。ベッドに倒れこみ、両腕をまくらにして天井を見つめ、心のなかで父と母の悪口を言っていた。

「ヘレナ！　おりてきなさい！」母が階段の下から叫んだ。

わたしは動かなかった。両親が言い争う声が聞こえた。

「ジェイコブ、なんとかして」

「どうしてほしいんだ？」

「あの子を呼んで、手伝わせるの。わたしひとりじゃ全部は無理よ」

わたしは転がるようにしてベッドを出ると、床にあった衣類の山のなかから乾いたTシャツを掘りだし、そのうえにフランネルのシャツを着て、足音荒く、階段をおりていった。

「外には行かせないわよ」母が言った。わたしは台所を横切って、ドアの脇のフックにかかっていたコートをつかんだ。「まだ終わってないからね」

「終わってないのはあんたでしょ。わたしは終わった」

「ジェイコブ」

「母親の言うことを聞け、ヘレナ」父はナイフを研ぎながら、顔も上げずに言った。刃に映る父の顔が見えた。父は笑っていた。

わたしはコートを床に投げつけ、リビングに走りこんで、わたしのクマの毛皮のラグに身を投げて、毛皮に顔をうずめた。ジェリーの作り方など習いたくなかった。なんで父が母に対してわたしの味方をしてくれないのかわからなかった。いったいわたしはどうなってるの？ わたしの家族は？ どうして泣きたくないのに、泣きそうな気分なんだろう？

わたしは起きあがって膝を抱え、腕に歯を立てた。そのうち血の味がしてきた。泣かずにいられないのなら、自分で泣く理由を作ろうと思った。

父がわたしを追ってリビングにやってきた。腕組みをして、わたしを見おろした。さっきまで研いでいたナイフを手に持っている。

「立て」

わたしは立ちあがった。せいぜい背筋を伸ばし、ナイフを見ないようにした。腕を組み、顎を突きだして、父を見返した。楯突《たて》いていたわけではない。まだそんなつもりはなかった。ただ、わたしの反抗的な態度に対してどんな罰を与えるつもりでも、高くつくことをわからせたかった。そのときに戻って、十一歳のわたしに父にどんな仕返しをするつもりなのか尋ねたら、なにも言えなかっただろう。わたしの胸のうちにあったのは、父からなにを言われ、なにをされようと、母のジェリー作りを手伝わないという覚悟だけだった。

父も同じように動じることなくわたしを見返した。ナイフを持ちあげて、笑みを浮かべた。ゆがんだ意味深な笑みが、おれの言うとおりにしたほうがうんと利口だぞ、と語っていた。さもないと、これから楽しませてもらうからな、と。父はわたしの手首をつかみ、振りほどけないよう、ぎゅっと握った。前腕に残る噛み跡をつくづくながめ、ナイフの切っ先を皮膚にあてた。わたしはひるんだ。不覚にも。わたしが怖がっているのがわかれば、父はますます図に乗っていま頭にあることを実行に移す。わたしは事実、怖がってはいなかった。そう、少なくとも痛みに関しては。タトゥーのおかげで痛みに耐える訓練はできていた。あとになって思うと、わたしがひるんだのは、父の心づもりが読めなかったからだ。心理的な要因も、肉体的な痛みに負けず劣らず、人を操る武器になりうる。この一件はそれをよく表していると思う。

父はわたしの前腕にナイフを這わせた。深い傷ではなく、血が盛りあがる程度だった。噛み跡をゆっくりと繋いでがたついたOの字を彫った。

そこでいったん手を止めて、自分の作品をながめた父は、Oの片側に三本の短い線を繋いで描いた。Oの反対側にも四本描いた。

描き終わると、腕を掲げてわたしに見せた。腕の内側を伝った血が、肘から滴っていた。

「母親の手伝いをしてこい」父はわたしの腕に刻んだ文字にナイフの切っ先をあてて、またもや笑みを浮かべた。わたしが父の言うことを聞かなければ、聞くまで喜んで続けてやる。そんなことを言っているような笑みだったので、わたしは言うことを聞いた。

そのときの傷はやがて薄れたけれど、いまでも目を凝らせば右手の前腕に〝NOW〟と刻まれた文字を読むことができる。

言うまでもないだろうが、父が母に残した傷跡はもっとずっと深かった。

15

わたしは切り株に残された瑪瑙を見つめる。さわるのもおぞましい。父がわたしに追跡のしかたを教えていたときによく使ったのも、まさにこの手だった。わたしが父の足のあいだに銃弾を撃ちこむ瞬間を予感して浮かれていると、わたしをうろたえさせるなにかをしかけてきた。たっぷり葉のついた枝で足跡をはいて消すとか、そこを歩いたように見せかけるため長い棒を使って草をなぎ倒すとか、後ろ向きに歩くとか、踵《かかと》やつま先の跡が残らないよう足の側面で歩くとか。わたしが自然のなかで人を追跡するのに必要な技術のすべてを習得したと思うたびに、父は新たな方法を繰りだしたものだ。

今回は瑪瑙だ。いつのまにかわたしのことを見ていて、わたしが用を足しているあいだに忍び寄り、わたしに見つけさせるため瑪瑙を残していった。つまり一・五メートル×三メートルの独房で十三年過ごしたいまも、わたしよりはるかに優秀な森の住人だということだ。凶悪犯罪者用の刑務所から逃げだし、実際にはいない場所にいると捜索隊に思わせたうえで、わたしたちが共有する歴史がわたしをこの場所へ導くと知っていてわたしをここへおびき寄せた。今朝、自宅を出たときのわたしは、自分が父を見つけだすつもりでいた。

まさか、父のほうが先にわたしを見つけだすとは。

ランボーは瑪瑙に脚が生えて動きだすとでも思っているように、さかんに吠えている。あとでにおいを嗅がせるとして、そのまえに、なぜ父には用を足しに茂みに入ったのがわたしだとわかったのかを知りたい。いまのわたしはかつてとは似ても似つかない風貌をしている。むかし結ぶか三つ編みにしていた黒髪は、肩の長さに切りそろえ、金髪に見えるほどたっぷりとハイライトを入れている。子どもをふたり出産したあとは、肉がついて、体が丸くなった。体質的にも、代謝のうえでも、太ることはないけれど、父が最後に見たわたしほどには痩せていない。それに身長も五センチ前後伸びた。ランボーが手がかりになった可能性はある。尾根に現れた犬と種類が同じだから。だが、クマ狩りの期間にアッパー半島を駆けまわっているまだら模様のクマ狩り用の犬は珍しいとは言えない。わたしが口に出して名前を呼ばないかぎり、父がそこに繋がりを見いだす理由はなかった。それに、父はいつどこで瑪瑙を入手したのだろう？　そうして全体が、庭にある生ゴミ用の穴にわたしが投げ捨てる肉の食べかす以上の臭気を放っている。おとな版の追跡ゲームにわたしを引きずりこむつもりなのだとしたら、最後の三回はわたしの勝ちに終わったことを思いだすべきだ。

のを見せつけたいからではない可能性もある。そう、挑発ではなく、わたしへの呼びかけなのかもしれない。〝おまえのことは忘れていない。大切な娘だ。いなくなるまえに、おまえに会っておきたい〟

ただし、切り株に瑪瑙を置いたのは、追跡ゲームで自分のほうがはるかに勝っているのを見せつけたいからではない可能性もある。

わたしはシャツの裾を引っ張りだして瑪瑙をつかみ、ランボーに嗅がせる。ランボーは地面を入念に嗅ぎながら、停めてあるトラックから六メートルほど先まで行った。踏みにじったような足跡が西側を向いている。死んだ看守がはいていた靴ならこんな足跡ができそうだ。わたしはトラックまで引き返しながら、茂みから父が飛びかかってくるのではと身構えている。発汗小屋で怖い話を聞いたあと、キャビンへの帰り道でよくそんなふうに父に飛びかかられた。

瑪瑙をまえのシートに投げ、ランボーを荷台に結びつけて、伏せておとなしくするよう手ぶりで指示する。父が犬をどう思っているか、忘れていない。車のキーをキーリングからはずしてポケットにしまい、携帯電話が消音モードになっているのを確認してもう一方のポケットに突っこむ。ふだん猟をするときは、トラックにキーを残したまま車を離れる。アッパー半島は車泥棒で有名な地ではないし、ポケットで鍵の音がするのは避けたい。だが、父がわざと残した跡をたどっているうちに、トラックを盗まれてはたまらない。トラックを念入りにロックして、ナイフと銃を携帯しているのを確認めた。警察も父が銃器を携帯していて危険だと言っていた。それを言ったらわたしもだが。

道を四百メートルほど行くと、足跡が道を折れて私道に入る。わたしが調べてみたいと思っていたキャビンの私道だ。わたしは私道を避け、背後から斜めに近づけるように大きく迂回する。身を隠すものが少なくて落ち着かない。木立はほとんどがカラマツかバンクスマツで、それも細くてまばらだし、焚きつけになるぐらい乾いている。そのあいだを歩いたら、いやおうもなく音がする。逆にもし父がキャビンにいれば、わたしが来たことをもう知っていることになる。

古くて小さなキャビンが敷地の奥に立ち、森に呑みこまれそうになっている。屋根は苔と松葉におおわれ、側面には黄色の花とひょろひょろとした蔓植物が生えている。娘たちの絵本に出てくる妖精のコテージのようだ。子どものいない無邪気なカップルや貧しい森の住人が住んでいるコテージではなく、分別のない子どもを誘いこむようなコテージだ。私道の行き止まりには目を引く物置小屋があり、古いピックアップトラックが停めてある。わたしはトラックの車体の下をのぞき、荷台のうえを確認する。小屋はがらんとしている。

敷地の端をめぐって、キャビンの裏手にまわる。唯一開いている窓は寝室で、狭い室内にベッドと化粧台と椅子が押しこまれている。真ん中がくぼんだベッドには、使われている形跡がない。

脇にまわり、つぎの窓を調べる。バスルームの備品には錆《さび》が浮き、タオルは古ぼけている。一本きりの歯ブラシがシンクのうえの、壁に取りつけたホルダーに入っている。便器のなかの水は茶色に変色し、水面のうえにある汚れのリングがしばらく水が流されていないことを示している。

つぎの窓はリビングで、わたしの祖父母の家のリビングとうりふたつだ。色褪《あ》せた花柄のソファとそろいの肘掛け椅子。木製のコーヒーテーブルの中央には、マツボックリと流木と瑪瑙を盛りあげたボウルが置かれている。前面がガラスになったコーナーキャビネットに詰めこまれているのは、こまごまとした小物類と、塩入れと胡椒入れと、大恐慌時代に作られた安価なガラスの器。椅子の背と肘掛けには、かぎ針編みの黄ばんだドイリーがかけられ、古いリクライニングチェアはクッションがへたって見る影もない。その脇のテーブルにはコーヒーカップひとつとたたんだ新聞。荒らされた形跡はない。父がなかで待ちかまえているとしても、この部屋ではない。

ぐるっとまわって表に戻り、そっとステップを上がってポーチに立った。その場に佇んで耳をすまし、空気のにおいを嗅ぐ。人間を狩るときは、あせらないことが肝心だ。長らくそうしていたがなにも起こらない。わたしはドアのノブに手をかけた。ノブは難なくまわり、わたしはなかへ入る。

はじめてキャビンに侵入したのは、十五歳のときだった。そのころにはもう学校を中退していて、州から派遣された家庭教師たちは、祖父母同様、わたしを扱いあぐねていたので、わたしには自由になる時間がたっぷりあった。

必要があってキャビンに侵入したと言えれば、どんなにいいか。にわか雨に降られたとか、雪嵐に遭ったとか……。だが、実際はある日、退屈しのぎに思いついたいたずらにすぎない。わたしと同じ学校に通っていたある少年の両親がそのキャビンの持ち主だった。その子はなにかとわたしに突っかかってきたので、だったら逆にこちらから面倒を起こしてやったらおもしろいかもしれない、と思ったのだ。被害を与えるつもりはなかった。わたしが侵入したことがわかる程度の証拠を残せれば、それでよかった。そのキャビンのドアには〝この家は○○に守られています〟というステッカーが貼ってあった。だが祖父母の家にも同じステッカーがあったので、ただのこけおどしだと知っていた。祖父によれば、偽のステッカーにも本物と同じ効果があるし、セキュリティシステムを導入するよりうんと安くすむとのことだった。

わたしの計画は単純明快だった。

1　祖母の流し台の下にあった黄色いゴム手袋をはめる。
2　わたしのナイフを使って、玄関の扉の蝶番《ちょうつがい》を留めているピンをはずす。
3　台所にあるなにかの缶詰を開け、薪ストーブの火を起こしてそれを調理する。缶詰を冷たいまま食べるより、温かくして食べるほうが好きだから。

4　リビングの真ん中に祖父母の材木の山で見つけたハツカネズミの死骸を入れた空き缶を置いてくる。

5　扉を元に戻して、立ち去る。

ハツカネズミは死にたてほやほやだった。つぎに誰かが入ったとき、そのにおいが充満していて、最初に彼らを襲うのが悪臭ならいいのにと思っていた。彼らはハツカネズミの死骸入りの空き缶があるのに気づいて、何者かが押し入ったことを知るが、わたしは手袋をはめているので、犯人は特定できない。ネズミ入りの缶のアイディアが浮かんだときは、わたしに突っかかってきた子たちのそれぞれの家族が持つキャビンのひとつずつに押し入ってやったら、それがわたしのやった印になると考えた。警察は行きずりの犯行だと思うだろうが、わたしを苦しめた連中は関連性があることに気づき、わたしのしわざだと知る。だが、みずからの罪を認めないかぎり、彼らにはなすすべがない。わたしの計画のなによりそこが優れていると思った。

だが、いざ実行してみると、世の中の人全員がわたしの祖父母ほどケチではないことがわかった。セキュリティのステッカーが本物だったのだ。わたしが薪ストーブのそばに置いた椅子に腰かけて、バイキングの記事が載った号がないかと『ナショナル・ジオグラフイック』の山を漁りながら、豆が煮えるのを待っていると、保安官事務所の車が回転灯を作動させながら玄関前に停まった。裏口からなら逃げられた。わたしが本気で森のなかに逃げこんだら、それを捕まえられる保安官助手など、地球上どこを探してもいない。だが、車から降りてきた保安官助手は、このまえに二度、家出したわたしを連れ戻した人だったので、わたしたちのあいだにはそれなりの関係ができていた。

「撃たないで！」わたしは大声で言いながら、両手をあげて玄関から外に出た。わたしも保安官助手も笑ってしまった。彼はすべてを元どおりに戻させると、映画俳優を車に乗せるお抱え運転手のようにわたしのために車のドアを開けた。帰りの車のなかでは狩猟や釣りの話で盛りあがった。わたしはクマの寝床に落ちたという父の話を自分のことのように語り、彼は感心してくれた。わたしは、とても気が合いそうだから恋人にならないかともちかけた。彼は結婚して子どもがふたりいると答えた。それのなにが問題だかわたしにはわからなかったが、彼は大問題だと断言した。

彼はわたしを保安官事務所に連れていった。家出とちがって、住居侵入はれっきとした犯罪だった。父がいた独房を見てみたかったので、そこに入れてもらいたいと思ったけれど、彼はわたしをロビーにあった木製のベンチに座らせて、祖父母に連絡した。彼はやってきた祖父母にわたしの悪運の強さをくどくどと弁じた。キャビンの持ち主は訴えないと言っている。訴えられてもおかしくなく、もしそうなっていたら、冗談ではすまなかった。

これからは法に従い、他人の所有物を尊重して、二度とこんなことを起こしてはならない。勝手にほざかせておいた。これが彼の仕事だ。だが彼が、無鉄砲な行いを改めなかったらどうなるか考えるべきだ、父親のように刑務所に入りたいのか、とまで言ったときは、この人が恋人でなくてよかったと思った。彼へのいやがらせとして、こんどその機会があったら、またキャビンに侵入してやる、と心に決めた。彼のキャビンでもいい。

その事件をきっかけに、わたしはフルタイムで働くことになった。祖父の店でだ。それまでは、週に三日の勤務だった。祖父母の店はメインストリートにあった。不動産屋とドラッグストアにはさまれた木造の古い建物で、釣り餌と自転車の両方を商っていた。自転車は通りがかりの人に見せるよう表側にならべ、餌のタンクとぜん虫や大ミミズがたっぷり詰まった冷蔵庫は店の奥にあった。わたしは祖父が餌と自転車を商品に選んだのは、餌《バイト》と自転車《バイシクル》、どちらもBではじまるからだと思っていた。いまではアッパー半島の多くの店が、通常では考えられない組みあわせの商品を商っているのを知っている。商品ひとつでは生計を立てるのがむずかしい。わたしはジャムとジェリーでやれているが、オンラインで売れる分が多いからだ。

祖父には、フルタイムで働きだしたのだから下宿代を払えとも言われた。そのうえで、なんなら残りの金を貯めたらいい、店の自転車を原価で譲ってやる、と。世間の人たちがわたしにくれた自転車やらなんやらは、祖父がとうのむかしにすべて売りはらっていたので、自転車を手に入れるチャンスが与えられて嬉しかった。祖父は紙切れに線を引いて三つの段に分けた。それぞれに〝卸値〟〝小売値〟〝純益〟と書き、例として数字を入れて、小売業というもののからくりを教えてくれた。のちに自分でビジネスをはじめたとき、そのとき教わったことが役に立った。

わたしが目をつけたのは、ミラーブルーの車体を持つシュウィンフロンティアのマウンテンバイクだった。ロードでもオフロードでも乗れるところが気に入った。いまならもっと高級で高価な自転車があってもおかしくなかったのがわかるが、副業として餌を売るにしても、アッパー半島には最高級自転車販売で生計を立てようとする人などいない。お客さんが自転車を見に来るたびに、わたしは自分の自転車からその人たちを遠ざけた。いまの一台が売れたら、祖父がつぎを注文できるかどうかわからなかったからだ。沼から戻って三年もたっていたのだから、商業システムの仕組みをもっと理解していてしかるべきだと思う人がいるのはわかる。けれどわたしとしては、まっさらな状態から試して、それでなにがどう働くかを見るほうが楽しい。いまでもたまに知らないことにぶちあたる。そんなふうなので、同じ学校に通っていた少年のひとりがわたしの狙っていた自転車を買ったときは、もうおしまいだと思った。彼の両親のピックアップトラックまで自転車を押していき、歩道に置きっぱなしにした。荷台に載せるのを手伝うことになっているのに、そのまますたすた歩き去った。とくに目的地はなかった。祖父がわたしを裏切り、わたしが買うつもりで貯金していた自転車を売ってしまったから、もう戻らないつもりだった。

何時間かして、祖父がわたしに追いついた。もうとっぷり日が暮れていた。祖母が助手席に乗っていなかったら、祖父の車に乗らなかったかもしれない。話を整理してみて、祖父が売ったのと同じような自転車を注文すると約束してくれると、自分のことがばかみたいに思えた。当時はそんなふうに感じることが多かった。

同情を買いたくて、こんな話をしているのではない。神さまもご存じのとおり、それはもう足りている。それより、理解してもらいたい。なぜ、何年かしてから、わたしが仕切りなおしたいと思ったのかを。人はときになにかを求める。だが、手に入れたあとになって、自分の望んでいたものとはまったくちがうことに気づく。それが沼地を離れたあと、わたしに起きたことだった。わたしは自分で新しい生活を築いて、幸せになれると思っていた。わたしには知恵も若さもあった。外の世界を受け入れて、学ぶ意欲もあった。けれど困ったことに、わたしのことを進んで受け入れてくれる人はいなかった。誘拐、強姦、殺人。それだけのことを起こした男の娘には、ぬぐいがたい汚名がついてまわる。大げさだと思うなら、こう考えてもらいたい。わたしの父が何者で、母になにをしたか知っていても、あなたはわたしを喜んで自宅に迎え入れられるか？　わたしを息子や娘の友だちとして受け入れられるか？　わたしを信頼して、子どものベビーシッターに雇えるか？　この質問のどれかにイエスと答えられる人がいたとしても、まったくためらいがなかったとは言わせない。

運のいいことに、父の両親は数カ月ちがいで立てつづけに亡くなり、十八歳になって日の浅いわたしに、父が育った家を遺してくれた。十八歳になっていたので、祖父母の弁護士もわたしの母や母方の祖父母には言わずに、不動産の所有権移転の手続きをしてくれた。書類がそろうと、わたしはスーツケースに荷物を詰め、出ていくけれど探さないでくれと言って祖父母の家を出て、名字をエリクソンに変えた。小さいころから大好きだったバイキングの仲間になるチャンスだと思ったのだ。髪は短く切り、金髪に染めた。かくして、沼の王の娘はいなくなった。

キャビンのドアを開けると、いきなりリビングになっている。たぶん縦三メートル、横三・五メートルほどの狭い部屋。天井も、つま先で立てば触れられそうなほど低い。玄関のドアは開けたままにする。湿気とカビのにおいがする閉鎖空間は得意じゃない。

テレビはついたまま、音声が消してある。画面には父の捜索に関する最新情報を伝えるアナウンサーが映っている。彼の左肩のうえにはビデオ映像を流す四角い囲みがあり、ヘリコプターが小さな湖の表面を波立たせ、巡視船が円を描いている。画面の底辺にはキャプション――〝捜索は続行、ＦＢＩはさらなる人員を投入。受刑者の死体発見か?〟

わたしはできるだけ静かに立って感覚を研ぎすまし、カーテンのそよぎや、かすかな吸気や、わたしがひとりでないことを示す分子の動きを感じ取ろうとする。カビ臭さの下にベーコンと卵とコーヒーと最近発砲された銃のきな臭さと金属臭のような新鮮な血のにおいが横たわっている。

わたしは待つ。なんの音もしない。動きもない。さらに待ってから、リビングを横切って、台所の入り口で立ち止まる。

コンロとテーブルのあいだに裸の男が横向きに転がっている。床に散った血と脳。

スティーブン。

16

キャビン

スカルドはバイキングのおかみさんが豊かなご亭主におくった金にもまさる宝のこと、そして愛らしい娘をもったかしらのよろこびを歌いました。明るい日差しのもとでしか、目にしていない娘ではあったけれど、おかしらには娘の気性の荒さまでが好ましかったのです。この子はいつか勇猛果敢な戦いの女神となって、みずから戦いに身をとうじるぞ、たとえ腕のたつ戦士にするどいやいばでまつげを切られようと、まばたきひとつせんだろう。

月を重ねるごとに、その乱暴な性格がめだつようになっていきました。そうして年月がすぎ、幼かったその子は、ぱっと目を引く美しい十六歳の娘さんになりました。すばらしい姿形はしていても、その中身はやっぱり情け知らずなままでした。

――ハンス・クリスチャン・アンデルセン『沼の王の娘』

「コートを着ろ」わたしが十一歳の冬の早朝、父が言った。そのときは知るよしもないが、それが沼地で過ごす最後の冬になった。「おまえに見せたいものがある」

革の処理をしていた母が顔を上げた。自分が話しかけられたのではないとわかると、すぐに顔を伏せた。両親のあいだには濃い霧のように緊張が横たわっていた。父が母を溺れさせようとしたときから、ずっとそんな調子だった。「あの人はわたしを殺すつもりだった」と、母は事件からまもなく、わたしにささやいた。父が近くにいないのを確かめたうえだった。そうかもしれない、とわたしも思った。母はわたしに助けを求めず、味方になって父に刃向かうことも期待しておらず、それがわたしにはありがたかった。もし父が本気で母を殺すつもりなら、わたしにはどうすることもできない。

母は父がなめしてバックスキンにしたシカ革を加工していた。料理と掃除をべつにすると、これが冬のあいだの母のおもな仕事だった。まえの冬は父のためにバックスキンを使って、フリンジのついた美しいオーバーシャツを作った。その年の冬は、じゅうぶんなバックスキンが手に入りしだい、わたしのシャツを作ることになっていた。父はわたしがカバノキの樹皮に炭で――紙と鉛筆は切らしていたので――描いたデザインに従ってヤマアラシの針で模様を入れてやると約束してくれていた。父には芸術的な才能があった。その手にかかれば、わたしの原画よりはるかに見栄えのいいシャツになるはずだった。

わたしは防寒具を身につけ、父について外に出た。まだら模様入りの子ジカのミトンはもう小さすぎたけれど、処分品の山に捨てるのが惜しくて、まだ使っていた。もっと大きめに作ってくれればよかったのに。わたしがそうなじると、子ジカが小さすぎてその大きさが精いっぱいだったのよ、と母に言われた。その春のシカ狩りのときは、父が双子を宿した雌ジカを撃つことを祈った。

よく晴れた寒い日だった。日差しを照り返す雪面がまぶしくて、目を細めずにいられなかった。父はこの天気を〝一月の雪解け日〟と称していたが、溶けているものはなかった。ふたりでポーチの端に腰かけ、かんじきをくくりつけた。雪の多い年で、どこへ行くのもかんじきが欠かせなかった。父はわたしが九歳の冬にハンノキの枝と生皮を材料にしてわたし用のかんじきを作ってくれた。父本人は父親から譲り受けたアイバーソン製のかんじきをはいていて、年を取ってかんじきで出かけられなくなったら、それをわたしに譲る約束だった。

わたしたちはきびきびと歩きだした。わたしも父と同じぐらいの身長になっていたので、ついていくのも苦労ではなかった。行き先は尋ねない。以前はよくこんなふうにわたしを謎の外出に誘って、驚かせたものだ。だいたいは追跡方法を教えがてらだったが、それもここしばらく途絶えていた。父について尾根を下って低いほうまで行くと、わたしは父の目的地を推測した。たいした難問ではない。父が背負っているリュックサックのなかには、雪を溶かしてお茶を淹《い》れるのに使う蓋付きの小さなコーヒーポットと、石のように硬いけれどお茶に浸ければやわらかくなるビスケットが六枚と、父がペミカンと呼んでいた干したシカ肉とブルーベリーを混ぜて作った保存食、ブルーベリーのジャムが入っていた。つまり昼食には戻らない。父のライフルは鍵のかかった食料貯蔵室のなかにあり、ランボーは薪小屋に繋がれていたから、目的は猟ではない。スノーポールを持参しているということは、かなりの距離を歩くということだ。うちの尾根から川までのあいだには、すでにわたしが探索したことのある小さな尾根がいくつかあるものの、わざわざ見に行くようなものはないので、目的地はそこでもない。こうしたことをすべて考えあわせると、川に向かっているのはまちがいなかった。ただし、理由はわからなかった。その川なら季節ごとに何度も訪れたことがある。雪がおもしろい形に固まっているのを見つけて、それをわたしに見せたいのかもしれない。わたしにはそれぐらいしか思いつかず、だとしたら、ここまでする価値があるかどうか疑問だった。

ついに川まで来た。父はわたしに見せたいものの場所まで移動するため、川沿いに上流か下流に向かうかすると思っていた。ところがそのままの足取りですたすたと氷のうえを歩きだした。これには驚いた。ターカメノン川の水の流れは速く、狭いところでも川幅が三メートルはある。そして川の大半は凍っているものの、幅のある場所はそのかぎりではなかった。にもかかわらず父はほとんど振り返りもせずに、迷いのない足取りで向こう岸まで歩いた。まるで揺るぎない地面を歩いているようだった。わたしは川岸に立ちつくして、見送ることしかできなかった。ふだんなら父に導かれるままにどこへでもついていくが、どうしたら川を渡って大丈夫だとわかるのだろう？　わたしがひとりで沼地を歩きまわれる年齢になると、父は口を酸っぱくして言ったものだ。どんなに氷が厚く見えるときでも、冬のあいだはむちゃをして川に入るな、と。流れのある川の氷は、湖の氷とは勝手がちがう。厚い部分もあれば、薄い部分もある。だからアイスポールで氷の厚さを調べてからでないと歩いてはならない。なのにそうしなかった父には、厚さを見きわめようがなかった。湖や池なら氷が割れて落ちたら濡れて寒い思いはするにしろ、あまり水深がないので深刻な被害は受けない。立っても大丈夫なほど厚く氷の張ったところまで泳がなければならないとしても、わたしならできる。だが、もし川に落ちたら、助けを呼ぶ暇もなく氷の下の流れに引きずりこまれて、それきり誰にも見つけてもらえなくなる。

それが父の教えだった。ところが父は反対のことをしていた。わたしは万能な父のことを不滅の存在のように思っていた。神といったらいいのか。父が人間であって、いつかは死ぬことはわかっていたが、父が語った話の半分でも真実なら、父はこれまであまたの困難を乗り越えてきたことになる。そんな父でも、川に落ちたらひとたまりもない。それに溺死は、わたしが進んで選びたい死に方ではなかった。

でも、ひょっとしたら……そこが肝心なのかもしれない。父は目的なしになにかをする人ではなかった。このために川までわたしを連れてきたのかもしれない。父はわたしが溺死を恐れているのを知っていた。川の向こう岸を探索したくてうずうずしていることも知っていた。カヌーで向こう岸に連れていってくれと何度頼んだかわからない。ただ疑問なのは、わたしが沼地をどれだけ狭苦しく感じ、新しいなにかを見たい、あるいはしたいと思っていたことを父が知っていたかどうかだ。知らないと思っていたけれど、気づいていたのかもしれない。いずれにせよ、父はふたつを合体させた。わたしの一番の望みと一番の恐れをセットにして、恐怖に直面させるためにわたしを川に連れてきた。恐怖は、内側に押しこめられると、そのぶん威力を増す。

わたしは川岸をおおう氷の塊を急いでよじのぼり、いっきに川に踏みだした。ぐずぐずしていたら渡れなくなる。心臓がどきどきした。ミトンのなかで手がじっとりと汗ばんだ。父が歩いたとおりに歩けるよう、父が通った道を思い起こしながら、慎重に足を進めた。わたしが歩くと、氷が上下して、川が呼吸しているようだった。川が生きていて、凍った川面を歩いて渡ろうという傲慢な人間の女の子に機嫌を損ねているのではないか？　無数にある氷の隙間から、川の精霊が冷たい手を突きだすところが目に浮かんだ。わたしの足首をつかみ、なかに引きずりこもうとする。氷の下からわたしを見あげる自分が見えた。髪は流れに漂い、肺が痛い。川の精霊がわたしを水底へと引き入れていく。わたしの目はあのときの母と同じように恐怖にみはられていた。

ひたすら歩いた。氷の隙間から茶色に濁った急流をのぞくと、目がくらんだ。恐怖で口が酸っぱい。振り返ってこれまでに歩いた距離を測り、父を見てこの先の距離を測った。安全を求めてどちらに走ってもちょうど同じくらいだった。立ち止まって元気よく手を振り、怖さ知らずの勇敢なところを父に見せたかった。でも、わたしは走った。自家製のかんじきをはいた状態で、走れるだけ走った。差しだされた父の手を握って川の土手をのぼって木立に入った。かがんで両膝に手をつき、息が鎮まるのを待った。自分が成し遂げたことに対する、圧倒されるほどの達成感があった。わたしは恐怖を感じていた。けれど、恐怖に妨げられることなく、したいことをした。父がわたしに学ばせたかったのはこれだ。その知恵が力となってわたしを満たした。腕を大きく開いて空を見あげ、父にその知恵を授けてくれた大いなる精霊に感謝した。

わたしたちは東を向いて、川岸を下っていった。わたしはグリーンランド、そして北アメリカにはじめて足を踏み入れたとされる赤毛のエイリークか、その息子のレイフ・エリクソンだった。どの木も、茂みも、石も、これまで見たことのない木であり茂みであり石だった。空気までがちがうようだった。川をはさんでうちのある側はおもに静水に広がる平らな草地で、尾根はあまりなかった。こちら側はしっかりした地面で、人ふたりで抱きついても手が届かないほど大きなストローブマツが生えていた。森にはうちのようなキャビンを千個建ててもあまるぐらいの材木があり、そこに暮らす家族が何十年も寒さに苦しまずにすむだけの燃料用の木があった。うちのキャビンを建てた人たちがここに家を建てなかったことを不思議に思った。

　父の後ろを歩いているうちに、何キロでも歩きつづけられそうな気分になった。そしてふと、実際、そうできるのだと気づいた。川の制約が解けたいま、わたしを引き留めるものはない。好きなときに歩くことができる。沼地が狭苦しく感じたわけだ。どこまでも歩けるにしろ、いずれ回れ右をして、同じだけの距離を戻らなければならないことはわかっていた。それに、もう一度川を渡らなければならず、帰路につくタイミングをまちがえると、日が落ちてから川を渡ることになる。そんなことになったらどうするか見当もつかないけれど、とりあえず考えないことにした。一度はわたしに川を渡らせた父にならば、こんども渡らせられるだろう。そんなことより、わたしがついに――ようやく――まったく新しいものを見て、新しい経験をしていることのほうが重要だった。

　川幅が広くなった。遠くに低い地鳴りのような音がした。最初はごくかすかだったので、本物かどうかわからなかった。だがその音がしだいに大きくなる。春になって川の氷が割れるときのような音だが、春はまだ遠く、川の氷もまだゆるんでいない。あの地鳴りのような音がなんなのか、なぜその音が大きくなり、川の流れが強くなっているのか。そんなことを父に尋ねたかったけれど、父は先を急いでいたので、ついていくのがやっとだった。

　わたしたちは編んで作った太いワイヤーケーブルが川に渡してある場所に来た。こちら側のケーブルは木に巻きつけてあり、樹皮がケーブルをおおっているので、ずいぶんむかしからケーブルがあったのがわかった。向こう岸でも同じようにケーブルが固定されているのだと思った。ケーブルの、川の真ん中あたりに、標識が下がっていた。一番上に描いてある〝危険〟という大きくて赤い文字以外は字がこまかくて読めない。なぜ船に乗っている人にしか読めない場所にわざわざ標識を下げたのか、理解できなかった。それになにが危険なのだろう?

わたしたちはさらに進んだ。雪がゆるんで濡れていた。木々には霜がついているようだったが、枝を引っ張ってみると、霜が落ちるようには落ちなかった。

そして川が消えた。それ以外にどう表現していいかわからない。わたしたちの隣では滔々《とうとう》と川が流れているのに、百メートル前方には空しかないのだ。ナイフで切り取ったように、そこで川が途切れていた。消えてしまった川。霜でない霜。雷鳴のような、けれど終わらない音。現実の世界を抜けでて、父が語るお話の世界に入りこんだようだった。

父は木立のあいだを抜け、凍った崖の端へと進んだ。わたしは一瞬、恐怖に駆られた。結婚を許されなかったインディアンの戦士と乙女の伝説のように、手に手を取って崖から飛びおりろと言われるかと思ったのだ。父はわたしの両肩に手を置き、そっと体の向きを変えた。

わたしは息を呑んだ。わたしたちのいる場所から十五メートルと離れていないところで、川が崖の側面を勢いよく流れ落ちて茶色と金色の水でできた大きな壁になり、下の岩場を延々と叩きつづけていた。うちのキャビンくらいある大きな氷の塊が水の流れを堰《せ》き止めている。木々も岩も厚い氷におおわれていた。滝の両端は凍り、中世の大聖堂を思わせる巨大な氷柱《つらら》を形づくっていた。わたしたちのいるちょうど対岸に、滝のうえにせりだすようにして木造の見晴台があった。見晴台から階段をのぼると、急な斜面を木立まで行けるようになっている。『ナショナル・ジオグラフィック』でナイアガラの滝の写真を見たことはあったけれど、そこにあるのはわたしの想像を絶する光景だった。わたしたちの沼地にそんなものがあったとは、しかも徒歩で一日かけずにいける場所に滝があるとは、考えたこともなかった。

わたしたちは長いこと、立ったまま滝を見ていた。わたしの髪も顔もまつげも霧でおおわれた。ついに父がわたしの腕に触れた。まだ見ていたかったけれど、父について木立に入り、父とならんで倒れた木に座った。魔法の森に似つかわしい、巨大な倒木だった。少なくとも、わたしがそれまでに見たことのある倒木の三倍はあった。

父は笑顔で快活に手を振った。「どうだ？」

「すごい」それしか言えなかった。それでじゅうぶんであることを祈った。轟音も、水しぶきも、延々と注ぎこまれる水も。自分が感じていること考えていることの途方のなさを表す言葉が、わたしには見つからなかった。

「これはおれたちのものだ、バンギ・アガワテヤ。この川、この土地、この滝。すべておれたちに属する。白人たちがやってくるうんとまえから、おれたちの先祖はここの水場で魚を釣り、ここの川岸で猟をしてきた」

「木造の台は？　あれもわたしたちが造ったの？」

父の顔が曇った。わたしは尋ねたことをすぐに後悔したが、いまさら引っこめることはできない。

「滝の対岸は白人たちの言葉で公園という場所になってる。白人たちはおれたちの滝を見せて金を取るために階段と台を造った」

「台は釣り用かと思ってた」

父は両手を叩いて笑い、しばらく笑っていた。いつもなら父のそんな反応が嬉しいが、そのときは笑わせようと思って言ったことではなかった。口に出したとたん、ここに魚がいないことに気づいた。わたしたちの川が、オジブワ語でネ・アディカメグガニング――白人の言葉でホワイトフィッシュ湾――と呼ばれる場所にあるギッチ・ギューミーと呼ばれる大きな湖に流れこむことは、父から聞いて知っていた。『ナショナル・ジオグラフィック』のおかげで、サーモンが太平洋岸北西部にある川の急流を遡上することも知っていたけれど、ここを泳げる魚はいない。

父の笑い声がこだまして、対岸から、女性や子どものように甲高い声が聞こえてきた。父が笑いやんでも、こだまは残っている。わたしは心臓がどきどきするのを感じた。対岸にオジブワにおけるトリックスター、ナナボゾがひそんでいて、わたしの愚かさを笑う父の声をさらに大きくして、向こう岸からわたしをあざ笑っているのだと思った。わたしはぴょんと立ちあがった。姿を変えるとされる伝説の存在が、今日、どんな姿をしているのか知りたかった。父はわたしの手をつかんで、倒木に座らせた。それでもわたしは頭を上げた。ナナボゾがこの森に来ているのなら、是非とも会ってみたい。

また別の音がした。金属を叩きあわせるような音。そして人がふたり階段を駆けおりてきた。これには度肝を抜かれた。ふつうナナボゾはウサギかキツネに化身する。だが、ナナボゾは精霊である父親と人間である母親のあいだに生まれついているので、人間の形を取ってもおかしくない。そうは思ったけれど、わが身を分けてふたりに化身できないとしたら、木の台にいるふたりは本物の人間だった。

人間。母と父をべつにすると、これがわたしがはじめて見る人間だった。帽子をかぶってスカーフをまき、体には上着を着ていたので、絶対とは言えないが、わたしが見ているのはどうやら人間の少年と少女のようだった。

少年と少女。

子ども。

そこに低い声が加わり、さらに人がふたり、おりてきた。おとなだ。男と女。子どもたちの母親と父親。

家族。

わたしは息を殺した。息をついたら、その音が川面を渡って彼らを怖がらせ、逃げてしまうかもしれない。父は黙っていろと伝えるためわたしの腕を握ったが、その必要はなかったのだ。こちらの気配を消して、ただ見ていたかった。ライフルがあればスコープを使って観察できるのに、と思った。

その家族はしゃべって笑って遊んでいた。話の内容までは聞こえなかったけれど、楽しんでいるのが伝わってきた。ついに父親が下の子を抱きあげ、肩車をして、階段をのぼりはじめたときには、わたしの脚は寒さに固まり、空腹でお腹が鳴っていた。母親はうえの子といっしょに、のんびりした足取りでついていく。その家族の姿が消えたあとも、笑い声が残っていた。

父とわたしは長いあいだ丸太の背後にしゃがんでいた。ようやく立ちあがった父は、体をストレッチしてから、リュックサックを開け、わたしたちの昼食を丸太に出した。いつもの父なら火を起こしてお茶を淹れるけれど、その日はなかったので、母の焼いたビスケットを雪で流しこんだ。

食事を終えるとすべてをリュックに戻し、沈黙のまま帰路についた。キャビンに戻る道すがら、わたしはさっきの家族のことばかり考えていた。石を投げればあたるほど、わたしたちのあいだには距離がなかった。彼らの頭上を狙って木立に一発ぶちこめば、まちがいなく注意を引けただろう。もしそうしていたら、どうなっただろう？

そのあと何度ターカメノン滝を訪れたかわからない。幅六十メートルの川がおよそ十五メートルにわたって垂直に流れ落ちる秋の景色には、つねに人を圧倒するものがある。春の雪解けの時期には毎秒二十万リットルの水が崖っぷちを流れ落ちるターカメノン滝は、ミシシッピー以東で二番めに水量の豊富な滝で、毎年秋には世界じゅうから五十万もの人が集まる。どういうわけか、秋はとりわけ日本からの観光客に人気だとか。公園にはビジターセンターと、レストラン兼地ビール醸造所、水洗式の公衆トイレ、土産物屋が併設され、その土産物屋ではわたしのジャムとジェリーも扱っている。滝までの道は歩きやすいように舗装され、崖際には公園の管理センターが落下防止に取りつけたヒマラヤスギのフェンスがある。実際に落ちて亡くなる人がいる。たとえば彼女のテニスシューズを拾おうと渦のなかに飛びこんだ男性がいたが、これは管理センターの落ち度ではない。

今年の三月、スティーブンとわたしは娘たちを連れて滝を訪れた。寒い季節に戻るのは、はじめてだった。あとになってみると、どうなるかわかりそうなものだったのに、そのときは、娘たちがはじめて見る滝に大喜びするだろうとしか考えていなかった。少しまえから早く行こうとスティーブンに急かされていたが、わたしはマリが滝の光景を味わえる年頃になってからにしたかった。それに見晴台までは、上り下りに九十四段の階段がある。

幼児を抱えて運ぶのは避けたかった。

そのときわたしは見晴台の手すりのまえに立ち、スティーブンと娘たちが大笑いしながら雪つぶてを投げあい、楽しく過ごすのを見ていた。そしてふと、かつて父とわたしが立っていた場所に目をやった。たちまち十一歳の自分に引き戻されたわたしは、父とならんで丸太の奥にしゃがみこみ、滝をはさんだ先にある見晴台を見返していた。そこにはわたしとスティーブンと娘たちがいる。わたしははたと気づいた。

わたしたちはあの家族だ。

わたしは十一歳のわたしに対する悲しみに呑まれた。自分の育ち方を振り返るとき、だいたいはそこそこ客観的に見ることができた。そう、わたしは誘拐犯とその被害者のあいだにできた娘だった。十二年のあいだ、両親以外の人間とは会ったことも、口をきいたこともなかった。そう言うと、惨めに聞こえるだろうが、それがわたしに配られた手札だった。そして、まえに進みたければスペードはスペードと言うしかない――つまり、ありのままに語るしかないと、裁判所から手配されたセラピストはよく言っていた。十二歳の少女にトランプの比喩はどうかと思うけれど。

けれど、手すりから滝の向こうにかつてのわたしの幻影を見ていると、小さな野生児だったかわいそうなわたしに対する悲しみで胸が張り裂けそうになった。宝物にしていた『ナショナル・ジオグラフィック』をのぞいて、外の世界に関して無知だった。ボールがはずむことも、人が会ったとき互いに手を差しだしてあいさつをし、その行為が握手と呼ばれるのは実際に手を握りあうからだということも知らなかった。母親と父親以外の人と話したことがなかったせいで、人によって声がちがうことにも気づいていなかった。現代文化もポピュラーミュージックもテクノロジーもなんのことやらだった。父からそう命じられたという理由で、外の世界と接触するはじめての機会に背を向けた。

父のことも哀れだった。父はわたしがそわついているのに気づいていた。そのわたしに沼地におけるもっとも貴重な宝を見せて、わたしを引き留めたいと思ったのだろう。ところがその家族を見たわたしは、沼地を出ることしか考えられなくなった。

わたしは手すりに背を向けた。涙の訳を話すことなく、気分が悪くなったからすぐにうちに帰りたいとだけ言った。当然ながら、娘たちはがっかりした。スティーブンはなにも尋ねず、マリを肩車して、階段をのぼりだした。だが、わたしはそのあとをアイリスとともにゆっくりと歩きながら、アイリスがわたしの言うことを信じていないのを感じていた。

17

キャビンの台所に裸で転がる男性の死体は、わたしの夫ではない。スティーブンかもしれないという考えは、驚きなりショックなりを受けた直後、自動的に浮かんでくる非合理的な情緒反応のひとつ。一瞬頭をよぎるだけで、同じようにすぐに消える。

男性が裸であることに心がざわつく。父が歩いて入ってきたとき、朝食を調理するこの男性が裸でなかったであろうことは容易に想像がつく。それと同じくらい、彼が衣類を着ていないのは、父が彼を撃つまえに脱がせたからであろうことも容易にわかる。つまりこの男性は自分が殺されるであろうことを知りつつ、その最期のときに父から辱《はずかし》めを受けた。たしかに、父にはむかしから加虐的な面があったけれど、厳重に警備された刑務所で過ごした十三年という年月がその傾向をさらに強めたのかもしれない。

殺し方もさることながら、殺す必要のない相手を父が殺したことが、わたしの不安をあおる。男性を椅子に縛りつけ、うるさいようなら猿ぐつわを噛ませておけばいい。そして食べるものを作り、服を着替え、昼寝をし、なんならトランプで遊んだり音楽を聴いたり、あるいはほかのことをしたりして、捜索隊が沼地をしらみつぶしに捜索しているあいだはキャビンにいて、暗くなってからふたたび歩きだせばすむことだ。その場合、いずれは誰かが男性を発見していただろう。捜索隊が父にだまされて北を目指していたことに気づいたら、それから数日のうちに見つかった可能性が高い。男性に多少の能力があれば、みずから自由になる方法はいくつもあった。だが父は男性に命じて服を脱がせ、ひざまずかせて命乞いをさせておいてから、彼の後頭部を撃った。

わたしは携帯電話を取りだす。電波が届いていない。911を押してみる。たまに電話が通じたり、メールを送れることがある。だが、今回はだめだ。代わりに、画面に文字が現れる。スティーブンからのメッセージが四つ。

いまどこ？

大丈夫？

電話して

帰ってきて。頼む。話をしよう

最初のメッセージをもう一度読み、床の死体を見おろす。いまどこかって？　スティーブンは絶対にその答えを知りたがらない。

台所を横切って、有線電話を試してみる。発信音が聞こえない。電話料金を滞納したにしろ、父が電話線を切ったにしろ、かからないものはしかたがない。わたしは外に出て、電波が入る場所を求めて携帯を手に私道を歩いてみる。父がここにいたことを示す足跡や痕跡は、もう探さない。父がなにをしかけてこようと、わたしはもうかかわらない。車を使ってでも電波の入る場所まで移動する。必要とあらば警察の本部まで出向き、殺人があったことをじかに伝える。それがすんだら、まっすぐ夫の待つ家に戻る。わたしが父親の探索に出たと知ったら、警察もスティーブンもいい顔はしないだろうが、そんなことはささいな問題でしかない。スティーブンはお互いに「ごめんなさい、愛している」と言えば、それでまえに進めると考えているかもしれないが、そう簡単にはいかないのをわたしは知っている。彼の頭の片隅にはつねに、自分が結婚した女の父親が極悪人であるという知識が居座っている。なにごともなかったふりは彼にもできる。そうだと思いこむことも可能かもしれない。だが、現実問題として、わたしの遺伝子構造の半分が父方から来ていることは絶対に忘れられない。たぶんいまごろコンピュータをまえにして、沼の王とその娘に関して見つかった記事を片っ端から読んでいる。

そして今回はマスコミがハゲワシのようにわたしを痛めつけに来る。娘たちがいる分、もっと悲惨なことになるだろう。スティーブンと自分とで娘たちがさらし者にならないよう努力することはできるが、滝を押し戻そうとするようなものだ。たぶんマリのほうは悪評にめげないが、アイリスはそうはいかない。そしてどんなにがんばろうと、アイリスとマリはいつかわたしと祖父母に関する真実を知り、ふたりの祖父が祖母に対して行った卑劣な行為を知る。あの滑稽な表紙のついた『ピープル』誌を含め、すべてがオンラインで見られる。あとはグーグルで検索をかければ事足りる。

そのとき、わたしが自分の母親よりいい母親になろうと努力したことに娘たちが気がついてくれるといいのだけれど。沼地を去ったあと、母が苦労したのはわかっている。母は、それまで母なしで動いていた世界に戻った。同級生たちはおとなになり、結婚して子どもを持ち、別の場所に移っていた。誘拐されたという刻印が押されていなかったら、母の人生はどうなっていたのかを口にするのはむずかしい。わたしが思い描くのは、高校卒業と同時に結婚し、立てつづけに数人の子どもを産み、実家の地所に置いたトレイラーか誰も使っていない空のキャビンで雨露をしのぎ、皿洗いに掃除、炊事に洗濯をしながら、ピザの配達や材木の伐採をして稼ぐ夫の帰りを待つ、そんな生活だ。そうしてみると、沼地での暮らしとたいして変わらない。辛辣《しんらつ》に聞こえるかもしれないが、母は沼地から帰ってきたときまだたった二十八歳だったのだ。学業を再開することもできたし、自分なりの道を切り開くこともできた。父にさらわれたときに、いたいけな少女でしかなかったことは理解している。幽閉状態で育った子どもが深い傷を負うことも知っている。閉じこめられることで、情緒や知性を成熟させるべき大事な時期にそれが阻害される。わたしの五歳の誕生日に母が作った人形は、わたしにではなく母本人へのプレゼントだったのではないかと思うことがよくある。

けれど、わたしも、もがいてきた。わたしには友だちがいなかった。学校は中退した。祖父母には嫌われているか、少なくとも嫌われているとしか思えない扱いを受け、それゆえ、わたしも彼らを嫌った。母が一日じゅう寝室に閉じこもりきりなのもいやだったし、母が外に出るのを怖がるようなことをした父も恨めしかった。父のことを思わない日はなかった。父が恋しかった。大好きだった。わたしたちが沼地を出るまえの状態に戻れるなら、なにもいらなかった。ただし逃げだす直前の混沌とした日々ではなく、わたしがまだ幼いころ、わたしの人生で唯一、本当に幸せだった時期に。

母のベッドに男がいるのを見た日、母はわたしが必要とするような母親には絶対にならないのだと知った。その男といつからつきあっていたか知らない。その日が最初の夜だったのかもしれないし、百回めだったのかもしれない。母のことを愛していたのかもしれないし、母のほうもそんな彼に愛情をいだいていたのかもしれない。母がついに過去に決別しようとしていた可能性もある。だとしたら、わたしがそれを頓挫させたことになる。

着替えをすませたわたしは、バスルームが使いたくて二階に上がった。母の部屋にはツインベッドが二台あったが、わたしは母の子ども時代の寝室を共有して何週間かしたのち、母といっしょにいることに耐えられなくなって、地下室のカウチに寝床を移した。

バスルームのドアは閉まっていた。母だろうと思い、なにか読みながら母が出てくるのを待とうと、母の寝室に行った。わたしが子どものころ、母はよく屋外便所に閉じこもっていたので、そのときもしばらくかかると思った。子どものころは、お腹の調子が悪いのだろうと思っていたが、いまになってみると、うちの尾根で母がひとりになれる場所は屋外便所だけだった。

わたしは入り口で立ち止まり、母のベッドで横向きに寝そべる男を見た。上掛けをはねて裸体をさらし、片肘をついて枕にしていた。なにが行われていたのか、わたしにもわかった。十四歳にもなれば、だいたいみんな知っている。小さなキャビンで父親と母親と暮らし、しょっちゅういっしょに裸で発汗小屋に入り、『ナショナル・ジオグラフィック』にたくさん載っていた未開の部族たちの裸の写真をじっくり見ていれば、そのうちいやでも、ベッドスプリングのきしむ音がなにを意味するのかわかってくる。

その男はわたしが母ではないと気づくと、やにさがった笑いを引っこめた。急いで上体を起こし、腰まで上掛けを引きあげた。わたしは唇に指をあててナイフを取りだし、ベッドの反対側に腰かけて、ナイフの切っ先を男の股間に向けた。電流を流したように男の背筋がしゃきっと伸び、両手をあげたので、思わず笑いそうになった。わたしはナイフで床の衣類の山を指し示した。男はそれを引っかきまわして、シャツと下着とソックスとパンツを身につけると、ブーツを手に持ち、つま先歩きで部屋を出ていった。その間どちらも無言のまま、一分とかからなかった。母は男が帰ったと知ると、泣きだした。わたしの知るかぎり、その男はそれきり来なかった。

その件がきっかけで、わたしは逃走計画を立てはじめた。沼地を出てからも、気分によって森で一晩過ごすことはあったけれど、それとはちがった。もっと計画的というか、いきあたりばったりでないというか。わたしは麻袋にキャビンで一夏かそれ以上を過ごすのに必要なものをすべて詰めこむと、こっそりターカメノン川まで歩いてカヌーを盗んだ。わたしとしては釣りや猟を少し楽しみ、なんなら父を捜してもいいと思っていた。ひとりきりになって、気分転換をしたかったのだ。ところが翌日には、巡視船に乗った例の保安官助手に見つかった。消えたカヌーに消えた野生児となれば、うちのキャビンがまっ先に捜されることに気づくべきだった。

それが何度となく繰り返した家出の一回めだった。以来、家出がやめられなくなったともいえる。

稲光が閃《ひらめ》き、雷鳴がとどろいて、霧雨が本降りになる。わたしは携帯電話をポケットに戻し、私道をトラックまで走った。ランボーがいつになくおとなしい。いつもなら外に出せと吠えて訴え、わたしがいくら後ろで静かにしているように言ったところで聞き入れない。プロットハウンドにしてはよく躾ができているけれど、どんな犬種にも短所はある。

わたしは私道を離れ、一番大きなバンクスマツの背後に隠れた。といっても、たいした大きさではない。直径にしてせいぜい三十センチほど。そしてぴたりと動きを止めた。迷彩服を着たハンターが背を樹木につけて輪郭線を消した場合、じっとしているかぎりは存在しないも同然になる。迷彩服は着ていないけれど、まぎれこんで森の一部になることにかけては、たいがいの人より訓練を積んでいる。それにわたしは耳がよく――いっしょに猟をした誰よりも聴力に優れていたが、父には負けるかもしれない――そのことでわれながらよく驚いたものだ。だが、あるとき、これもわたしの育ち方ゆえだと気づいた。わたしはラジオとかテレビとか交通機関とか、人々が日々影響を受けているたくさんの雑音にさらされることなく、かすかな音を聞き分けることを学んできた。松葉のなかを動きまわるネズミ。森で舞い落ちた一枚の木の葉。ほとんど無音のシロフクロウの羽ばたき。

わたしは待った。トラックの背後で低く鳴く声も金属を引っかく音も、聞こえてこない。わたしは長い口笛をひとつに、短いのを三つ続けた。最初のは低い音、つぎの三つはそれより少し高めにする。こちらの呼びかけに応えるよう犬に教えこんだ口笛は、アメリカコガラをだますことはできないにしろ、もし近くで父が聞いていたとしても、アメリカコガラの口笛を十三年聞いていなかったという事実がわたしに味方してくれるはずだ。

やはり反応がない。わたしはジーンズの背中からマグナムを抜き、下生えを腹ばいで進む。トラックの車高が低くなったようだ。近寄ってみると、運転席側のタイヤが前後輪とも切り裂かれている。

わたしは立ちあがる。身構えつつ、身を乗りだして、後ろを見る。トラックの荷台は空っぽだった。ランボーがいない。

わたしは息をつく。ランボーの手綱が切られている。父がキャビンから持ちだして、トラックのタイヤを切り裂いたのと同じナイフを使ったにちがいない。わたしは自分のうかつさに悪態をつく。父が、わたしに会いたいというだけの理由でこのキャビンにおびき寄せる人でないことぐらい、わかっていたはずなのに。これは試験だ。最後にもう一度、むかしやっていた追跡ゲームをやって、わたしよりも自分のほうが追跡に長《た》けているのを証明したがっている。〝おれはすべてをおまえに教えた。その成果を見せてみろ〟

そしてわたしから追跡する以外の選択肢を奪うため、ランボーを連れだした。これもまた、かつての再現だった。わたしが九歳か十歳のころ、父はすっかり追跡がうまくなったわたしに対して、賭け金を上げることによってゲームの難易度を上げてきた。決められた時間内に父を見つけたら――だいたいは日没だったが、いつもそうとはかぎらなかった――わたしは父を撃つ。見つけられなかったときは、わたしが大切にしているものを取りあげられる。集めていたガマの穂とか、予備のシャツとか、三つめの弓矢とか。ヤナギの若木で作ったこの弓矢は、実用に耐えるものだった。そして最後の三回――偶然ではなく、わたしが立てつづけに勝った最後の三回――は、子ジカ革のミトンとナイフと犬を賭けてゲームに挑んだ。

　わたしはトラックをめぐって助手席側にまわる。こちらのタイヤふたつもつぶれている。二組の足跡がトラックから道路へ直角に出て、木立へと進んでいる。人間と犬。蛍光色のペンキで描いて、矢印を添えてあるかのごとく、迷いようのない足跡だ。誰かが空から下を見おろしていたとして、わたしがいまいる場所から男と犬が向かっている先を推察して線を引くと、その線の行き着く先はわたしの家になる。

　つまりこのゲームで賭けられているのは犬ではなく、わたしの家族だ。

18

キャビン

ときにヘルガはただ悪ふざけがしたいがために、おてんばをしました。おかみさんが戸口にいたり、中庭に出てきたりすると、井戸の端に腰かけて手足をばたばたさせ、突然、井戸に飛びこむのです。

そして、もともとカエルの本性をもっているので、深い井戸の水にもぐったりつかったりします。そのあとまるで猫のように井戸をよじのぼり、水をしたたらせたまま広間にもどるのです。その水のいきおいで、床にしいてある緑の葉っぱがくるくるまわりながら流されました。

——ハンス・クリスチャン・アンデルセン『沼の王の娘』

滝を見に連れていってもらってから何週間かは、あの家族のことが頭を離れなかった。階段を上り下りしていた子どもたち。両親が互いの体に腕をまわして立ち、男の子と女の子が雪玉を投げたり揉みあったり笑ったりするのを笑顔で見守っていたようす。実際はスカーフと帽子と上着のせいで男子なのか女子なのかよくわからなかったから、わたしの頭のなかではひとりずっということにした。赤い帽子をかぶっていた男の子は、『ナショナル・ジオグラフィック』の写真でやはり赤い帽子をかぶっていたジャック＝イブ・クストーにちなんでクストーと名付け、女の子のほうはクストーの乗っていた船から取ってカリプソと呼ぶことにした。クストーの記事を読むまでは、赤毛のエイリークとその息子のレイフ・エリクソンがお気に入りの探検家だった。だが、水上を航海しただけのエイリーク親子に対して、クストーはその下にあるものを探索した。わたしはクストーの偉大さを父に知ってもらいたかった。けれど説明しようとするたびに、父から、神々はいつかクストーを懲らしめる、人間が本来見てはならない地球の深部に踏みこんだからだ、と言い返された。神さまたちがそんなことを気にする理由がわたしにはわからなかった。できることならこの沼地の底にあるものをわたしも知りたい、と思った。

クストーとカリプソとわたしは、なにをするにもいっしょだった。遊んだり、日課の雑事を手伝ってもらったりできるように、見晴台にいた子どもたちよりも年齢をうえに設定した。話を創作することもあった。『クストーとカリプソとヘレナ、ビーバー池で泳ぐ』とか、『クストーとカリプソ、ヘレナといっしょに穴釣りに行く』とか、『クストーとカリプソ、ヘレナがカミツキガメを捕まえるのを手伝う』とか。紙と鉛筆がなくて書き留めることができなかったので、よくできた話は忘れないように頭のなかで念入りに繰り返した。本物のクストーとカリプソは、母親と父親といっしょに『ナショナル・ジオグラフィック』に載っているような台所のある家に住んでいるのは知っていた。そこで起きるできごとを物語にしたてることもできた。『クストーとカリプソとヘレナ、ジフィーポップ・ポップコーンを食べながら、新品のＲＣＡカラーテレビセットでテレビを観る』といった具合だ。だが、自分が彼らの世界にいる図を思い描くよりも、彼らをわたしの世界に連れてくるほうが簡単だった。

わたしの母はクストーとカリプソのことを想像上のわたしの友だちと呼んでいた。そして、どうして彼らとは遊んで、母がわたしのために作った人形とは遊ばないのか、不思議がった。だが、たとえそうしたくても遅すぎたし、したくもなかった。人形は薪小屋の手錠からぶら下げられたまま、もはや人形のていをなしていなかった。ネズミたちが詰め物の大半を引っ張りだしていたし、寝間着には矢の穴がぶすぶす開いていた。

父はその家族についていっさい口にしなかった。滝からの帰り道も、そのあとの数週間もだ。最初は父の沈黙が気になった。わたしには聞きたいことがたくさんあった。あの家族はどこから来たのか。どうやって滝まで来たのか。車を運転してきたのか、歩いてきたのか。もし歩いてきたなら、近所に住んでいるはずだ。あんな小さくては長い距離を歩けないし、かんじきもはいていなかった。あの子たちの名前はなんというのか。わたしがつけた名前じゃなくて、本物の名前が知りたい。歳はいくつだろう？　どんな食べ物が好きなのか。学校には行ってるの？　あの人たちの家にはテレビはあるんだろうか？　そして、あの人たちも滝の向こう側から父さんとわたしを見たのだろうか？　見ていたのなら、やっぱりわたしのことをあれこれ考えているだろうか？

そのうちのいくつかでも答えが知りたかった。沼地が凍っているあいだに、二、三日分の物資を詰めたリュックをかつぎ、樹木境界線を目指して歩いたら、彼らの家が見つかるかもしれない。あの家族は無理でも、別の家族が見つかって、やっぱり興味深いかもしれない。世界じゅうにたくさんの人がいることは以前から知っていた。いまはその一部があまり遠くない場所にいるのを知っている。

ひとつ確かなことがあった。いつまでも沼地にはいられないということだった。問題は物資がなくなってきていることだけではなかった。母よりうんと年上の父は、そのうち亡くなる。ライフルの銃弾があるあいだは、母とわたしでどうにかしのげるけれど、母もいつかは亡くなる。そのときわたしはどうなるの？　ひとりきりで沼地に住むのはいやだった。わたしも連れ合いが欲しかった。ヤノマミ族の記事にいいなと思う男の子が載っていた。サルの死骸をケープのように肩にかけて、あとはなにも着ていなかった。別世界に住む彼とは、一生出会えそうにないとわかっていた。けれど、もっと近くにわたしとつがいになれるほかの男の子がいるはずだった。そんな男の子をひとり見つけ、沼地まで連れてきて、自分の家族が作れたら。わたしはそんなことを考えていた。できれば男の子と女の子がひとりずつ欲しい。あの家族を見るまでは、どうやって実現したらいいかわからなかった。けれど、いまはいい案があった。

その数週間のうちに父は三度出かけた。春のシカを撃つためだったが、三度とも成果を上げられずに帰ってきた。父はシカが撃てなかった理由として、土地が呪われていると言った。神々がおれたちを罰している、と。理由は言わなかった。四度めに父はわたしを連れていった。わたしが撃てば、呪いが晴れるかもしれないと考えたのだ。わたしにはよくわからなかったけれど、それでまたシカを撃たせてもらえるなら、文句はなかった。最初のシカを撃ったあと、わたしは毎年父にシカ狩りに連れていってほしいと頼み、返事は毎年ノーだった。シカ肉を食卓にのぼらせるという仕事をわたしと共有するつもりがないなら、なぜわざわざ射撃を教えたのか。わたしにはそこが理解できなかった。

クストーとカリプソは自宅に残った。わたしがふたりの名前を出すことにも、彼らと遊ぶことにも、父はいい顔をしなかった。父をいらだたせたくて、わざとやることもあったが、その日はやめておいた。父は呪いのことでつねに気が立っていたので、わたしはふたりを遠くにやることにした（『クストーとカリプソ、ヘレナを置いて熱帯雨林のヤノマミ族を訪ねる』）。ランボーは薪小屋に繋がれた。父が言うには、ランボーもクマをねぐらから追いたてたり、アライグマを木のうえに追いつめたりする分には役に立つが、怯えやすいシカを狩るには向かないとのことだった。それがなぜ問題なのか、わたしにはわからなかった。ランボーのせいでシカが怖がって逃げたとしても、ランボーなら簡単にシカたちを追いつめられる。シカの細い脚では突き刺さってしまう硬い雪の層も、ランボーなら走ることができるからだ。わたしたちはそのあとを追って、一発撃つまでのこと。父がやたらに規則を作り制限を設けるのは、そうできるからというだけの理由ではないか。わたしはたまにそんなことを思った。

わたしがライフルを持っていたので、先を歩いた。わたしの行きたい場所に父がついてこなければならないと思うと、気分がよかった。父からつけられたあだ名を思いだして、にんまりした。バンギ・アガワテヤ。もうわたしは父の小さな影ではない。

わたしは、わたしに好運をもたらしてくれる尾根として、はじめてシカを撃った尾根を目指した。そして双子を宿している雌ジカを撃つ夢をまだ捨てていなかった。

むかしよく父が罠をしかけていたビーバーの巣までやってきた。棲むビーバーのいなくなった巣をまえにして、父にしゃがむよう身ぶりで指示し、ミトンをはずして、父の隣にしゃがんだ。指を舐めて風向きを調べ、こちらの物音を聞いていたシカがいるといけないので、そのシカたちを落ち着かせるために百数えた。わたしはゆっくりと頭を起こした。ビーバーの巣の向こう側、わたしたちとヒマラヤスギの切り株のあいだの、本来ならばシカがいるはずの場所に、一頭のオオカミが威風堂々と立っていた。雄オオカミ。コヨーテの倍、わたしの犬の三倍の大きさがあり、大きな頭部に広い額、がっしりした胸元は濃い色の豊かな毛におおわれている。物置小屋の毛皮でしかオオカミを見たことがなかったわたしにも、これがそうだと一目でわかった。父がシカを撃てなかった理由がこれではっきりした。土地が呪われていたのではない。新たなハンターたちの縄張りになっていたのだ。

父はわたしの袖を引っ張り、ライフルを指さした。撃て、と声を出さずに言った。毛皮を台無しにしないよう、自分の胸をつついて撃つべき場所を指定する。わたしはライフルをそろそろと持ちあげ、スコープをのぞいた。オオカミが悠然とこちらを見返す。わたしたちの存在に気づきつつ無頓着でいるような、そんな知性の働きを感じた。わたしは引き金に指をかけた。オオカミは動かない。わたしの脳裏に父から聞いた物語がよみがえった。ギッチ・マニトゥは、地球を歩いて植物や動物に名前をつけてまわる原人《オリジナルマン》の道連れとして、オオカミをつかわした。その作業が終わったとき、ギッチ・マニトゥはオオカミ《マインガン》と人間に別々の道を歩むよう命じたが、それまでずっといっしょだったオオカミと人間は兄弟のように親しくなっていた。かくして先住民《アニッシュナビ》にとって、オオカミを殺すことは人間を殺すことと同義になった。

父はわたしの腕を握りしめた。父の興奮、怒り、あせりが伝わってきた。撃て。できることなら小声でそう言いたかっただろう。わたしの胃が締めつけられる。物置小屋の毛皮の山が目に浮かんだ。あの毛皮のために、いま自分の目のまえにあるビーバーの巣は空っぽになってしまった。疑うことを知らないこのオオカミ。マインガンを撃ち殺すのは、わたしの犬を撃ち殺すのと同じこと。

わたしはライフルをおろした。立ちあがり、手を叩いて、大声を出した。オオカミが振り返り、一瞬こちらを見る。と、大きく二度、みごとな跳躍をして、走り去った。

オオカミを撃たないと決めたときに、井戸行きは覚悟していた。ただ、父がわたしからライフルをもぎ取って、銃床で顔を思いきり殴るとは予想外だった。わたしは背中から雪のなかに倒れこんだ。それにまさか背後からライフルを突きつけられ、罪人のように自宅のキャビンまで歩かせられるとも思っていなかった。平気だったと言えればいいのだけれど。だとしても、それ以外にやりようがあったとは思えなかった。父に逆らいたくてしたことではない。父がオオカミの毛皮を欲しがっているのもわかっていた。けれど、それを言ったらオオカミだって同じだ。

闇のなかでしゃがんだまま、わたしはそんなことを考えていた。井戸の床は父がこれまでに投げ入れたシカの枝角や肋骨や割れたガラスや皿の欠片《かけら》でいっぱいだった。座ろうとすれば、なにかしらで怪我をする。小さいころは横向きになり、底に散り敷いた落ち葉のうえに転がり、そのまま寝付いてしまうこともあった。父が尖っていてあぶないものを井戸に捨てるようになったのは、だからなのだろう。黙想の時間に快適さは不要だ。

井戸の竪穴は狭くて深かった。腕を思いきり伸ばすには、頭上に押しやるしかなかった。手がむずむずしてくると、そうした。井戸の蓋に手が届くには、身長が二十センチ足りなかった。

蓋があって日差しが入らないので、いま一日のうちのいつごろで、井戸に入ってどれくらいになるのか、わからなかった。キャビンを建てた人たちが子どもが落ちるのを防ぐためにそうしたのだと父が言っていた。わたしにわかることがあるとしたら、父は自分が納得するまでわたしを井戸に閉じこめ、その気になるまで外に出さないことだった。父がその気にならなかったらどうなるのだろう？ ときおりそんな思いが頭をもたげた。『ナショナル・ジオグラフィック』に書いてあったようにニキータ・フルシチョフの希望どおり、ソビエト連邦が合衆国に爆弾を落として、その爆弾で父と母が死んだら、わたしはどうなるの？ わたしはその問題はあまり考えないようにした。考えると、息が苦しくなる。

わたしはへとへとに疲れていた。手足から感覚がなくなり、歯の根が合わなかった。だが、震えが止まったのはありがたかった。今回は服を脱がされずにすみ、その点は助かった。前歯がぐらぐらして、顔の横側は痛かったが、なにより心配なのは脚だった。父から井戸に投げ入れられたときに、なにか鋭いもので切り傷を負っていた。シャツの裾で血をぬぐい、脚のうえのほうに止血帯としてスカーフを巻いたが、効果があるのかどうかよくわからなかった。ネズミと井戸を共有するときは、時間のことは考えないに限る。

「大丈夫？」

目を開けると、カリプソが父のカヌーのまえの席に座っていた。カヌーは静かに揺れている。よく晴れた暖かな日だった。ガマが穂を垂れ、そよ風を受けてうなずいている。頭上からタカが舞いおりて、水中に飛びこむ。遠くで、ハゴロモガラスが一羽、鳴いた。カヌーが群生するアシのなかに突っこむ。クストーは後ろにいた。

「いっしょに行こう」カリプソが言った。「探検に出るのよ」笑顔で手を差しだした。

わたしは立ちあがった。ふらふらして、立っているのがむずかしい。彼女の手を取り、そっとカヌーに乗りこんだ。父のカヌーはふたり用なので、わたしはふたりのあいだの船底に座った。金属製のカヌーで、お尻がひんやりした。

クストーはパドルで土手を押して、岸を離れた。川の流れは速かった。クストーとカリプソは向きだけ気をつけていればよかった。流れを下りながら、わたしたちが出会った日のことを思った。クストーとカリプソが友だちでいてくれて嬉しかった。

「食べるもの、持ってる？」わたしは空腹だった。

「もちろん」カリプソが振り返って、笑顔になった。きれいにならんだまっ白な歯。目はわたしの母と同じ青だった。髪は多くて黒くてわたしみたいに三つ編みにしている。足のあいだに置いたリュックサックに手をやり、わたしにリンゴをくれた。わたしのこぶしをふたつくっつけたぐらいの大きさがある。父が〝ウルフリバー〟と呼んでいる品種で、うちの近くで育つ三種類のリンゴのうちのひとつだった。一口齧ると、果汁が顎を伝った。種からなにから、リンゴは丸ごとわたしのお腹におさまった。もうひとつくれた。こんどは芯だけ残し、魚が食べるように川に投げ捨て、べたつく手を水につけて洗った。ずいぶん冷たい水だった。クストーがパドルを切り替えるときに頭上から降ってきた水しぶきもそうだった。リュウキンカ、ブルーフラッグアイリス、ヤナギトウワタ、モリユリ、オトギリソウ、イエローフラッグアイリス、ヒルムシロ、ツリフネソウ。そんなにたくさんの色を見るのははじめてだった。沼地がわたしのためにショーを開いてくれているように、同時に咲かないはずの花々がいっせいに咲き誇っていた。

流れが強くなった。川に渡したケーブルに木の標識が下げてある場所まで来て、書いてあることがすべて読めた。《危険。この先急流につき、ローボートはここまで》。わたしは頭を引っこめて、その下を通った。

轟音が大きくなった。滝から落ちるのはわかっていた。端まで来て、カヌーが前方に傾くのが見えた。泡と霧のなかに突っこみ、下の渦巻きに消える。自分は溺れるんだと思った。怖くはなかった。

「きみのお父さんは、きみのこと、愛してないんだよ」突然、背後でクストーが言った。なぜかはっきりと聞こえた。まえに滝の近くまで行ったときは、父さんもわたしも叫ばなければならなかったのに。「あの人は自分のことしか愛してないんだ」

「そうよ」カリプソが言った。「うちのお父さんはあたしたちを愛してるから、あたしたちを絶対に井戸になんか入れないわ」

わたしはふたりと出会った日のことを思った。父親がふたりと遊ぶようすを思いだした。笑顔でカリプソを抱きあげ、肩車したこと、ずっと笑いながら、階段をのぼっていったこと。カリプソの言うとおりだと思った。

わたしは上着の袖で目を拭った。なぜ目が濡れているのかわからなかった。泣いたことがなかったのだ。

「大丈夫」カリプソが近づいて、わたしの両手を取った。「怖がらなくて平気。あなたのことが大好きよ」

「疲れちゃった」

「そうよね」カリプソは言った。「大丈夫だから、横になって、目をつぶりなさいよ。あたしたちがついてる」

やっぱり彼女の言うとおりだと思ったので、その言葉に従った。

母の話だと、わたしは三日間、井戸にいた。それまで食料も水もない状態でそんなに生きられるとは思っていなかったけれど、実際は可能だった。ついに蓋をどかして、はしごをおろした父は、弱りきってはしごをのぼれないわたしをシカの死体のように背中にくくりつけて、井戸から運びだした。母は、蓋をずらして、食料や水を入れてやりたいと何度も思ったそうだ。だが、母に勝手なことをさせないため、父はわたしが井戸にいるあいだじゅう、母を台所の椅子に腰かけさせて、後ろからライフルを突きつけていたらしい。

母によると、父はキャビンまでわたしを運んでくると、わたしを小麦の袋かなにかのように薪ストーブの近くに投げだし、どこかへ行ってしまった。母はわたしが死んでいると思った。夫婦のベッドからマットレスを台所まで引きずってきて、わたしをそのうえに転がし、ブランケットをかけた。そして裸になってマットレスに横たわり、わたしにぬくもりが戻るまで抱きしめていた。もしそれがすべて事実だとしたら、わたしは覚えていない。覚えているのは震えながらマットレスで目を覚ましたのに、顔と手と足は火がついたように熱かったことだ。わたしはマットレスから転がりでると、服を着て、ふらつきながら屋外便所まで行った。おしっこをしようとしたら、ほとんど出てこなかった。

つぎの日、これでわかったかと父から尋ねられ、わかった、と答えた。わたしのわかったことと、父の教えたかったことが、一致しているとは思えなかったけれど。

19

道に残された足跡は、見逃すことのできないメッセージを放っている。〝おまえの家に行くぞ。捕まえてみろ。おれを阻止して、家族を救うことが、おまえにできるか?〟

わたしはトラックのドアロックを解除した。ポケットに入るだけの銃弾を詰めこみ、窓のうえの棚からルガーをおろした。マグナムをチェックし、ベルトのナイフを差しなおす。父はあのキャビンから拳銃二挺とナイフ一本を奪っている。わたしにも自分の拳銃とライフルと子どものころから携帯しているボウイナイフがある。その点ではほぼ互角だ。

父がわたしに家族がいるのを知っているかどうかは定かでないし、父の生家のあった場所でいま暮らしているのを知っていることも証明できない。だが、知っているという前提で動かなければならない。わたしが考えつくだけでも、父にはそれを調べる方法がいくつもある。受刑者にはインターネットへのアクセスは許されていないが、父には弁護士がいる。弁護士にになら納税の記録や、不動産の記録、婚姻や出産や死亡に関する証書を見ることができる。たとえば父には両親の地所に住んでいる人たちに関する情報を弁護士から聞きだすことができる。弁護士はいいように操られていることに気づかず、父に求められるまま、罪のない口実を真に受けて、うちを見張った可能性もある。もし弁護士がわたしを見て、報告のときにたまたまタトゥーのことを口にすれば、父はその瞬間それがわたしであることに気づく。こんなとき――いまにはじまったことではないが――お金と時間をかけてでも、きれいさっぱりタトゥーを除去するべきかもしれないと思う。いまならラストネームだけでなく、ファーストネームも変えるべきだったことがわかる。だが、それから九年後にそのせいで自分の家族が危険にさらされることなど、どうしたら予測できるだろう? 警察や組織犯罪の関係者から逃げているわけでも、証人保護プログラムの適用を受けて身を隠していたわけでもない。わたしは新たなスタートを切りたがっている十八歳の小娘にすぎなかった。

わたしの住居を調べるのに使ったかもしれないもうひとつの方法は、さらに陰険で卑劣なものだ。わたしが父の策略によって、いま祖父母の地所に住んでいる場合だ。ひょっとすると、祖父母は元々父を相続人に指定していたのに、父はそれをわたしに相続させることで、追跡手段を得たのかもしれない。父のことを買いかぶっている可能性があるのは認める。けれど、父の筋書きどおりに父を追跡するはめに陥っていることを考えると、父のことを見くびっていたと言わざるを得ない。同じあやまちは許されない。

携帯電話を確認する。電波はいまだ入らない。スティーブンに逃げるよう伝えるメールを打ち、そのメールが届くのを祈りつつ西に向かい、父がわたしに追わせたがっている足跡から離れる。もちろん父の足跡をたどることはできる。人が森を移動すれば、どれほど巧みに足跡を隠そうと、なにかしら証拠が残る。枝は折れるものだし、土は移動するものだ。踏まれた草は傷つき、苔は足の下で踏みつぶされる。砂利は地面に埋めこまれ、ブーツは地面にあったものをほかの場所に運ぶ。倒木に砂粒がついたり、ほかにはなにもついてない岩に苔がついたり。なにより、父はわたしの犬を連れている。ランボーを腕に抱えるか、肩にかつぐかしないと、三本肢の犬は見落としようのない足跡を残す。

父が通った証拠のすべてを雨が急速に洗い流そうとしている。だが、たとえその雨が降っていなくとも、父の跡を追うつもりはない。誘導されるまま父に従っていたら、とうに迷子になっている。そうではなくて、父を先回りしなければならない。わたしの娘たちがうちにいないのを知らない父に対して、わたしは夫がいるのを知っている。ここからわが家まで八キロ足らず。このあたりはわたしの猟場で、よく知っている。この道からわたしの家までのあいだには、せせらぎがふたつ、ビーバーの巣がひとつ、傾斜の厳しい小峡谷がひとつあって、父は谷底にあるかなりの大きさの川を渡らなければならない。

そのことは父も同じように承知している。子どものころから歩きまわってきた森だ。だが、そんな父にも知らないこと――このあたりを写した最新の衛星画像を見ていないかぎり知らないはずで、さすがに衛星写真は見てないと思う――がある。ここととわが家のあいだの森に、三、四年まえ、丸裸に伐採された箇所があることだ。さらに父は、伐採業者が運搬に使ったでこぼこ道がいまも残っていて、それがはるばるうちの裏手の湿地帯まで続いていることも知らない。

これが父のひとつめのミスだ。

わたしは駆け足をはじめる。父のほうが十五分ほど先行している。平均時速五キロの父に対してわたしが八キロで移動すれば、父のまえに出て、行く手をさえぎることができる。下生えのなかを進み、起伏を上り下りし、水流に逆らってせせらぎを横切る父を思い描く。一方、わたしのほうはほとんど汗もかかない。父は必死に足跡を隠そうとし、わたしのほうはそれを追ってもいないのだから。父はまたもやわたしに出し抜かれつつあることにまるで気づいていない。父には自分の想定したとおりの結果しか想像できない。なぜなら、父の宇宙では自分こそが太陽、それ以外のわたしたちはその太陽をめぐるただの軌道で、ものごとは父が命じたとおりにしか起きないから。

だが、わたしはもう太陽をあがめて、父に操られ支配されていた子どもではない。いまだにそうだと思っているのが、父のふたつめのミスだ。

父はわたしが見つける。思いどおりにはさせない。ふたたび刑務所に送る。こんどもわたしがやる。

速度を落とすことなく上着のポケットから携帯電話を取りだして、時間を調べる。三十分か。もっと長く感じる。わたしの感覚だと、家まで半分ほど来ている。もっと来ているかもしれないが、そうでない可能性もある。自分がどのあたりにいるかわからないのは、目印に使っていた木々がなくなったせいだ。右手の尾根にはバンクスマツの木立があるけれど、これといった特徴がなく、どこまで進んだかを測りようがない。伐採業者も手を出すのを控えるほど、ひょろっとした低木がならんでいるだけだった。

左手には荒れ地が広がり、それにくらべれば、右手の木立が瑞々《みずみず》しく感じられるほどだ。皆伐した森の味気なさときたら。積みあげた低木の山とトラクターの深い轍《わだち》と切り株がどこまでも続いている。アッパー半島には手つかずの美しい自然が残っていると夢想している観光客には申し訳ないけれど、幹線道路から一キロも離れれば森の一区画がごっそりパルプに変えられている。

一八〇〇年代の末までは、州全体が立派なアカマツとシロマツにおおわれていた。そこへ材木王たちが現れた。この極相林は自分たちのものだと主張して、木材を筏《いかだ》に乗せてミシガン湖まで運び、シカゴを建設した。いま伐採業者が伐りだしているカバノキ、アスペン、オーク、バンクスマツといった樹木は、すべてそのあとに生えた二次林だ。それらがすべて伐採されたら、あとに残された疲弊した土地には苔とブルーベリーぐらいしか生えない。

父とわたしが燃料用の木材を切っていたときは、大きな樹木を必要な分しか切らなかった。こういう配慮が森を助ける。それによって、小さな木が育つ余地が生まれる。「白人は最後の木が死に、最後の川が汚染され、最後の魚が捕まるまで、金銭は食べられないことに気づかない」とは、父が好んで口にした口癖のひとつだ。「おれたちは先祖から地球を受け継いでるんじゃない。子どもたちから借りてるんだ」というのもあった。当時は父が自分で考えだしたのだと思っていたが、いまはそれがネイティブアメリカンに伝わる有名な警句であることを知っている。なんにしろ、ネイティブアメリカンは持続可能な林業という概念をその言葉があるまえから知っていたことになる。

わたしは走りつづけた。距離が長くなる一方で早く着けるかもしれないルートを使ったら父のまえに出られるかもしれない。確実とは言えないが、かなりいい線までいくことはわかっている。走るのは思ったよりも大変だった。伐木搬出路は、道とは名ばかりの道だ。でこぼこに荒れていて、傾斜が厳しいので、場所によっては崖の側面を走っているに等しい。深い砂地があったり、石や木の根が飛びだしていたり、カモが棲んでいそうなほど大きな穴があったりする。息が切れぎれになり、肺が燃えるように痛む。髪と上着はぐっしょりと雨を含み、ブーツとパンツの脚は水溜まりの跳ね返りで膝まで濡れていた。一足進むごとに肩にかけたライフルが背中に青痣を作る。ふくらはぎの筋肉は止まれと悲鳴をあげている。息を整えたい、休みたい、用を足したい。どれも切実な欲求だけれど、それでも先を急ぐのは、急がなければスティーブンの行く末がわかるから。

そのとき、わたしの右手で犬が吠えた。プロットハウンドの飼い主にならすぐにそれとわかる、鋭さのある独特の鳴き声だ。わたしは両膝に手をついてかがみ、息が整うのを待つ。顔には笑みをたたえながら。

20

キャビン

バイキングのおかみさんは、荒々しくてよこしまな娘のようすを、悲しい思いで見ていました。そして夜がやってきて、娘のからだと心が入れ替わると、心からの悲しみと深い苦しみをもって、とつとつとヘルガに語りかけるのでした。怪物のようななりをした醜いカエルは、悲しみをたたえた茶色の瞳をおかみさんに向けて、おかみさんのことばに耳をかたむけました。人間らしい知性でそのことばを理解しているようでした。「おまえにはつらいことが起きるよ」おかみさんは言いました。「わたしにとってもつらいことだけれどね。みんながとおる道に捨てられて、冷たい夜風を子守歌にして死んでいたほうが、ましだったかもしれないね」おかみさんは苦い涙をこぼすと、悲しくも腹を立てながら、部屋を出ていきました。

——ハンス・クリスチャン・アンデルセン『沼の王の娘』

井戸のなかで数日にわたって昼と夜を過ごしているうちに理解できたことが三つある。父はわたしを愛していない。わたしの身が危険であろうと、わたしがどう感じていようと、父は自分のやりたいことをする。そして母はわたしが思っていたほどわたしに無関心ではない。わたしには深い意味を持つ発見だった。重要なことだから、三つともじっくり考えてみなければならなかった。三日たってもクストーとカリプソとわたしは、まだそのことを考えていた。

一方、死にかけるほどの低体温症――という言葉は『ナショナル・ジオグラフィック』の、一九一二年に南極探検に失敗したスコットに関する記事で知った――のいい点を学んだ。凍傷で手の指、足の指を失っていなければ、すぐに温めればなんの問題もないということだ。といっても温める過程は楽しいものではない。ハンマーで親指をつぶしたとき、ライフルから銃弾を発射した際に反動を受けたとき、大きなタトゥーを入れたとき。どれももう二度と経験したくないが、そのどれよりもうんとつらかった。だがわたしは自分で思っていたよりずっと丈夫だったことがわかり、それは価値のあることだった。

父がわたしを井戸から引き揚げたのは、わたしが耐えうる限界に達したと判断したからか、それともわたしを殺すつもりだったのにタイミングを見誤ったのか。クストーとカリプソは後者だと言っていた。そうかもしれない。

わたしが覚えているのはただ、わたしが目を開いたとき、誰もが怒りをあらわにしていたということだ。クストーとカリプソは、父がわたしに対してやった行為に腹を立てていた。母も同じ理由で怒っていた。母は同時に、わたしを殺そうとするほど父を激怒させたわたしにも怒っていた。父はわたしがオオカミを撃たなかったことに怒っていたし、井戸から引き揚げたあと、母がわたしを助けたことを怒っていた。母の顔にできたばかりの痣があったから、わたしは覚えていないが、母が毛布に入ってきて温めてくれたのは本当なのだろう。そんな状態が長らく続いた。キャビンに怒りが充満して、息をする空気がなくなったようだった。父がほとんどの時間をひとり沼で過ごしてくれたのが、救いだった。いまも春のシカを撃とうとしているのか、それともオオカミを狩るつもりなのか、わたしにはわからなかった。もはや興味がなかった。ただ、毎晩、父は出かけたときより怒りをつのらせてキャビンに戻ってきた。父は、おまえたちを目にするだけで胸くそが悪くなるから、家の外にいるんだ、と言っていた。父には言わなかったけれど、クストーとカリプソも父に対してそう思っていた。

さらに、塩が切れていた。塩を全部使い切ったと気づいたとき、母は空になった塩の箱を壁に投げつけて、もう我慢できないと叫び、父に向かって、もっと早くなんとかしてくれればよかった、塩がないのにどうやって料理しろというのか、とわめいた。わたしは父がどなったり口答えしたりする母をひっぱたくのではないかと思ったが、父は、白人が現れるまでオジブワ族は塩なしで暮らしていた、塩なしでなんとかするしかない、と言っただけだった。味気ないことになりそうだった。野生の食物は、たとえ何度か水を取り替えて煮込んだとしても、おいしいものばかりとはかぎらない。ゴボウの味に慣れるには時間がかかるし、カラシナはずっと嫌いだった。そこをごまかしてくれるのが塩だった。でも翌朝はすべてが静まっていた。母はいっさい塩のことを口にせずに、朝食に温めたオーツのシリアルを作った。わたしはあまりおいしいと思わなかったし、父も椀のなかをスプーンでぐるぐるかきまぜ、半分残して席を立ったところを見ると、やはり気に入らなかったのだろう。母はなにごともなかったように食べていた。それでわたしは、母が自分のためにキャビン内のどこかにこっそり塩を隠しているのだと思った。父がかんじきの紐を結び、ライフルを肩にかついで外の沼へ出ていくと、わたしは午前中と午後のほとんどの時間を使って、塩を探しまわった。根菜貯蔵庫、リビング、台所。母が父といっしょに使う寝室には隠さないだろうし、わたしの部屋にも隠さない。ただ、わたしの部屋に隠すのはいい考えだ。わたしが母の立場ならそうしただろうが、母はそこまで頭のまわる人ではなかった。

残るただひとつの場所は階段下のクローゼットだった。もっと早く、雪が降りだしてキャビンのなかが暗くなる前に探しておけばよかった。幼いころ、わたしはよくクローゼットのなかにこもって、ここは潜水艦だとか、クマの巣穴だとか、バイキングの墓だとか、そんな想像をしたものだが、いまは狭くて暗い場所が苦手だった。

それでも背に腹は替えられない。だからつぎに母が屋外便所に出ると、わたしは台所のカーテンをめいっぱい開いて、クローゼットの扉が閉じないように椅子で押さえた。オイルランプを使ってクローゼットのなかを探りたかったが、父の留守中にランプに火を灯すことは禁じられていた。

クローゼットはとても狭かった。このキャビンを建てた人がなにを入れるために作ったのか知らないけれど、わたしの記憶にあるかぎり、ここにはなにも入っていなかった。幼いころはなかに入っても余裕があったのに、大きくなったいまでは壁に背中を押しつけ、膝を顎まで引き寄せて座らなければならない。目を閉じて暗さに慣らしてから、急いで壁や階段の裏側を手探りしていった。クモの巣が指にひっついた。ほこりでくしゃみが出た。板のゆるんだところや、節穴、フックになりそうな釘——とにかく塩の箱や袋を隠せそうな場所を探した。

階段の蹴上と外壁のあいだの隙間で紙の束が手に触れた。キャビンを建てた人は冷気を防ぐ断熱材として外壁に新聞紙を張りつけていたが、その紙は新聞紙のような手触りではなかったし、新聞紙はすべてとうのむかしに焚きつけとして使い果たしていた。わたしは紙を引っ張りだしてテーブルまで持っていき、窓の近くに腰をおろした。紙は丸めて紐で結ばれていた。わたしは結び目をほどき、手に取って紙を開いた。

雑誌だった。『ナショナル・ジオグラフィック』ではない。表紙は黄ばんでおらず、厚さもずいぶん薄かった。暗すぎてこまかいところが見えない。わたしは薪ストーブのドアを開け、炭火のなかにスギの木切れを突っこんで火をつけ、それでランプを灯した。うっかりキャビンを全焼させるといけないので、木切れの先端をつまんで火を消し、台のうえに載せてある洗い桶のなかに置いた。そしてオイルランプを手元に引き寄せた。

ページの一番うえには、ピンク色の背景に大きな黄色い活字で『ティーン』とあった。雑誌のタイトルだろう。表紙は若い女の子の写真だった。わたしと同じくらいの年齢のようだった。長い金髪だったが、わたしみたいに三つ編みにした直毛ではなく、カールさせた髪を垂らしていた。オレンジ、紫、青、黄色の、わたしの脚のタトゥーに似たジグザグ模様のセーターを着ていた。その子の写真の横に〝最高のルックスならバッチリ〟と書いてあり、反対側には〝モテるメイク――魅せるテクニック〟とあった。雑誌のなかには同じ少女の写真がさらにいくつも載っていた。そのうちのひとつの下に、彼女の名前はシャナン・ドハーティー、『ビバリーヒルズ高校白書』というテレビ番組に出演中の女優だと書いてあった。

目次のページを開いた。〝地球が大ピンチ――地球を救うためにできること〟、〝流行のダイエット――安全なの？　危険なの？〟、〝保存版付録――特製ファッション手帳〟、〝いま一番旬の新顔テレビ・タレント〟、〝完璧な彼だけど、つきあってはいけないオトコかも？〟、〝エイズと戦うティーンたち――涙の物語〟。どのタイトルも意味不明で、記事の内容もちんぷんかんぷんだった。ページをめくっていく。〝おしゃれ通学ファッション〟と下に書かれた写真では黄色いバスの脇に数人の少年少女が立っていた。みんな幸せそうだった。台所用品の宣伝はひとつもなく、〝口紅〟とか〝アイライナー〟とか〝頬紅〟とかいうものの広告が載っていて、どうやら女の子たちが唇を赤く塗ったり、頬をピンクにしたり、まぶたを青く塗ったりするためのもののようだった。なぜそんなことをしたがるのかわたしにはわからなかった。

わたしは椅子の背にもたれた。指でテーブルをはじき、親指の関節を噛みながら考えた。この雑誌はどこから来たのか、どうしてここにあったのか、いつからクローゼットのなかに隠されていたのか。それに、少年少女の記事しかない雑誌を誰がなぜ作ることにしたのか。なにからなにまで謎だった。

わたしはランプを近づけ、もう一度、ページをめくっていった。いたるところに〝オシャレ〟とか〝イケてる〟とか〝カッコいい〟という言葉がちりばめられていた。少年少女が踊ったり、音楽を楽しんだり、パーティをしたりしていた。写真は色鮮やかだった。車は『ナショナル・ジオグラフィック』のものとは似ても似つかなかった。ビーバーみたいにぼってり丸っこい大型車でなく、イタチみたいにすらっとして車高が低かった。それに、名前がついていた。雑誌のなかで、野生の馬と同じ〝マスタング〟と呼ばれている黄色い車がとくによかった。きっとものすごく速く走るからそう名付けられたのだろう。

外のポーチで母が足踏みしてブーツの雪を払う音がした。わたしはテーブルのうえの雑誌をあわてて取ろうとして、手を止めた。雑誌を見ているのを母に見つかってもかまわない。悪いことをしているわけではないのだ。

「なにしてるの？」母がドアを閉め、髪の雪を振りはらいながらどなった。「ジェイコブが帰るまではランプをつけちゃいけないって、わかってるでしょうに」母はコートをドアの横のフックにかけると、急いでランプを消しに近づいてきたが、雑誌を目にして立ち止まった。「それ、どこから持ってきたの？　なにしてるの？　わたしのものよ。返しなさい」

母が雑誌を取ろうとした。わたしはその手を払いのけ、立ちあがってナイフに手をかけた。この雑誌が母のものだなんて、ばかげている。母には自分のものなんかないのだから。

母は一歩後ずさりをして、両手を上げた。「お願い、ヘレナ。返して。返してくれたらいつでも好きなときに見せてあげるわ」

そんなことでわたしが納得すると思うのか。わたしはナイフを動かして母の席を指した。

「座って」

母は腰をおろした。わたしは向かいの席に座った。テーブルにナイフを置き、ふたりのあいだに雑誌を置いた。「これはなんなの？　どこから来たものなの？」

「手に取っていい？」

わたしはうなずいた。母は雑誌を引き寄せて、ゆっくりとページをめくった。黒っぽい髪と目をした少年の写真で母は手を止めた。「ニール・パトリック・ハリス」母はため息をついた。「あんたくらいの年のころ、彼に溺れてたの。まあ、わからないでしょうけど。いまでもハンサムだと思うわ。『天才少年ドギー・ハウザー』は大好きな番組だった。それに『フルハウス』とか『セイブド・バイ・ザ・ベル』とか」

わたしが知らないことを母が知っているのが気に食わなかった。なんの話をしているのかまったくわからなかった。その人たちが誰なのか、なぜ母はその人たちを知りあいのように語っているのか。わたしが大事にしているクストーとカリプソと同じくらい、母がこの雑誌の少年少女を大切に思っているのは、なぜなのか。

「お願いだから、ジェイコブには言わないで」母は言った。「知られたらどうなるか、あんたにもわかるでしょう」

父がこの雑誌のことを知ったらどうするか、わたしには手に取るようにわかった——とりわけ、この雑誌が母の大切なものだと知ったら。わたしがお気に入りの『ナショナル・ジオグラフィック』をベッドの下に隠すには、それだけの理由がある。わたしは言わないと約束した——母を父から守りたかったからではない。まだ雑誌を全部、読み終わっていなかったからだ。

母はふたたびページをめくりだし、そして雑誌の向きを変えてこちらに近づけた。「ほら。このピンクのセーターを見て。わたしもこれとそっくりなセーターを持ってたのよ。あんまりそればかり着てたもんだから、黙ってたらそれを着て寝るんだろうね、と母親に言われたものよ。それにこれ」母は表紙を見せた。「学校に着ていく服を買いに行ったとき、母さんがこういうのを買おうとしてね」

母が雑誌のなかの女の子みたいに、こんな服を着て買い物に行き、学校に通う姿はわたしの想像の域を超えていた。「これをどこで手に入れたの？」まだ母から質問の答えを聞いていないので、わたしはもう一度尋ねた。

「ええっと……いろいろあって」母はぎゅっと唇を結んだ。答えたくないことを父から尋ねられたときと同じしぐさだった。なぜ火を絶やしたのか、洗濯したはずなのになぜ父の気に入りのシャツがまだ汚れているのか、なぜ靴下の穴をかがっていないのか、なぜもっと水を汲んでいないのか、なぜ薪を集めていないのか、なぜまともなビスケットの焼き方を学ぼうとしないのか。そんな質問をされたときだ。

「だったら早く話してよ」わたしは父と同じように、母の目をじっと見つめて、黙っていればすむと考えても無駄だとわからせた。おもしろい話が聞けそうだった。母から話を聞いたことは一度もなかった。

母は視線をそらして唇を噛んだ。そして沈黙の果てに、ため息をついた。「あんたの父さんから、おまえは赤ん坊を生むんだと言われたとき、わたしは十六歳だった」と母は話しはじめた。「赤ん坊に必要なおむつや服を、キャビンにあったカーテンや毛布から作れと言われたわ。でもわたしには縫い方がわからなかった」母は縫い方を知らなかった自分をおもしろがるように、小さくほほ笑んだ。あるいはこれは作り話だとでもいうように。「彼のナイフで毛布を切って、おむつはなんとか作ったけど、ハサミや針や糸がないんだから、服なんて作れない。それにおむつをはかせておくためにはピンもいる。そう言ったらあんたの父さんは怒って飛びだしてった――ほら、ジェイコブがどんなふうになるかわかるわね。それきり長いこと帰らなかった。そして戻ってくると、買い物に行くぞと言ったの。沼を出るのはジェイコブに……ここに連れてこられてから、はじめてだったから、興奮した。わたしたちが行ったのは〈Kマート〉という大きな店でね、欲しいものがなんでもあった。この雑誌はレジの列にならんでて見つけたの。あんたの父さんが買ってくれるはずないから、彼が見てないうちに雑誌を丸めてシャツの下に入れたわ。そのあとキャビンに戻って、ジェイコブが買ってきた荷物をおろしてる隙に、クローゼットに隠した。そのあとはずっとそこにあったのよ」

自分にそんなに度胸があったとは信じられないと言いたげに母は首を振った。ふたりのあいだに雑誌がなければ、わたしも信じなかっただろう。父やわたしがいないときに、母がクローゼットへ行って、隠し場所から雑誌を取りだし、台所のテーブルや、晴れた日なら裏のポーチへ持っていき、本来ならば料理や掃除をすべき時間に記事を読んだり写真をながめたりしている姿を想像してみた。わたしが生まれるまえから母がそんなことをしてきて、けれどずっと父に見つからずにきたなんて、信じられなかった。この雑誌はわたしと同い年なのだ。

そこであることに気がついた。わたしは雑誌の表紙の日付を見た。母がこの雑誌を持ってきたのがわたしを妊娠しているときなら、わたしはもうすぐ十二歳なのだから、この雑誌はほぼ十二年まえのものということだ。つまり表紙の女の子はもう少女ではない――母と同じようにおとなの女性なのだ。それはほかの少年少女たちにもあてはまる。

正直言って、がっかりした。雑誌の少年少女がわたしと同い年のほうがよかった。もちろん月日とか年月とかいう概念は理解していたし、重要なできごとに対して何年に起きたと書き添えてあるのは、どのできごとが先に起きて、どれがあとなのか、よくわかるようにするためだということも理解していた。でも、自分が生まれた年については考えたことがなかった。いまが何年なのかということもだ。母は台所の壁に木炭でカレンダーを書いて、週や月を記録していたけれど、わたしにはその日、その季節の天候のほうがずっと重要だった。

でもそのとき、わたしは自分の年齢も重要なのだと気がついた。現在の日付から『ナショナル・ジオグラフィック』の日付を引いてみて、まるで父に腹を殴られたような衝撃を受けた。『ナショナル・ジオグラフィック』は五十年近くまえのものだった。この『ティーン』という雑誌よりずっとずっとむかしのもので、母の年齢よりもうえだ。それどころか父の年齢と同じくらいだった。わたしの兄弟姉妹だったヤノマミ族の男の子や女の子たちは、もう子どもではなく、年取った男性、女性。わたしが父にタトゥーを入れてもらうときまねた、頬に二本の点線のタトゥーの入った男の子も、もう男の子どころではない。父より年上なのだ。クストー――本物のジャック＝イブ・クストー――にしても、『ナショナル・ジオグラフィック』のなかでおとなとして写真に写っているということは、いまではものすごく年寄りで、ひょっとしたらもう死んでいるかもしれない。

わたしはテーブルの向こうの母を見た。わたしが雑誌を見つけたから、これでいっしょに読めると思ったのだろう。喜んでにこにこしていたが、わたしの頭に浮かんでいたのは、〝嘘つき〟の一言だった。わたしは『ナショナル・ジオグラフィック』を信じていた。母を信じていた。だが母は『ナショナル・ジオグラフィック』が五十年近くまえのものだと知っていたのに、雑誌にいま起きていることとして書かれている内容を、いま実際に起きていることだとわたしに思いこませてきた。カラーテレビも、ベルクロ社の面ファスナーも、ポリオ治療のワクチンも、最近、発明されたものではなかった。ソビエトが、地球軌道を周回した初の生物となった犬のライカを乗せたスプートニク二号を打ちあげたのもそうだ。クストーの驚くべき発見は五十年近くまえのことなのだ。なぜ母さんはわたしにこんな仕打ちを？　なぜ嘘をついたの？　ほかになにを隠しているの？

わたしはテーブルから雑誌をつかみ取って丸め、ズボンの後ろのポケットに入れた。それきり、母が雑誌を取り戻すことはなかった。

外で音がした。父のチェーンソーの音に似ていたが、もう外は暗くなりかけているし、父が夜、木を切るとは思えない。わたしは窓辺へ駆け寄った。木立のほうから小さな黄色い光がこちらに近づいてくる。黄色い星のようだが、動いているし、地面に近かった。母も窓辺に来て、わたしの隣に立った。音が大きくなってきた。母はよく見ようと両手をガラスにくっつけて目のまわりを囲った。

「スノーモービルよ」しばらくして振り向くと、母は愕然とした声で言った。「誰かが来るわ」

21

ランボーはもう吠えないが、一度でじゅうぶんだ。賭けが功を奏した。父に追いついただけではなく、ランボーの吠え声でそう遠くないところにいるとわかった。父の足跡がはじまった場所から、わたしがいま走っている伐木搬出路までの四百メートルを底辺とした二等辺三角形を描けば、わが家はその頂点にあたり、父とわたしはそれぞれ、斜辺を進んでいることになる。わが家に近づくほど、ふたりの進む道も近づく。

ランボーがもう一度、吠えてくれれば、より正確に父の居場所がわかる。だが、正直なところ、一度でも吠えられたとは、思いもよらないことだった。おそらく父が殺した男から奪ったズボンには、ベルトがついてなかったのだろう。キャビンで暮らしているころ、父は狩猟で犬に吠えさせたくないときや、薪小屋に閉じこめられて外に出たがるランボーの吠え声にうんざりしたときは、犬の鼻面にベルトを巻いて口輪にしていた。ときにはこれといった理由もなくランボーに口輪をはめて、そのまま長く放置することもあった。成人してテロリストや連続殺人犯となる兆候のひとつとして、幼少期の動物虐待があげられるとどこかで読んだことがある。おとなになっても動物に残酷な仕打ちをするとしたら、そこにはどんな意味を読み取れるのだろう？

わたしは目元に手をかざして雨をよけ、尾根の頂上を見渡す。いつ父が頭をのぞかせてもおかしくない。わたしは道路をはずれて森に入る。湿ったマツの葉で足音が消される。髪の雨を振りはらい、ルガーを肩からおろすと、ライフルの銃身を下に向けて持ち、あやしい動きがあればすぐに向けられるようにする。尾根の急勾配をできるだけすばやく、音をたてずにのぼる。ふだんなら低木を手がかりにするが、バンクスマツはもろい。枝が折れて音をたてる危険を冒すわけにはいかない。

頂上近くで、腹ばいになり、父から教わったとおり、足と肘を使って匍匐《ほふく》前進で残りを進む。ルガーの二脚式の台をセットし、スコープをのぞく。

なにもない。

銃を北から南へとゆっくりめぐらせたあと、渓谷の反対側の動きを探る。人は動きによって発見される。森のなかで追っ手から逃げているなら、可能なかぎりすばやく地面に伏せ、身動きひとつせずにいるのが一番いい。父がわざとランボーを吠えさせてわたしをおびき寄せた可能性もあるので、もう一度、考えうるかぎりの隠れ場所を探ってから、ルガーを片付けてその尾根を下り、つぎの尾根をのぼりはじめる。

さらに二度、同じことを繰り返し、四番めの尾根の頂まであと少しと迫ったとき、わたしは歓呼の声をあげそうになった。斜面の底――わたしから十五メートルほど下の四十五メートルほど南――にある、小川の流れのなかを決然と歩いているのは、わたしの父だった。ふだんなら踵ほどの深さしかない小川だが、今日は父の膝あたりまで水がきている。

わたしの父。

見つけた。先回りできた。いろんな意味で出し抜けた。

最後にもう一度、ルガーを構え、スコープを通して父を見た。あたりまえのことながら、記憶にある姿より老けている。まえより痩せたようだ。死んだ男の服がだぶついている。髪と顎ひげは灰色になり、肌は土気色で皺が寄っている。警察が配った手配写真の父はまるでチャールズ・マンソンのようにひげもじゃですさんだ目つきをしていた。見るからに危険な男だとわかるように、もっとも凶悪そうな写真を選んだのだろう。じかに見ると、さらにひどかった。死骸のようにこけた頰、深く落ちくぼんだ目。かつて発汗小屋で父が話してくれたウェンディゴさながらだ。いまおとなになってはじめて父を目にしたわたしは、父の異様さを理解する。母にはずっと、それが見えていたのだろう。

父はわたしの犬の首根っこを抱え、左手に切った犬の引き綱を巻きつけて、右手にはグロックを握っている。看守から奪ったもうひとつの武器は、上着に隠れたジーンズの背中に入れているのだろう。ランボーは父とならんで小川の岸をすたすたと速足で歩いている。わたしはあらためて三本肢で苦もなく歩く姿に驚嘆する。クマとの戦いのあとに治療をしてくれた獣医師は、ここまでの重傷を負った犬だと、安楽死させるハンターが多い、と言った。治療のために犬に手術を受けさせなくても責めませんよ、と言いたかったのだろう。アッパー半島に住む人たちの多くは家族を養うだけでも四苦八苦している。ましてや動物の治療費である。いくら手術を受けさせてやりたくても、高額な手術代を払う余裕はない。わたしがこの犬をあきらめるくらいならクマ狩りをあきらめると言うと、獣医師が喜んだのがわかった。

わたしはなおもこちらへ近づいてくる父をスコープで追う。父は気づいていない。わたしは子どものころ、よく父を殺すことを夢想したものだった――殺したかったからではない。父は追跡ゲームのルールを変えることで、父を殺すという概念をわたしに教えこんだのだ。当時は父を発見すると、しばらく父を見つめながら、木ではなく父を撃ったらどうなるだろうと考えたものだ。父を殺したらどんな気分だろう？　わたしが家長になるとわかったら母はなんと言うだろう？

近づいてくる父をさらに見つめながら、もう一度、父を殺すことを考える――今回は現実の問題として。この距離、この角度なら、たやすくしとめられる。心臓か頭に銃弾を撃ちこめばそれでゲームは終わり、父はわたしが勝ったことにも気づかない。腹に撃ちこんでもいい。ゆっくりと時間をかけて父に血を流させ、苦しませ、母への仕打ちの報いを受けさせる。肩か膝を撃つこともできる。重傷を負わせ、ストレッチャーなしには動けないようにする。そしてわたしは家に帰り、電波が届きしだい警察に通報して、父の居場所を知らせる。

選択肢はたくさんある。

キャビンで暮らしていたころ、父とわたしはよくあてっこをした。父がわたしの気に入りそうな小さなもの――たとえば、すべすべの白い水晶の欠片とか、割れていないコマドリの卵とか――を片手に隠し、どちらの手にその宝物が入っているかをわたしにあてさせるのだ。あてれば宝物をもらえる。まちがえれば宝物はごみ捨て場に捨てられる。理屈をつけて答えを導きだそうと頭をひねったものだ。このまえは右手だったから、こんどは左手かな？　それとも、わたしをひっかけるため、また右手とか？　もしかすると何回も同じほうにあるかも。当時は、結果に理屈や理由がないことに気づいていなかった。どちらの手を選んでも、正しく推測できる確率は同じなのだ。

だがこれはちがう。今回はあやまった選択はない。わたしは安全装置をはずす。指を引き金にかけ、息を詰めて十数える。

そして撃つ。

はじめて父に銃口を向けたときは身がすくんだ。いまでも父がわたしにそんなことをさせたことが驚きだ。アイリスの手に銃を持たせて、わたしを狙って引き金を引いてごらんと言うなど、わたしには想像もつかない。ええ、そうよ、わたしにはあてないでね、と。相手がマリでも、やはり考えられない。たとえマリが人並みはずれた射撃の名手になったとしてもだ。自殺行為に等しい無謀さ。そして父はまさにそのとおりのことをした。

わたしが十歳の夏のことだった。冬のあいだは追跡ゲームを行わなかった。というのも、地面に雪が積もったあとなら、いともたやすく父の足跡を追えるからだ。葉が落ちてしまう晩秋や、まだ芽吹いていない早春にも、同じ理由でやらなかった。森のなかでの追跡がやりがいのあるものとなるのは木々の葉が生い茂っているときだけだ、と父は言っていた。それは一年で一番虫が発生する時季でもある。わたしが来るのを待つあいだ、沼で何時間もしゃがみ、群がって刺してくる虫に耐えた父の自制心には、感心するしかない。父は虫を叩きたい気持ちを抑え、身じろぎひとつしなかった。

父が朝食の席で新しいゲームのルールを説明した。父を発見したら、選択肢はふたつ。父が隠れている木を撃ち、父の横か、頭上に弾をあてる。もしくは父の足元の土を撃つ。父が見つからなかったら――もっと悪いのは撃つときにひるんだら――わたしは大切にしているものを手放さなければならない。父はその手はじめとして――どうして知ったのかわからないが――わたしがベッドの下に隠していたバイキングの写真が載っている『ナショナル・ジオグラフィック』を挙げた。

わたしは父にカヌーに乗せられ、はじめての尾根へ連れていかれた。わたしは目隠しをされた運ばれた。移動した距離や、かかった時間がわかりにくいようにだ。さらに到着した先で、父がどちらの方角に行ったかわからないようにするためでもあった。わたしはひどく緊張していた。父を撃ちたくなかった。『ナショナル・ジオグラフィック』を手元に置いておきたかった。ふたつの選択肢についていやというほど考えた。木を撃つより土を撃つほうが、たやすくて安全そうだ。自然と銃弾が砂地に埋まるから、跳ね返ってわたしや父を傷つける恐れが少ない。それに仮に撃ちそんじて父にあたったとしても、脚なら胸や頭よりずっと軽症ですむだろう。

だが土に撃つのは弱虫のすることだ。わたしは臆病者ではない。

「ここにいろ」カヌーが岸に近づくと父は言った。「千まで数えてから目隠しを取れ」

父が降りるとカヌーが揺れた。岸へ向かう父がたてる水音に続いて、草木――きっとクズウコンやガマだ――のなかを抜けていく葉ずれの音がして、やがてしんとなった。聞こえるのはただ、さっきからにおいでこの尾根に生えているとわかっていたマツの葉のあいだを渡る風と、ポプラの葉がかさかさこすれる音だけだった。水音は静まり、頭にあたる日差しが強い。体の右側のほうが左側より温かみが強いから、カヌーは北を向いているのだろう。それがなんの役に立つかわからないが、わかったのは嬉しかった。レミントンの銃身が膝にずしりと重い。目隠しの下に汗が滲みはじめる。

周囲の手がかりを探るのに夢中で、数えるのを忘れていたことにはたと気づいた。過ぎた時間を考えて五百からはじめることにした。問題は、父が指示どおり千まで数えることを望んでいるのか、それとも数え終わるまえに目隠しをはずしてさっさと動きはじめることを望んでいるのかということだ。推し量るのはむずかしかった。たいていわたしは父に言われたとおりにしていた。そうしないと、結局、なんらかの罰を与えられることになったからだ。だが、これはちがう。父を追跡するにあたって重要なのは、父の出し抜き方を学ぶことだ。ごまかしやずる賢さもゲームのうち。

わたしは目隠しをはずし、額に巻いて汗が目に入らないようにして、カヌーを降りた。父の足跡をたどるのはたやすかった。父が群生するスゲ――わたしの見立てがはずれてクズウコンやガマではなかった――のあいだを通り、岸にあがったことがやすやすと読み取れた。空き地の踏みしだかれた松葉で、父がそこを横切り、反対側の背の高いシダの茂みのなかへ入っていったこともすぐにわかった。こんなにたやすく足跡を追えるのは追跡がうまくなったからだとわたしは思った。いま思い返せば、父はあの日、ゲームを最後までさせたくて、わたしが確実に父を追えるように、わかりやすい跡を残したにちがいない。

わたしは尾根の頂で痕跡を見失いそうになった。むき出しになったなめらかな岩のところで、足跡が途絶えたのだ。するとあるはずのない場所に小さな砂の山が見えた。わたしは岩の反対側に足跡を見つけ、たどると小さな崖の縁まで続いていた。シダの葉が倒れ、ぐらついている岩があるのは、父がそこを降りていった証拠だった。レミントンのスコープをのぞいて跡をたどってみると、三十メートル離れたブナの木の向こう側に父がしゃがんでいた。太い木だったが、それでも体を隠すには不十分で、両肩がはみだしていた。

わたしは頬をゆるめた。今日は神さまたちがこぞってわたしにほほ笑んでいる。父が見つかっただけでなく、撃つのに適した条件がほぼ完璧にそろっていた。わたしは高台にいて、風は凪いでいる。太陽はわたしの背中側にあり、ふと父が木の陰から出てきてこちらを見あげれば、日光でわたしのシルエットが浮かびあがることになるが、こちらからも父がはっきり見えて、狙いをはずす恐れはほとんどない。

わたしは大きなアカマツを盾にして立つと、レミントンを引き寄せ、つぎの一手を考えた。レミントンはわたしの背丈とほぼ同じ大きさだった。腹ばいになり、レミントンを体のまえに押しだして、茂みの陰からよりよい姿勢で撃てる場所にすえた。肩でレミントンを支え、スコープをのぞく。父はさっきと同じ場所にいた。

指を引き金にかけた。胃がぎゅっと縮まる。レミントンの発射音に父が驚いてはっと頭をもたげるさまを想像した。父は木の陰から出て、斜面を引き返すと、わたしの頭を撫でて、撃てたことを称えてくれるだろう。いや、父は赤く染まった自分の肩を驚いた目で見つめ、手負いのサイのように勢いよく斜面をのぼってくることになるかもしれない。わたしの手は震えた。なぜ父に向かって発砲しなければならないのかわからなかった。なぜ父はゲームのルールを変えたのか？　なぜ楽しかったものを危険で恐ろしいものに変えたのだろう？　わたしはなにごともそのままなのが好きだった。ものごとが変わったのはわたしが変わってきたからだ。わたしはおとなになろうとしていた。これはおとなになるための儀式、部族の一員にふさわしいことを示す機会なのだ。ヤノマミ族の男にとって、勇気はなにものにも勝る。だからつねにほかの部族と戦い、女を盗りあい、戦いをやめて臆病者のレッテルを貼られるくらいなら、全身を矢で射貫かれて死ぬことを選ぶ。『ナショナル・ジオグラフィック』の記事には、ヤノマミ族の男の半数近くに人を殺した経験があると書いてあった。

わたしはレミントンをさらにしっかり肩で支えた。もう両手は震えていない。引き金を引いたときの恐怖と高揚感が渾然一体となったあの感覚を表現するのはむずかしい。飛行機や崖から飛びおりるとき、あるいは心臓外科医がはじめてメスを入れるとき、あんな心地がするのではないかと思う。もはやわたしは、父を愛し敬い、いつか父のようになりたいと願う幼い少女ではなかった。わたしは父と同等になった。

それ以来、父を撃つ機会が待ち遠しくなった。

ライフルの銃声とほぼ同時に、父の頭上で枝が折れる音がする。父のすぐ目のまえの小川に枝は落ちる。わたしの狙いどおりに。父とわたしが追跡ゲームをやめることになった、あのときとまったく同じだ。

父が動きを止める。銃弾が発射された場所を見あげる父は、口をぽかんと開けている。またわたしに負けたこと、しかもあのときと同じだということが信じられないのだろう。父は首を振り、負けたとばかりに手を左右に広げる。左手にはランボーの引き綱が巻きつけられ、グロックは右手にぶら下がっている。

わたしはそのまま引き金に指をかけている。やられたと思っているようでもあきらめたとはかぎらない。相手がこの父のように危険で手練手管に長けた男ならなおさらのこと。「ジェイコブ」わたしの口から出た名前がなじみのないものに感じられる。

「バンギ・アガワテヤ」

わたしは身震いする。雨のせいではない。バンギ・アガワテヤ。小さな影。子どものころ父がわたしにつけたあだ名。あれ以来、耳にしていなかった名前。長い年月をへて、父から放たれたこの言葉が、わたしをどんな気持ちにさせたかを、ありのままに説明するのはむずかしい。十年以上、抱きつづけた怒り、嫌悪、恨みが、薪ストーブに載せた氷のように消え失せる。気づかないうちに一部が壊れていた自分が、元どおりになった気がする。記憶が勢いよくよみがえる。父は追跡のしかたや狩猟、かんじきでの歩き方や泳ぎを教えてくれた。ナイフの研ぎ方、ウサギの皮の剥ぎ方、シャツのボタンのつけ方、靴の紐の結び方も。鳥、虫、植物、動物の名前。沼が内包する果てしない秘密を教えてくれた。静かな池の垂れさがる枝の下に浮かぶカエルの卵、山腹の砂地に深くうがたれたキツネの巣穴。沼で暮らすにあたって役に立つ知識は、すべてこの男から教わった。

わたしはルガーを握りしめる。「武器を捨てて」

父は長いあいだわたしを見返していたが、ようやくグロックを茂みに投げる。右のブーツからボウイナイフを取りだし、拳銃と同じ場所へ捨てる。

「ゆっくり」二挺めの拳銃を取ろうと背中に手を伸ばす父にわたしは言う。わたしが父の立場なら、このときを狙って動く。いっきに武器を取りだし、ランボーの頭に押しつける。敵の弱みである犬を利用して、わたしに武器を捨てさせるのだ。

父が言われたとおりゆっくりと二挺めのグロックを取りだし、腕を後ろに動かし、拳銃を捨てると見せかける。だが父は手から拳銃を離さず、腕が伸びきったところで片膝をついて撃った。

ランボーをではない。

わたしを。

弾は肩に命中した。その刹那《せつな》、わたしが感じたのは衝撃のみ。父がわたしを撃った。わたしを狙い、結果など考えず、ただわたしを殺すために。

わたしは父を負かしていなかった。家族を助けられなかった。勝てなかった。またしても父がゲームのルールを変えた。

わたしの肩が爆発する。ダイナマイトを体のなかに突っこまれて、爆破させられたようだ。野球のバットで殴りつけられ、熱した火かき棒で突きまわされる。バスに轢《ひ》かれる。わたしは手で傷口を強く押さえ、地面に倒れこんで、波となって押し寄せる痛みにのたうちまわる。血が指のあいだから噴きでる。ルガーを取れ、と脳が手に命じる。相手が撃ったように、おまえも撃ってやれ。だが、わたしの手は応えようとしない。

尾根をのぼってきた父が、横に立って、わたしを見おろす。グロックがわたしの胸を狙っている。

わたしはなんと愚かなのだろう。父ではなく枝を撃って、悦に入っていた。その判断がどれほど悲惨な結果を招くか、考えていなかった。本当は父を殺したくなかった。父を愛していた。たとえ愛されていなくとも。その愛を利用して父はわたしを倒した。

わたしは息を殺し、父がとどめを刺すのを待つ。父は長いあいだわたしを見おろしているが、グロックをジーンズの背中側に差しこみ、ルガーを尾根の反対側へ蹴り捨てる。わたしを仰向けにしてマグナムを奪う。なぜだかわからないが、わたしがそれを持っていることを知っていた。ジーンズの尻のポケットから手錠――刑務所から逃げだしたときに父がはめられていたものだろう――を取りだすと、肩の怪我などおかまいなしに力まかせに腕をわたしの体のまえに引っ張り、両手首にはめる。わたしは全身を震わせて悲鳴をこらえる。

父は一歩下がり、荒い息をつく。

「わかったか」見おろす父は勝ち誇った笑み。「追跡ゲームのときは、こうやって相手を打ち負かすんだ」

22

キャビン

秋のはじめのころでした。バイキングたちは略奪品と捕虜をのせて、もどってきました。捕虜のなかに、キリスト教の若い修道士がいました。北欧の神々を追いはらった修道士たちのひとりです。修道士は手と足を木の皮でしばられて、館の奥まったところにある石造りの独房に閉じこめられていました。

この修道士は美男子でした。バイキングのおかみさんは、光の神さまであるバルドルみたいにきれいだと思い、修道士の落ちこみぶりを哀れみました。ですがヘルガのほうは、かかとに縄をくりつけて、野生の動物のしっぽにつないでやればいい、と言いだすしまつでした。

「そうしておいて、犬をけしかけてやるのよ」ヘルガは言いました。「月も荒れ地も越えて、そうれ、そうれってね！　そんな見世物なら、神さまもおおよろこびされるでしょう。あとを追いかけたらもっと愉快だわね」

ですがそんなことを許すバイキングのかしらでは、ありませんでした。なにせその若い修道士は、自分たちがうやまっている神さまたちを見くだし、ないがしろにしたのです。森のなかにおかれた血の皿にのせて、神さまへの捧げものにすることにしました。そこで人間が生け贄になるのは、はじめてのことです。

ヘルガはあつまった人たちに修道士の血をふりかけさせてほしいと頼みました。ナイフをぎらぎらになるまで研ぎ、群れをなして館を駆けまわっている猛犬の一頭が飛びかかってくると、その脇腹にナイフをぐさりとやって、ためし切りをしてみただけだよ、と言いはなちました。

――ハンス・クリスチャン・アンデルセン『沼の王の娘』

「誰かが来るわ」ふたりならんで台所の窓辺に立ちながら、母がまた言った。繰り返さなければ、自分でも自分の言っていることが信じられないとでもいうように。

わたしも驚いていた。父はキャビンが人目につかないようにつねに細心の注意を払っていた。うちの尾根のふもとにある木を薪用にしているのは、チェーンソーの音を聞かれないためだし、ライフルもむやみに使わないようにしている。あれば快適に過ごせる生活用品を使い果たしても、沼を離れてまで補充することはなかった。あの家族から身を隠したのも、うっかり彼らをキャビンに引き寄せたらまずいからだ。この尾根に誰かが現れたときに備えて、母とわたしを訓練していた。信じられないことに、そこまでしていたのに、誰かが来てしまった。

わたしはガラスに鼻を押しつけて、スノーモービルのライトが上下にはずんだり左右に揺れたりしながら近づいてくるのを見ていた。暗すぎてはっきりとは見えないが、スノーモービルがなにかは知っていた。いや、五十年まえのスノーモービルがどんなだかを知っていたというほうが正しい。そのときもまだわたしは母の欺瞞《ぎまん》がどれほどのものだったのか、考えあぐねてもがいていた。

母が永い眠りから覚めたかのように、ゆっくり首を振った。母はカーテンを閉じて、わたしの手を握った。「急いで。隠れなきゃ」

隠れるって、どこに？　そう尋ねたかった。隠れることが父の望みなのはわかっていた。言いつけどおりにしなかったら、わたしと母が父からどんな目に遭わされるかもわかっていた。だが、外の沼に駆けこんで、全身を泥まみれにして隠れようにも、いまさら手遅れではないか。しかも沼は凍っている。スノーモービルの運転手はすでにこのキャビンに気づき、まっすぐこちらへ向かっていた。薪ストーブが燃えていて、煙突から煙が出ている。薪小屋には薪があるし、雪面には足跡がついている。キャビンに一歩入れば、ドアの横にコートがかかり、テーブルに皿がならべられて、薪ストーブのうえではウサギのシチューがぐつぐつと煮えている。それにランボーは？

ランボー。

わたしはコートを手に取って薪小屋へと駆けだした。ランボーは鼻をくんくん鳴らしながら、首が絞まってしまうほど激しく鎖を引っ張っていた。わたしは首輪をはずしてランボーを自由にしてやると、積んだ薪と小屋の壁のあいだにしゃがんで隙間から外をのぞいた。エンジンの音が変わって、スノーモービルがうちのある尾根の斜面をのぼりはじめた。ほどなく、スノーモービルがわたしののぞく隙間のまえを雪煙と排ガスを巻きあげながら走り抜けた。わたしは小屋の反対側へ行き、薪の山にのぼって身をかがめ、父から教わったとおりナイフを構えた。スノーモービルがわたしの真下で停まった。あまりに騒々しい音だったので、運転手がエンジンを切ったあともずっと耳鳴りがした。

「やあ、いい子だ」運転手はランボーが吠えながら周囲をめぐるなか、口笛を吹き鳴らして、自分の脚を叩いた。深海に潜るダイバーがかぶるようなヘルメット――いや、むかし深海に潜るダイバーがかぶっていたようなヘルメット――をかぶっていて顔は見えなかったが、声で男だとわかった。「さあ、おいで。よしよし、大丈夫だよ。傷つける気はないからね」

ランボーが吠えるのをやめて、尻尾を勢いよく振り、男の膝に顎を載せた。男は片方の手袋をはずしてランボーの耳の裏をかいてやった。どうしてわたしの犬のかいてもらうのが好きな場所を知っているのだろうとわたしはいぶかった。

「よしよし。いい子だ。ああ、そうだよ。いい子だ」犬に向かってこんなにぺらぺら話しかける人を見るのは、はじめてだった。

　男はランボーをそっと押しやり、スノーモービルから降りた。黒い厚手のズボンをはき、黒いジャケットの袖には、わたしが見たこともない緑色のストライプが入っていた。スノーモービルの横にも同じ色の線が引かれ、白い文字で〝アークティックキャット〟と書かれていた。男はヘルメットを脱ぎ、シートに置いた。母と似た金髪で、バイキングのようなもじゃもじゃのひげを生やしていた。父よりも背が高くて若かった。男が歩くと服が枯葉のような乾いた音をたてた。およそ狩猟向きではないが、温かそうだった。

　男はポーチのステップをあがり、ドアをこぶしで叩いた。「すみません！　誰かいますか？」しばらく待ってから、またドアを叩いた。男がなにを待っているのか、わたしにはわからなかった。「こんばんは！」

　キャビンのドアが開いて、母が出てきた。後ろから明かりに照らされていたので、表情は見えなかった。母の手は震えていた。

「おじゃましてすみませんが」男が言った。「電話を使わせてもらえませんか？　仲間とはぐれて、道に迷ってしまったもんで」

「電話」母がつぶやいた。

「申しわけないんですけど、携帯電話のバッテリーが切れましてね」

「ケイタイ電話を持ってるのね」母が忍び笑いを漏らした。どうしてなのかわたしにはわからなかった。

「ええ。そうです。仲間に無事を知らせたいんで、電話をお借りできませんか。ああ、ジョンといいます。ジョン・ラウッカネン」男は笑顔で片手を差しだした。

母は喉が詰まったような声を漏らすと、溺れている人が命綱をつかむように差しだされた手を握った。握った手を上下に振る動きが止まったあとも、母は長いあいだ男の手を握ったままだった。

「あなたを知ってるわ」母は庭を見まわしてから、急いで男を引き入れた。

ドアが閉まってから長いあいだわたしはキャビンをにらんでいた。さらなる嘘。さらなるごまかし。さらなる欺瞞。母はあの男を知っていた。父が出かけているあいだに男が母に会いに来た。男と母がキャビンのなかでなにをしているかは知らないが、悪いことに決まっている。わたしはナイフを鞘におさめ、薪の山からおりた。スノーモービルが大きなクロクマのように庭に鎮座していた。尻をぴしゃりと叩いて追いはらってやりたかった。父にライフルを持ってきて男を撃ってほしかった。わたしはつま先立ちで裏口へまわり、カーテンの隙間からなかをのぞいた。母と男は台所の中央に立っていた。母は両手を振りまわしながら話していた。言っている内容は聞き取れなかった。母は怯えていると同時に興奮しているようだった。しきりにドアを気にしていた。父がいまにも入ってきそうで怖かったのかもしれない。わたしはそうなればいいのにと思った。

男は怯えているようにしか見えなかった。母が手を振りまわしながら話しつづけ、そのうちについに男がうなずいた。おずおずと。わたしが父から母のジャム作りを手伝えと命じられたときと同じで、いやでも母からの頼まれごとをやるしかないと思っているようだった。母は笑い声をあげ、つま先立ちになって男の首に抱きつき、頬にキスした。男の頬が赤く染まる。母は男の肩に頭をあずけた。その肩が震えている。笑っているのか、泣いているのか、わたしにはわからなかった。しばらくすると、男は母に両手をまわして背中を叩いて抱き寄せた。

わたしは雪面にしゃがみこんだ。わたしの頬も熱くなっていた。キスの意味は知っていた。キスをした相手を愛しているということだ。だから母は父にキスをしたことがない。母が父の留守中に男をキャビンに引き入れ、見も知らぬ男にキスをしたことが信じられなかった。もしここに父がいたら、ふたりがどんな目に遭うか、わたしにはわかっていた。わたしはナイフを取りだした。音をたてずにポーチに忍び寄り、ドアを開いた。

「ヘレナ！」母が叫んだ。冷たい空気がキャビンに吹きこみ、男と母はあわてて離れた。母の顔は紅潮していた。「あんたはてっきり……まあ、いいわ。ほら、ドアを閉めて」

わたしはドアを開けたままにしていた。「出てけ」わたしは精いっぱい棘々《とげとげ》しい口調で男に言った。「早く」わたしはナイフを振りまわして本気だとわからせた。必要とあらば、ナイフを使う覚悟だった。

男は後ずさりをして、両手を上げた。「なあ、落ち着いて、ナイフをおろしてくれよ。大丈夫、きみを傷つけるつもりはないから」わたしの犬に話すときとまるで同じ口調だ。

「わたしは父をまねた険しい顔で、一歩、詰め寄った。「出てけ。早く。父さんが戻るまえに」

父さん、とわたしが口にすると、母の顔が蒼白になった。当然だ。男をキャビンに連れこむとは、いったいなにを考えているのか？　どんな結果を招くと思っているのか？

母は椅子に座りこんだ。「ヘレナ、お願い。あんたはわかってないのよ。この人はわたしたちの友だちなの」

「友だち？　わたしたちの？　こいつにキスしたよね。見たんだから」

「見た……ああ、ヘレナ。ちがう、そうじゃないの――ただジョンに感謝してただけ。わたしたちを連れてってくれるから。ナイフをしまって。ぐずぐずしてられないわ」

わたしは母を見た――興奮して、明るくて、嬉しそう。この男がこの尾根に現れた今日が人生で最良の日だと思っているようだった。わたしには母が正気を失ったとしか思えなかった。母が沼地の暮らしを嫌っているのは知っていたが、本気でいまここを立ち去ることができると思っているのだろうか？　こんなに寒くて暗いなか、父の許しもなく、見知らぬ男のスノーモービルの後ろに乗って、連れていってもらえると？　なぜ母は、ほんの一瞬にしろ、わたしがそんな計画に賛成すると思ったのか。わたしにはその理由がわからなかった。

「お願い、ヘレナ。怖いのはわかるけど」

怖くないことだけは確かだった。

「──それに、とまどって当然よね」

ちっともとまどってなどいない。

「でも、とにかくわたしを信じて」

母を信じる？　尻のポケットの雑誌が薪の燃えさしのように熱かった。今後、母のことは絶対に信じない。

「ヘレナ、お願い。全部、説明するから。約束する。でも急がないと──」

母の言葉が途切れる。ポーチを歩く父の重い足音が聞こえた。

「なにをしてる？」父がずかずかと入ってきて、どなった。瞬時に状況を読み取ると、どちらを先に撃つか迷っているように、男と母のあいだでライフルを左右させた。

男が両手を上げた。「よしてください。トラブルを起こすつもりは──」

「黙れ！　座れ」

男は突き飛ばされたように台所の椅子に座った。「いいですか、銃を持ちだす必要なん

てないんです。ただ電話を使わせてもらいたかっただけで。道に迷いましてね。あなたの
――ええと、奥さんが入れてくれて――」

「黙れと言ってるんだ」父はくるりと向きなおり、ライフルの銃床で男の腹を殴りつけた。男はうっと言って椅子から転げ落ちると、腹を押さえてうめきながら床で身をよじった。

「やめて！」母が叫び、顔をおおった。

父はわたしにライフルを渡した。「男が動いたら撃て」父は母の前に立ちはだかり、こぶしを上げた。男が膝立ちになって父ににじりより、踵をつかんだ。男を撃たなければならないのはわかっていた。だが、わたしは引き金を引きたくなかった。

「彼女に手を出すな！」男が叫んだ。「おまえが何者か知ってるんだぞ。なにをしたか知ってるんだ」

父がぴたりと動きを止めて、振り向いた。『ナショナル・ジオグラフィック』の記事に人の顔が〝怒りでどす黒くなる〟という表現があった。いまの父がまさにそうだった。怒りに駆られて、わたしたち全員を殺しそうな形相だった。

父は手負いのクロクマのように叫び、男に突進し、腎臓を蹴った。男は悲鳴をあげて、顔から床に倒れこんだ。父は男の左手首をつかみ、肘を踏みつけて固定すると、腕を高く後ろにねじりあげて骨を折った。男の悲鳴がキャビンに響き渡り、母とわたしの悲鳴と入り混じった。

父は男の折れた腕をつかんで立たせた。男はまた叫んだ。「頼む！　やめてくれ！　おい——やめろ！　やめてくれ！　頼む」男の悲鳴は、庭を横切って薪小屋に連れていかれるあいだずっと続いた。母はすすり泣いていた。わたしの手は震えていた。わたしは手を見おろし、まだライフルを握っていることに気づいた。ライフルの銃口は母に向けられていて、母はわたしを見ていた。わたしがいつ撃ってもおかしくないと思っているような目つきだった。安全装置がかかっていることをわたしは母に言わなかった。

父がキャビンに戻ってきた。上着は血まみれで、両手のこぶしは赤く染まっていた。震えるわたしの手からライフルを取りあげ、食料貯蔵室にしまった。わたしは母といっしょに台所で待っていた。父がわたしにどうさせたいのかわからなかった。

戻ってきた父の表情は、ふだんどおり、なにごともなかったように穏やかだった。この尾根にはじめて姿を現した人の腕の骨を折ったばかりには見えなかった。この表情が意味するのは、ふたつのうちのどちらかだ。怒りを放出したか、まだはじまったばかりか。

「部屋へ行け、ヘレナ」

わたしは階段を駆けあがった。背後からこぶしが肉にあたる音がした。母の悲鳴。わたしはドアを閉めた。

キャビンが静かになってずいぶんたってからも、わたしは両腕を枕にして天井を見つめていた。思い出が場所をふさいでいて、夢が浮かんでくる余地がなかった。

父とわたしはビーバーの池で泳いでいた。父が仰向けに浮かぶ方法を教えてくれた。太陽は温かく、水は冷たい。わたしは両腕をまっすぐ横に伸ばし、仰向けに水に浮かんでいた。父が隣に立っている。水は父の腰まである。父の手がわたしの背中を支えているが、ほとんど感じない。「脚を上げろ」脚が沈みだすと、父が言った。「腹を突きだせ。背をそらすんだ」わたしは腹を突きだし、肩をできるだけ引いた。顔が水に浸かる。わたしは水を吐きだし、沈みはじめる。父がわたしをつかみ、引きあげる。わたしはもう一度やってみる。水に浮けるようになってみると、あまりに簡単で、浮き方を知らなかったときを思いだすのがむずかしいくらいだった。

父は釣り針に餌をつけるのを手伝ってくれた。針はとても鋭利だった。わたしは最初、父の釣り道具箱から釣り針を選んだときに、親指を刺してしまった。痛かったが、父が針を抜いたときの比ではなかった。それ以来、わたしは針の先端の輪の部分を持つように気をつけるようになった。餌の缶は虫でいっぱいだった。この尾根のふもとの湿地から掘りだしてきた虫だ。わたしは缶の泥を探って一匹取りだした。虫はぬるぬるして湿っていた。父は釣り針を虫の腹に突き刺して、針のまわりに巻きつけてからもう一度、尻尾と頭を刺して見せた。虫はどう感じているのかとわたしが尋ねると、父は、「痛かないさ」と答えた。「虫には感覚がない」と。だとしたら、こんなにくねくね身をよじらせるのはなんで、とわたしは尋ねた。父は笑顔になった。自分の頭を使って考えるようになったな、えらいぞ、と言って、わたしの頭を撫でた。

父とわたしは発汗小屋にいた。父がまた、クマの巣穴に落っこちたときの話をしてくれた。わたしはこのとき、父がこの話をするたびにこまかな部分に修正を加え、さらに胸躍る物語にしていることに気がついた。巣穴はより深くなり、父はよじのぼれないほどずっと深くまで落ち、父を受けるクッションになったクマは目を覚ましかけ、クマの子の首が折れた。真実を語ることの大切さはつねに変わらないが、物語を話すときは、話をおもしろくするために事実に手を加えるのもありだ。わたしはおとなになったら父のようにおもしろく話を語れる人になりたいと思った。

わたしは起きあがり、部屋を歩いて窓へ行き、月明かりに照らされた庭を見た。ランボーが物置のまわりをうろついている。目の前にスノーモービルがある。薪小屋のなかの男は静かだった。

幼いころは父を愛していた。いまも愛している。クストーとカリプソは父は悪い人だと言う。ふたりがわたしのことを大切に思ってくれていることはわかっているが、これに関してはふたりの言葉が正しいとは思えなかった。

朝になると父が朝食を作り、母はベッドに寝たままだった。父が作ったオーツのシリアルはなんの味もしなかった。昨日のわたしの一番の心配事が塩がないことだったとは信じられない。いまは母の裏切りのことで頭がいっぱいだった。『ナショナル・ジオグラフィック』のことで嘘をついていただけでなく、父を裏切っていたのだ。母が男をキャビンに引き入れたから父は母を殴り、だから母はまだベッドにいる。父が母を殴るのはいやだが、今回みたいに、殴られてもしかたがないこともある。男とふたりきりでキャビンにいたということは、母は不貞というものをしたことになる、と父は言っていた。オジブワ族の女が不貞を働いた場合、その夫には女の手足を切断する権利が与えられる。そうすべきと判断すれば殺す権利もあるのだと父は言う。母はネイティブアメリカンではないが、父の妻なのだから、父のルールにのっとって生きなければならない。母は罰せられてもしかたがない。それでも母があの男にキスしたと父に言わなくてよかったとわたしは思った。

シリアルのボウルと鍋を水と砂で洗ってから、父の言いつけどおり熱いチコリのお茶を薪小屋にいる男に持っていった。晴れあがった明るい朝だった。日の光のなかで見るとスノーモービルはさらに大きく黒々と輝き、新雪のようにキラキラと煌めいていた。風防ガラスは薪の煙の色、そしてあの鮮やかな緑色の線。『ナショナル・ジオグラフィック』の写真で見たのとはまるでちがう。わたしはポーチのステップにマグカップを置いて、ヘルメットを手に取った。思ったより重く、盾のような形の黒い曲面ガラスがついていた。なかは厚く詰め物がしてあって、ふわふわしていた。ヘルメットをかぶってシートに座り、男がやっていたように両脚でまたがり、運転している気分を味わった。以前からうちにもスノーモービルがあればいいのにと思っていた。スノーモービルがあれば、氷穴釣りのとき、穴から穴へと釣り糸を見てまわるのに、かんじきをはいて歩くのの半分の時間ですむ。毛皮を売ってスノーモービルを買うことはできないのか、と父に尋ねたこともある。挙げ句、ネイティブアメリカンのやり方は白人の発明品よりずっといい、それに速ければいいというものではない、と長々と説教を聞かされるはめになったが。でも、わたしは、むかしのネイティブアメリカンでも、もしスノーモービルがあれば使っただろうにと思った。

わたしはスノーモービルを降りて、マグカップを手に取り、庭を歩いて薪小屋へ行った。チコリの湯気はもう消えていた。男は隅の柱に手錠で繋がれていた。髪は血まみれで顔が腫れていた。上着とズボンはなくなっていた。わたしや父が冬に着るような白い保温性の下着を身につけているだけだった。足を木くずやおがくずに突っこんで温めようとしていたが、つま先が突きでていた。頭のうえで両腕を手錠で繋がれている。目を閉じ、顎ひげが胸に載っていた。もうバイキングのようには見えない。

わたしは戸口で立ち止まった。理由ははっきりしない。ここはわたしの薪小屋、わたしのキャビン、わたしの尾根だ。わたしにはここにいる権利がある。この男はここにいるべき人間ではない。わたしがなかに入るのをためらったのは、この男とふたりきりになったら不貞をすることになるかもしれないと思ったからだろう。男にチコリのカップを持っていけと命じたのは父だが、わたしにとって不貞というのははじめて知る概念だったので、なにがどうしたらそうなるのかわからなかった。

「喉、渇いてる?」わかりきったことを尋ねた。ほかに言いようがなかったからだ。

男が薄く片目を開けた。もう一方は腫れていて閉じられたままだ。父はよく言っていた。誰かを監禁することになったら、どれほどひどく殴りつけなければならないとしても、片目は見えるようにしておけ、と。こちらが近づく姿を見せ、なにをされるか不安に思わせておけば、心理的に優位に立てる。男は戸口に立つわたしを見て、手錠をはめた体でできるかぎり遠ざかろうとした。父が言ったとおりだった。

「飲み物を持ってきた」わたしはおがくずに膝をつき、男の唇にカップをあてがった。さらにコートのポケットに隠していたビスケットを取りだし、小さく砕いて食べさせた。指に触れるひげや、皮膚にかかる息の感触に、身震いが走る。父以外の男にこんなに近づいたのははじめてだった。わたしはまた不貞ということを考えながら男の胸に落ちたくずを払った。

食べ終わると、男はいくぶん持ちなおしたようだった。目のうえの切り傷に血が滲み、父に殴られたせいで、顔の左側が紫に変色して腫れていた。この先、頭上に伸ばされた折れた腕が問題になりそうだ。これよりましな状態でも死ぬ動物を見たことがある。

「お母さんは無事かい?」男が尋ねた。

「大丈夫だよ」母の左腕も同じように折れているとは言わなかった。「似合いのふたりだ」父はその日の朝、男にしてやったように、母の腕も背中にねじりあげてやったと語るついでに言った。

「きみの父親はおかしい」男は顎を突きだして薪小屋のなかや手錠や自分が服を奪われたことを指し示した。

そんなことを言われる筋合いはない。父のことを知らないこの男には、父を悪く言う権利などなかった。

「あんたがここへ来たから」わたしは冷たく言った。「わたしたちをそっとしておいてくれたらよかったのに」ふと、訊きたくなった。「どうやってわたしたちを見つけたの?」わたしの思いとは裏腹に、わたしたちが行方不明になっていたかのような尋ね方になってしまった。

「仲間とつるんで山道を走ってたら、曲がり角をまちがえたらしくて。酔ってたからね」男は説明するようにつけ加えた。「ウイスキーとか、ビールとか。いや、どうでもいいな。長いあいだ標識を探して走りまわった。そのときここのキャビンから立ちのぼる煙が見えたんだ。思ってもみなかったよ。このキャビンで……きみのお母さんが……」

「わたしの母さんがなんなの?」この男がひどい怪我をしていようが関係なかった。母を愛しているからここに来たと言うなら、折れた腕を殴りつけてやるつもりだった。

「きみのお母さんがずっとこんなところにいたなんて思ってもみなかった。こんなに年月がたって、ついに見つかって、きみの父親が……」男は言葉を切り、変な顔でわたしを見た。「そうか。知らないんだな」

「知らないってなにを?」

「きみのお母さんを……きみの父親が――」

「おれがなんだと?」詰問する父の声がした。

男は身を縮めた。父の影が戸口をふさいでいる。男はいいほうの目を閉じて泣きだした。

「キャビンに入ってろ、ヘレナ」父が言った。「母さんの世話をするんだ」

わたしは空になったマグカップを手にすばやく立ちあがり、父の横をすり抜けてキャビンへ走った。カップを洗ってシンクの棚にしまうと、台所の窓辺に立って、薪小屋の細い板越しに、男を殴ったり蹴ったりする父をずっと見ていた。男は叫んだり、悲鳴をあげたりしていた。あの男はわたしになにを言おうとしていたのだろう?

23

肩が疼《うず》く。傷がどれほど深刻かはわからない。二、三針縫えば問題のないかすり傷かもしれないし、もっと重症かもしれない。動脈にあたっていれば失血死する。主要な神経に命中していれば、片腕が使えなくなるかもしれない。いまのところわかっているのは痛いということだけ。とてつもない痛みだ。

よくある誤射の事故なら、こんなふうに木にもたれて地面に座ったままではなく、救急車に乗せられて病院へ急行するあいだに容体が安定するように救急救命士が処置をしてくれる。病院に着けばすぐにドアが開いて、看護補助員が飛びだしてきてわたしを運び入れる。医師が傷の治療をし、痛み止めをくれる。

だがこれは誤射の事故ではない。

父はわたしを撃ち、手錠をしてから、わたしの肩をつかんでアカマツの大木まで引きずり、幹にもたれる形で座らせる。どんな気分だか、言いあらわす気にもならない。

ランボーはいなくなっていた。わたしの武器を奪おうと父が尾根を駆けのぼってきたとき、わたしは犬に「ホーム！」と命じたつもりだが、実際に口に出したのか、命じようと思っただけなのか、判然としない。父に撃たれた直後の数秒の記憶は朦朧《もうろう》としている。

まばたきする。痛みから考えをそらそうとする。集中しなければ。父が降参すると思うとは、なんという愚かさ。チャンスを逃さず殺すべきだった。つぎはそうする。

父は地面に座って丸太にもたれている。わたしのマグナムを握り、わたしがベルトにつけていたナイフを腰にぶら下げている。携帯電話は使えない。バッテリーが切れているのではない。父はこのまえの記念日にわたしがスティーブンからもらったｉＰｈｏｎｅを見つけると、それを宙に放り投げて撃ったのだ。

父はすっかりくつろいでいる。当然ではないか。父が圧倒的に優位で、わたしに有利な点はひとつもない。

「おまえを傷つけたくなかったんだがな」父が言う。「おまえがそうさせたんだ」

ナルシストらしい言い草。なにが起きても、悪いのはつねにほかの誰かなのだ。

「おまえが出ていったから悪いんだ」答えないわたしに父は続ける。「おかげですべて台無しになった」

わたしたちの暮らしが崩壊したのはわたしのせいではないと言ってやりたい。多少でも理屈の通る相手なら、あんたが心に描いていた人生はどだい実現不可能だったと言ってやるのだが。沼地で望むがまま、思いのままの暮らしを築けるなどという幻想は、わたしが母の腹に宿った瞬間に終わったのだと。わたしは父の弱点、アキレス腱だった。父はわたしを育て、父自身の分身にしたてあげたが、それはみずからの滅亡の種をまく行為でもあった。母を支配することはできても、わたしを支配することはできなかった。

「死んだわ」わたしは言う。「母は死んだ」

なぜ父に伝えたのかわからない。母の死因を詳しく語ることもできないのに。わたしが知っているのは新聞で読んだことだけだ。母は四十一歳にして、自宅で急死した。母にふさわしい死に場所だと思う。祖母の家で暮らしていたころのわたしは、蝶や虹やユニコーンがべたべたと貼られたピンク色の壁に囲まれたあの部屋が、息苦しくてたまらなかった。沼地の外の世界のうるささや騒動にうんざりすると、家から出ずにいられなかった。ただ顔を上げて揺れる木々をながめているだけでよかった。だが母はちがった。いま思うと、沼地を離れたあと母が自室に引きこもっていたのは、そこが安全だと思える究極の場所だったからかもしれない。

父が鼻で笑う。「おまえの母親は期待はずれだった。もう一方にすりゃよかったとよく思ったもんだ」

「もう一方？」母があの日、遊んでいた子のことか？　さも失望したように母の誘拐を語る父に気が滅入る。わたしは父が母を誘拐した日のことを考える。母が迷子の犬の話にどんなふうにだまされ、父が自分に害を及ぼそうとしていると気づいてどれほど恐ろしかったか。いもしない犬を捜すのを手伝っているうちに、父の嘘に気づいた瞬間があったはずだ。うちに帰らないと、と母は言っただろう。たぶん何度も。両親が捜しに来るわ、と。そう、おずおずと、許しを求めるように。いまとちがって、当時の少女たちは自己主張するように育てられていない。父はもうしばらく手伝ってくれたらアイスクリームを買ってあげると約束したかもしれない。カヌーに乗せてあげるという誘い文句で、母の気を引いたかもしれない。目的達成のためとあらば、父は抜群の説得力を発揮する。

母がどう思い、どう感じていたにせよ、カヌーに乗った瞬間、母の負けが決まった。ニューベリーを出たターカメノン川は、東へ数キロにわたって広葉樹の森のなかを流れ、川幅もそれほど広くない。困ったことになったと気づいたとき、母はカヌーの縁から飛びこんで岸まで泳ぐことを考えたかもしれない。川が曲がるたび、釣り人や家族がいて助けを求められるかもしれないと、息を詰めて身構えたのではないか。でも川が沼地へ流れこむと、もはやこれまでだと悟ったはずだ。わたしは沼地を美しいと思うが、母には、風にそよぐ草地がどこまでも続く風景が月のように荒涼として見えただろう。そのときにはもう迷子の犬などいないこと、父にだまされたことに気づいていただろうか？　二度と友だちに会えないことは？　自分の家、自分の部屋、自分の服、おもちゃ、本、映画、両親。そういうものから切り離されたことに？　母は泣いただろうか？　叫んだだろうか？　戦ったただろうか？　それともその後の十四年と同じように遁走《とんそう》状態に逃げ場を求めたのか？

母は一度もあの日のことを詳しく語らなかったので、わたしには推測することしかできない。

「はじめからそのつもりだったのね」父の計画がわかってくる。「セニーストレッチで看守を襲ったのは、わたしの家のそばで逃走したら、わたしが捜すとわかっていたから。わたしを人質にしたのは、わたしにカナダとの国境まで運転させて、カナダへ逃れるため」

問題はわたしのトラックのタイヤが四本ともパンクしていることだが、父はその点についても解決策を考えてあるはずだ。

父がほほ笑む。わたしに追跡のしかたを教えていたころと同じ笑顔。それも、わたしが正しくできたときではなく、まちがえたときの笑いだ。

「まあな。だが、おれを国境まで送らせるためじゃないぞ、バンギ・アガワテヤ。おまえもいっしょに来るのさ。家族になるんだ。おまえ。おれ。おまえの娘たち」

時間をかけて父の言葉が胸に落ちる。わたしが口でどう言ったとしても、父は、わたしが喜んで娘たちを連れて父についていくことなど絶対にないと知るべきだ。そんなことをするくらいなら死んだほうがまし、喜んでこの命を差しだす。父にまた会いたいと思っていたことが信じられない。この男を愛したことがあったとは。この男は息を吸うように、たやすく人を殺す。望みのものがあれば、手に入れて当然だと思っている。母。キャビン。わたしの娘。

父が言う。「そうだ。おまえの娘らだ」わたしの頭のなかを見透かしたように父が言う。

「まさかおれたちが、あの子らを連れずに行くとは思ってないだろうな?」

おれたち? いや、おれたちではない。すべては父だけのためだ。これまでずっとそうだった。母とわたしは知らず知らずのうちに、なにもかも父の意向に添っていた。父に言われた時間に言われたものを食べ、着ろというものを身につけ、命じられた時間に起床し、就寝した。マリとアイリスをそんなふうに支配させてはならない。それにスティーブンは地どうなるのか? いったい父はわたしの夫をどうするつもりなのか。スティーブンは地果てまで娘を捜すだろう。親なら誰だってそうだ。どう考えても悪い結果にしかならない。

そこで父がわたしに娘がふたりいることを知っているという事実に思いあたる。父が刑務所にいた十三年間、わたしたちのあいだに接触はなかった。わたしは子どもたちの成長をオンラインで披露するたぐいの親ではないし、百歩譲ってそうしていたとしても、受刑者にはインターネットの閲覧が許されていない。事件を知っている人から見ればわかりきった理由から、わたしは世間の注目を集めるようなことをいっさい避けて、目立たないように暮らしてきた。自家製のジャムとジェリー作りで生計を立てている。それなのにどういうわけか、父はわたしの家族を知っている。

いや、知っているのか?

「なぜわたしに子どもがいると思うの?」

父は死んだ男の上着のなかに手を入れて、ページの隅が折れた『トラバース』誌を取りだす。見覚えのある表紙に、わたしは落ちこむ。父がわたしの足元に雑誌を放る。落ちた雑誌が開いて、わたしとスティーブンと娘たちの写真があらわになる。わが家の私道の脇にある、落雷で傷ついたカエデの古木のまえで撮った写真だ。特徴のある木。それが自分が育った家の私道にある木とあらば、一目瞭然だろう。記事に娘たちの名前は載っていないが、その必要もない。この写真一枚で父が知りたいことはすべてわかる。

記事が掲載されてスティーブンは誇らしげだった。雑誌のインタビューを取りつけたのはスティーブンだった。何年かまえ、経済が崩壊して、ガソリン価格が高騰し、観光客の足が遠のき、ジャムの売上が落ちたあとのことだ。名前が雑誌に載るのはなんとしても避けたかったけれど、スティーブンに真実を告げずに断る理由を思いつけなかった。これで通販の売上が伸びると彼は言ったし、事実そうなった。記事が載ると、遠くはフロリダやカリフォルニアに移り住んだミシガン人から注文が入るようになった。

正直に言うと、こんなに自分の痕跡をうまく隠したのだから、記事は問題にはならないと思っていた。のんきすぎると思われるかもしれないが、アッパー半島で自分を作り替えるのは想像するよりたやすい。町と町のあいだは五、六十キロしか離れていないけれど、それぞれが別の世界なのだ。住民は町のなかだけで過ごす——アッパー半島で暮らす人々が元来、独立独歩の気風だからというだけでなく、そうやって生きていかなければならないからだ。〈Kマート〉へ買い物に行くにも、映画を観に行くにも六十キロ以上、車を走らせなければならないとなれば、おのずと手近なところで満足するようになる。

沼の王とその娘については誰もがよく知っている。だが、ニューベリーからグランドマレーに移ってきたころには、わたしは新聞の写真のなかの野性的な十二歳の子どもとは似ても似つかぬ外見になっていた。おとなになり、髪を切り、金髪に染め、姓を変えた。人前に出るときはタトゥーを隠すために化粧までした。周囲の人にとって、わたしはホルブルック家が住んでいた土地を買った女性にすぎず、それでよかった。

あの雑誌がいつか刑務所の図書室にならび、父の独房に届く日が来るとわかっていれば、絶対に取材に応じなかった。写真の娘たちの顔はかすれていた。父は計画を立てながら、夢想しながら、いったい何度、写真の顔を撫でただろう？　わたしの娘に対して、愛する祖父を演じる父……いっしょに遊び、くすぐり、物語を聞かせる……そんなことは考えたくもなかった。

「なあ、娘らはジェリーやジャム作りを手伝ってくれるのか？」父が近寄り、マグナムをわたしの胸に押しつける。父の息から、朝食に焼いたベーコンのにおいが嗅ぎ取れる。「おれから隠れられると思ったのか？　名前を変えたのは、おれが父親であることを否定するためか？　おまえはおれの土地に住んでるんだぞ、ヘレナ。まさか本気で見つからないと思ってたわけじゃあるまいな？」

「娘たちに手を出さないで。わたしの家族を巻きこまないなら、なんでもする」

「おまえはあれこれ言える立場じゃないんだ、小さな影」

わたしのあだ名を呼ぶ声には温かみのかけらもなく、目にも輝きがなかった。子どものころの記憶にある父の魅力は、刑務所で長年過ごすうちに消滅したのかもしれない。最初からなかったのかもしれない。記憶というものはあてにならない。とくに子どものころの記憶は。わたしが事実とはちがうと知っていることを、アイリスは本気で実際に起きたこととして話す。ひょっとしたらわたしの記憶にある男はもともと存在していなかったのかもしれない。わたしが起きたと思っているできごとも、実際は起きていなかったのだろう。

「無理よ」わたしは言わずにいられない。父は笑う。気持ちのいい笑い声ではない。「逃げきれるはずないわ。誰よりそれがわかってるはずだけど」

沼での最後の日を思いだす。残念ながらこれは現実だ。

父はマグナムをわたしの家の方向へ動かし、立ちあがった。「そろそろ行くぞ」

わたしは木を支えに立ちあがる。そして歩きはじめる。父と娘。いまふたたび。

24

キャビン

けれどこんなヘルガにも一日のうちでおとなしくなる時間があった。たそがれどきだ。日がかげってくると、黙って考えこむようすになり、人の話にも耳をかたむけ、すなおに言うことをきいた。そして隠されていた思いが、彼女を母親に近づかせるようだった。

バイキングのおかみさんはヘルガを膝にのせ、その醜い姿形をものともせず、悲しげなひとみをのぞきこんだ。「いっそ口をきかないカエルのままでいてくれたらねえ。美しさがおもてに出てきたときのおまえの恐ろしさときたら。おまえのことでひどく苦しんでいることを、わたしは主人たる夫にも打ち明けていないんだよ。おまえのことでどれほどこの胸を痛めていることか！」

するとみじめなカエルは身震いした。おかみさんの言葉が、からだと魂をつないでいる目に見えないなにかに触れたのか、目に大粒の涙がうかんだ。

――ハンス・クリスチャン・アンデルセン『沼の王の娘』

わたしはその日一日じゅう、薪小屋にいる男のことを考えていた。わたしの父と母に関して、わたしの知らないなにを話すつもりなのだろう？　大事なことにちがいない。あの男が父から殴られたのは、それを話しかけたせいなのだから。こっそり薪小屋に忍びこんで尋ねたいと何度も思ったけれど、父がキャビンを離れず、水汲みをしたり、薪を割ったり、チェーンソーの刃を研いだりしているので、そうもいかなかった。

わたしは一日じゅう家のなかで過ごした。わたしの人生において、もっとも長くて単調で刺激がなくて退屈な日になった。父から言われて母のジェリー作りを手伝ったあの日よりもっとひどかった。腕が折れているのはかわいそうだと思ったけれど、母の面倒などみたくなかった。くくり罠をしかけに行きたかった。穴釣りの穴を見に行きたかった。母の腕を折った父に対して怒り心頭だったにもかかわらず、父が春のシカ狩りに行くなら同行したかった。うちにいなくてよければ、なんでもいい。なにも悪いことをしていないのに、まるで罰を受けているようだった。

それでも、父と母から言われたことをすべてこなした。しかも、不平ひとつ言わずに機嫌よくやった。そのうちみんなが幸せになって、いつもの生活に戻れるかもしれないという望みをかけて。わたしは皿を洗い、床を掃除し、凍ったシカ肉の塊を鉈で小さく切って、母の指示どおり、ストーブで茹でた。母から求められるたびにノコギリソウのお茶を運び、ランチにはウサギのスープの残りを食べさせた。母が飲んだり食べたりするときは体を起こすのに手を貸し、母がおしっこをするときは台所から鉢を持っていって、終わると屋外便所まで捨てに行った。父からはノコギリソウのお茶を飲めば出血が止まると聞かされていたけれど、効果のほどは感じられなかった。父が折れた腕を吊るためにキッチンタオルで作った三角巾は、血を吸って堅くなっていた。シーツも同じ。できることなら洗いたかった。

正直に言うと、自分ですべてをやってみるまで、母がこなしていた仕事の多さに気づいていなかった。わたしが踏み台に乗って薪ストーブのうえの鍋をのぞき、夕食用に調理しているシカ肉が食べられる状態かどうか見きわめようとしていると（肉が煮えたかどうかどうしたらわかるのかと尋ねたら、母は、「フォークが自分の歯だと思って、肉にフォークを刺してみるのよ」と言った）、父が勝手口を開けて、顔だけのぞかせた。

「おいで」

わたしはストーブの奥に鍋を移して、いそいそと防寒具を身につけた。真っ暗になりつつあった。明るく天気のいい一日だったけれど、雲が流れこんできて気温が下がり、雪の予感をはらんだ風が吹きはじめている。わたしは凍るほど冷たい空気を吸った。刑務所から出された服役囚とか、生まれたときから閉じこめられていた動物園から野生に放たれた動物のような気分だった。父について庭を歩きながらも、嬉しくて飛び跳ねそうだった。

父はお気に入りのナイフを手にしていた。刃渡り十八センチのケーバーで、カーボンスチールの刃と、革で巻いた握りがついている。合衆国海兵隊が第二次世界大戦で使っていたのと類似のナイフだが、父のナイフは父が陸軍にいたとき手に入れたものだ。ケーバーは優れたコンバットナイフだ。接近戦に使えるだけでなく、缶詰を開けたり、塹壕《ざんごう》を掘ったり、木やケーブルを切ったりといった用途にも対応できる。それでもわたしは自分のボウイのほうが好きだったが。

すぐに薪小屋に向かっているのがわかった。前腕の傷が疼いた。あの男をどうするつもりかわからなかったが、たいがいの予測はついた。

わたしたちが入っていくと、男は手錠をいっぱいに引っ張って、後ろに下がった。父は男のまえにしゃがみ、手から手へとナイフを持ち替えて男に見せつけた。笑みを浮かべていた。することは決めてあって、どこからはじめるか迷っているふうだった。男の顔をしげしげと見たあと、その視線をゆっくり胸から股間へ這わせた。男が吐きそうな顔になる。わたしまで胸がむかむかしてきた。

父は唐突に男のシャツをつかみ、生地にナイフを突き刺した。首元からウエストまでシャツを切り裂き、ナイフの切っ先を胸にあてた。男が恐怖に引きつった声をあげた。父がナイフを強く押しつける。ナイフが皮膚を突き破った。男が叫んだ。父が胸に文字を刻みはじめると、男の声は悲鳴に変わった。

父は男のタトゥーに時間をかけて取り組んだ。タトゥーとは父の弁で、わたしには胸に刻まれた傷跡がタトゥーだとは思えなかった。

男が気絶すると、父は手を止めた。立ちあがり、外に出て手とナイフを雪で洗った。キャビンに戻るあいだ、わたしはめまいでくらくらし、膝に力が入らなかった。

男のタトゥーのことを母に話すと、母はシャツをまくって、父が刻んだ文字を見せた。

売女《ばいた》。尻軽。わたしには意味がわからなかったけれど、母から悪い言葉だと聞かされた。

翌朝、父は薪小屋の男を痛めつけることなく、春のシカ狩りに出かけていった。食べる口がひとつ増えたから、これまで以上に肉がいる、というのが父の言い分だった。だが、男にはなにも与えていなかったし、根菜貯蔵庫にはカモやガチョウが戻ってくるまでの野菜がたっぷりあったし、食料貯蔵室には缶詰類や保存食もあった。

父は猟に出かけるふりをしているだけだとわたしは考えた。そのへんに隠れていて、自分が出かけたあと、わたしが言いつけを守っているかどうか見張っているにちがいない。男には朝と夜、温かいチコリのお茶を一杯運ぶだけで、それ以外はなにも与えないことになっていた。チコリだけでどうやって生き延びるのだろう？　わたしが疑問に思っていると、父はそれでいいんだと言った。

父は男のことをハンターと呼んでいたが、わたしは彼の本名がジョンだと知っていた。

母は、ハンターの名字は発音どおりラウク‐カ‐ネンと表記して、どの音節のアクセントも同じだと言った。わたしは正しく発音するのに二回繰り返した。フィンランド系の名字は、子音や母音がふたつ重なっていて、一見すると発音がむずかしそうだけれど、実際はそうでもない。dumbの〝b〟とかswordの〝w〟とか、発音しない文字を表記に含む英語とちがい、フィンランド語の発音はほぼ表記どおりだからだ。

母とハンターは同じニューベリーという町で育った。母は沼に連れてこられるまえは、ハンターの一番下の弟と同じ学校に通っていた。その男の子に〝溺れ〟ていたと母から聞かされて、『ティーン』という雑誌に載っていたニール・パトリック・ハリスという三つの名前を持つ少年のことを思った。母はその少年にも〝溺れ〟ていたと言った。わたしは人に溺れるなんておかしいと思った。

母は、ハージュという母の名字も教えてくれた。知らなかったけれど、それもフィンランド系の名前だった。祖父母は結婚後まもなくフィンランドからミシガンに移住し、銅山で働いた。『ナショナル・ジオグラフィック』に地図があったので、フィンランドがデンマークとスウェーデンとノルウェーとならんでスカンジナビアの一部であることや、スカンジナビア人はバイキングの子孫であることを知っていた。つまり母はバイキング、その娘のわたしもそうだと思うと、すごく嬉しくなった。

こんなに饒舌《じょうぜつ》な母は記憶にないぐらい久しぶりだった。これで母の名字はわかったけれど、わたしは自分の名字を知らないことにふいに気づいた。ひょっとしたらないのかもしれず、その場合は、〝勇猛果敢なヘレナ〟と呼ばれたいと思った。母が育った町の名前もわかった。母がバイキングで、だからわたしもバイキングなのがわかった。もっともっと知りたかったけれど、母は話し疲れたと言って、目をつぶった。

わたしは上着を着て、薪小屋に出かけた。ハンターから彼と母が育った町の話をもっと聞けるかもしれない。その町には、ほかにもバイキングが住んでいるのかな？　わたしが知らない父と母のことというのも気になった。

薪小屋はひどいにおいだった。ハンターの胸の切り傷は赤く腫れていた。そして茶色の汚れがなすりつけられていた。父はタトゥーの部分に煤ではなく糞便を塗りこめていた。

「助けてくれ」ハンターが蚊の泣くような声で言った。最初は父に聞かれるのを怖がって小声にしているのだと思った。けれど、彼の首筋には青黒い痣があった。なぜ前夜、唐突にハンターの悲鳴がやんだのか、これでわかった。「頼む。ここを出ないと。手錠の鍵を持ってきてくれ。ぼくを助けて」

わたしは首を振った。ハンターに対する父のやり口はひどいけれど、ハンターが逃げるのに手を貸したら、わたしがどんな目に遭うかもわかっていた。「無理だよ。鍵は父さんが持ってる。いつもキーリングにつけて持ち歩いてるの」

「だったら、梁からリングを切りだしてくれ。きみの父親のチェーンソーで梁を切るんだ。

なにかしら手がある。頼む。ぼくに手を貸してくれ。家族がいるんだ」

わたしはまた首を振った。ハンターは自分がなにを頼んでいるのかわかっていない。たとえわたしがそう望んだとしても、梁を切ってリングをはずすことはできない。鉄製のリングとそれが固定されている支柱は恐ろしく頑丈だった。このキャビンを建てた人たちがリングと支柱をそんなに頑丈にしたのは、父によると、薪小屋のなかに雄牛を繋ぐためだったらしい。そしてその当時は、薪小屋のなかに詰まっていたのは木材ではなくて藁だった。じゃあ、薪小屋はむかし雄牛小屋とか藁小屋だったのとわたしが尋ねると、父は大笑いした。それにチェーンソーは、父が使うのはしょっちゅう見ているけれど、自分では扱ったことがなかった。

「ヘレナ、きみの父親は悪い人だ。刑務所に入るべき人間なんだよ」

「なにをしたの？」

ハンターは戸口をちらっと見て、父が聞いているのを恐れるようにぶるっと身を震わせた。そんな心配はばかげていた。薄板のあいだが隙間だらけなので、父が外で盗み聞きをしていれば、わたしたちにも見える。ハンターは長いあいだわたしを見つめていた。

「きみのお母さんが少女のころ」ついにハンターが話しはじめた。「いまのきみと同じぐらいの歳のころ、きみの父親が彼女を連れ去った。彼女を家族から引き離して、彼女が望んでいないのに、ここへ連れてきたんだ。誘拐したんだよ。誘拐って、どういうことかわかるかい？」

わたしはうなずいた。ヤノママミ族はよくほかの部族の少女や女性を誘拐してきて、自分たちの奥さんにする。

「みんな必死に彼女を捜した。いまも捜してる。きみのお母さんは家族のもとへ帰りたがってる。そしてきみの父親は罪を犯したんだから、刑務所に入らなきゃならない。頼む。ぼくが逃げるのに手を貸してくれ。もし手を貸してくれたら、きみときみのお母さんも連れていく。スノーモービルに乗せると約束するよ」

わたしは返事に困った。父をアルカトラズ島とかバスティーユ監獄とかデビルズ島とかロンドン塔とか、そういう刑務所に入れるのはいやだった。それにハンターが誘拐を悪いことだと思っているらしいのも理解できなかった。誘拐がだめなら、どうやって奥さんをもらったらいいの？

「ぼくの言うことが信じられないなら、きみのお母さんに尋ねてみてくれ」立ちあがって小屋を出ようとするわたしに、彼が言った。「ぼくの言葉を裏付けてくれる」

ノコギリソウのお茶を準備して、母の部屋に運んだ。お茶を飲む母にハンターから聞いたことをすべて話した。わたしが話し終わっても、母は長いあいだ黙っていた。眠ったのかと思ったほどだ。母がうなずいた。

「そのとおりよ。わたしは少女のころにあんたのお父さんに誘拐された。線路脇で空き家になってた駅長の家で女の子の友だちと遊んでたら、あんたのお父さんがやってきてね。犬が迷子になった、茶色の小さなコッカプーが走りまわっていなかったかと尋ねられたの。わたしたちが見てないと答えると、捜すのを手伝ってくれって。でも、ただの嘘だった。彼はわたしを川のほうに誘導して、カヌーに乗せ、キャビンまで運んだ。そして薪小屋に鎖で繋いだ。泣くと、殴られたのよ。帰してと頼んだら、食べるものをくれなくなった。逆らっただけ痛い目に遭わされたから、そのうち、彼の言うとおりにするようになった。わたしにはそれ以外にどうしたらいいかわからなかった」

母はブランケットの角で目元を拭いた。「あんたのお父さんは悪い人よ、ヘレナ。わたしを溺れさせようとしたし、あんたを井戸に閉じこめた。ジョンとわたしの腕を折った。それにわたしを誘拐したんだから」

「でも、ヤノマミはよその部族から女の人をさらってきて、奥さんにするんだよ。なんで誘拐が悪いのか、わたしにはわからない」

「じゃあ、もし誰かがうちにやってきて、あんたの意見を無視して、あんたを連れ去ったら、どう思う？　そのことで二度と猟や魚釣りや沼歩きができないとしたら？　誰かがあんたにそんなことをしたら、あんたはどうする？」

「殺してやる」わたしは即答した。それでわたしにも納得がいった。

その日の午後、父が沼から帰ってきたとき、わたしは台所で忙しく立ち働いていて、父がハンターを殴ったり痛めつけたりするのを見ないですむようにした。それでも、彼の悲鳴や叫び声に耳をふさぐことはできなかった。

「殺される」そのあとだいぶして、わたしが夜の分のチコリを持っていくと、ハンターは言った。顔は腫れて痣だらけで、話すこともままならなかった。「きみの父親が出かけたらすぐに、スノーモービルに乗ってってくれ。お母さんを連れてくんだ。そしてぼくのために人を呼んで」

「無理だよ。スノーモービルの鍵は父さんが持ってる」

「予備のキーが後ろのコンパートメントにある。うえに乗っかってる金属製の箱だ。スノーモービルの運転はむずかしくない。ぼくが教えるから、頼む、助けを呼んできてくれ。手遅れになるまえに」

「わかった」わたしがそう答えたのは、それがハンターの望みだったからではないし、母やハンターが言うように父のことを刑務所に入れるべき悪い人だと思ったからでもない。このままではハンターの命がないからだった。

わたしはおがくずのうえにあぐらをかき、わたしが知っておくべきことすべてに注意深く耳を傾けた。ずいぶん時間がかかった。ハンターはひどい痛みに苦しんでいた。父に顎の骨を折られていたのだと思う。

それから二日間は判で押したように過ぎた。わたしは自分と父のために朝食を作る。あとは水汲みをして、火を絶やさず、父が沼地に出かけているあいだに調理と掃除をこなす。そして平穏無事なふりをする。母とハンターは死にかかっていないし、父は悪い人ではない。これまで育ってくる過程でよかったことに意識を向けるようにした。わたしがカモの囲いを造るとき、野生のカモはニワトリのように閉じこめておけないのを知っていただろうに、父が板と釘をくれたこととか、バイキングの記事を読んだあと、わたしの頼みどおり、〝恐れ知らずのヘルガ〟と呼んでくれたこととか、小さいわたしを肩車して沼をそぞろ歩いてくれたこととか。

三日めの朝、クストーとカリプソが会議《パウワウ》を招集した。母は寝室に、ハンターは薪小屋に、ランボーは物置に、父は沼にいた。わたしたち三人はリビングに敷かれたわたしのクマ皮のラグにあぐらをかいて座った。

「行かなきゃだめだ」クストーが言った。

「いますぐ」カリプソがつけ加えた。「あなたのお父さんが帰ってくるまえによ」

わたしはまだ踏ん切りがつかなかった。父の許可なく立ち去ったら、二度と戻ってこられない。

「母さんはどうしたらいいの？」母の折れた腕や、食べたり飲んだりするにも手を貸さなければならないことが気がかりだった。「スノーモービルには乗れないよ。つかまれないもん」

「あなたのまえに乗せればいいわ」カリプソは言った。「体に手をまわして、支えながら運転するのよ」

「ハンターは？」

クストーとカリプソは首を振った。

「あんなに弱ってちゃ、きみの後ろには座れない」クストーが言った。

「腕が折れてるし」カリプソが続けた。

「彼を置いてくなんてやだよ。わかるよね、父さんが戻ってきて、わたしと母さんがいないのに、ハンターだけいたらどうなるか」

「ハンターはきみを逃がしたがってる」クストーは言った。「彼が自分で言ったんだよ。きみを行かせたくなかったら、スノーモービルの運転なんか、教えないからね」

「ランボーは？」

「ランボーは走ってついてくるさ。でも、とにかくきみは行かなきゃ。いますぐ、今日のうちに。お父さんが帰ってきちゃうよ」

わたしは唇を噛んだ。なんでこんなに決められないのか、自分でもわからなかった。母とハンターの命が長くないことはわかっていた。動物の死を多く見てきたので、その兆候がわかるのだ。今日母を連れて出なければ、母は一生、この沼地から出られないだろう。

この話をしたらきみの決断をうながせるかも、とクストーとカリプソは言った。わたしがとても小さなころ、母がわたしに話して聞かせた物語——おとぎ話というのだそうだ。事実ではないけれど、そこには父が語るインディアンの伝説みたいに教訓が込められているのだとか。小さいころ、おとぎ話が大好きだった母は、ハンス・クリスチャン・アンデルセンという人が書いたお話の本と、グリム兄弟と名乗る男性ふたりが書いたお話の本を持っていた。クストーとカリプソによると、わたしがまだ赤ちゃんのころ、母はわたしにおとぎ話を話して聞かせていたんだそうだ。母のお気に入りは『沼の王の娘』だった。母自身の身のうえと重なったからだ。

これはエジプトの美しい姫さまと、沼の王の娘という鬼のように残酷な娘の物語で、このヘルガと名付けられた娘がわたしにあたる。ヘルガが赤ん坊のとき、コウノトリが睡蓮《すいれん》の花のなかで眠っているヘルガを見つけて、バイキングの館に運んだ。子どものいないバイキングのおかみさんが、まえから赤ん坊を欲しがっていたからだ。バイキングのおかみさんは小さなヘルガに愛情を注いだけれど、昼間のヘルガは、乱暴で手に負えない子だった。ヘルガは養父に懐き、バイキングの暮らしを愛した。弓矢を使い、馬に乗り、どんな男よりもナイフの扱いに長けていた。

「わたしみたい」

「そうだよ、きみみたいだろ」

日中のヘルガは母親譲りの美しい娘だったが、性質は実の父親に似てねじ曲がっていて荒々しかった。夜になると、母親譲りの穏やかでやさしい性質になるものの、体のほうはおぞましいカエルの形になった。

「カエルはべつにおぞましくないよ」わたしは言った。

「そこは問題じゃないから」クストーは言った。「黙って聞いて」

クストーとカリプソは、ふたつの性質にはさまれてもがく沼の王の娘のようすを話した。正しいことをしたかったり、したくなかったり、その狭間で揺れ動くのだ。

「でも、どうやったらどっちがほんとの自分の性質だってわかるの？」わたしは尋ねた。

「自分がいい心の持ち主なのか、悪い心の持ち主なのか？」

「彼女はいい心を持っていたの」カリプソは力説した。「父親が捕まえた修道士を救ってあげたとき、それが証明されたのよ」

「どうやってやったの？」

「いいから、聞いてて」カリプソは目をつぶった。

これから長い話がはじまるということだ。父も同じだった。父は、目を閉じることで頭のなかに物語が広がり、言葉を思いだしやすくなる、と言っていた。

「ある日、バイキングのかしらが長い遠征から捕虜を連れて帰ってきたの。キリスト教の修道士よ」カリプソはこう切りだした。「かしらは修道士を地下牢に閉じこめて、つぎの日にバイキングが信じる神々に捧げるつもりだったの。その夜、縮んでカエルになった娘は、ひとりで部屋の片隅にいた。あたりには深い静けさが広がっててね、そこにときおり、押し殺したようなため息が聞こえてきた。魂の奥のほうから、そうヘルガの魂から絞りだすような声だった。その声は、心のなかに新たな生命が芽生えて、その痛みにあえいでいるみたいだった。

ヘルガは一歩まえに出て、耳をすまし、また一歩まえに出ると、不器用な手で扉に横向きに渡してある重たい棒をつかんだわ。そして苦労してそうっと独房の扉を閉じてある鉄製のボルトをはずし、なかに入った。修道士はうとうとしてた。彼女は冷たく湿った手で彼に触れ、目を覚ました修道士はおぞましい姿をまのあたりにして、世にも不快な幽霊を見たように身震いした。彼女はナイフを抜いて修道士の手と足のいましめを切り、手ぶりでついてくるように伝えたの」

わたしはその話に懐かしさを覚えた。知っているはずだとふたりは言った。だとしても、まだ思いだせなかった。

「ほんとに覚えてないの？」カリプソが尋ねた。

わたしは首を振った。どうしてふたりが母のおとぎ話を覚えていて、わたしが覚えていないのか、わからなかった。

「カエルになった娘は垂れ布に隠された長い回廊を歩いて、修道士を厩《うまや》まで導くと、一頭の馬を指さしたわ。修道士はそれに乗り、彼女もそのまえに飛び乗って、馬のたてがみにしがみついた。ふたりは深い森を抜け、原野を横切り、ふたたび道なき森に分け入った。修道士はそのうちに彼女のおぞましい姿が気にならなくなってきたの。神の恩寵が闇の霊を介して働いているのがわかったからよ。修道士が祈りを捧げて、賛美歌を歌うと、彼女が震えた。伸びあがって、止まってほしがり、馬から飛びおりようとした。でも、修道士は全力で彼女を抱きかかえて、賛美歌を歌いつづけたわ。そうすれば彼女をカエルに似たなにかに変えている悪い魔法を解くことができるというように」

カリプソの言うとおりだった。この話は以前にも聞いたことがある。わたしが存在に気づいていなかった記憶が意識の片隅にあり、それが波立つ池のように渦を巻きながら、表に出てきた。わたしが赤ちゃんのころ、母は歌ってくれた。ささやきかけてくれた。腕に抱きかかえてくれた。わたしにキスし、抱きしめた。そしてお話をしてくれた。

「その続きはぼくに話させて」クストーが言った。「お気に入りの場面なんだ」

カリプソがうなずいた。

ふたりは絶対に言い争わない。わたしはクストーとカリプソのそんなところが大好きだった。

「馬はそれまでにも増して力強く走ってた」クストーが話しだした。馬の走るようすを表そうと、熱っぽく両手を振った。目がきらきらして、ダンスを踊っているみたいだ。彼の目はわたしと同じ茶色だけれど、髪は母みたいに黄色い。カリプソのほうは髪が黒で目はブルーだった。

「空が赤く染まりはじめ、最初の朝日が雲を貫いて差しこんだ。澄みきったあふれるような日差しを受けたとたん、カエルが変わりはじめた。ふたたびヘルガに戻ったんだ。若くて美しいけれど、心のゆがんだ残酷なヘルガに。修道士は自分の腕のなかにいるのが、若くてきれいな娘になったことに気づき、その姿に恐怖した。

馬を止めて、背から飛びおりた。新しい魔法にかけられたら大変だからね。でも、ヘルガも馬から地面に降りたった。着ているのは、膝までしかない子ども用の小さな服だった。腰のベルトから尖ったナイフを取りだし、まるで稲妻のように、おののく修道士に襲いかかった。

『おまえをしとめてくれる!』彼女は叫んだ。『その体にナイフを突き刺して、おまえをしとめてくれる! 青白きこと、灰のごとし。ひげすら生えぬ奴隷め!』彼女はうえから襲いかかった。ふたりは激しく揉みあったけれど、目に見えない力がキリスト教の修道士に肩入れしているみたいだった。

修道士が彼女を押さえつけると、ふたりの頭上に枝を広げていた古いオークの木が彼に加勢したのか、ゆるんだ木の根が娘の足に巻きついて、たちまち動きを封じた。修道士は彼女が夜のあいだにしてくれた愛情に根ざした親切な行為を穏やかに話して聞かせた。あなたは醜いカエルの姿で現れて、いましめを切り、命と光のほうへ導いてくれました、と。さらに、自分よりもあなたのほうがきつい足枷をはめられている、自分に任せてくれればあなたも命と光の世界に戻ることができる、と言ったんだ。彼女は腕から力を抜き、青白い頬をした彼を見ると、驚いたような顔になった」

わたしも驚いていた。父から聞かされていた話とは、まったくおもむきの異なる話だ。

「ヘルガと修道士は深い森を出て、荒野を横切り、ふたたび道なき森に分け入った」クストーは話を再開した。「そして、夜が近づいたころ、ふたりは盗賊たちに出くわした。『そのきれいなあまっこをどこからくすねてきやがった？』盗賊たちは口々に言うと、馬のくつわをつかんで、乗っていたふたりを引きずりおろした。修道士にはヘルガから奪ったナイフしか身を守るものがなかったんで、そのナイフを右へ左へ突きだした。盗賊のひとりが斧を振りあげたけど、若い修道士は脇に飛びのいて斧を逃れた。力いっぱい振りおろされた斧は、馬の首を直撃した。血が噴きだして、馬は地面に崩れ落ちた。

するとヘルガが長い夢から目を覚ましたように、急いで死にゆく馬に身を投げた。

修道士は攻撃から彼女を守ろうとわが身を投げだしたけれど、盗賊のひとりが思いきり振るった斧がその頭に命中した。血と脳味噌があたりに飛び散り、死んだ修道士は地面に倒れた。

盗賊たちはきれいなヘルガの白い腕とほっそりした腰をつかんだ。でも、そのとき日が沈んで、最後の光が消えると、彼女はカエルに姿を変えた。顔の半分が緑がかった白い口になり、腕はつるつるで細くなる一方で、水かきのある大きな手がうちわみたいに広がった。恐怖におののいた盗賊たちは彼女を放し、彼女は盗賊たちのなかで、おぞましい怪物の姿をさらしてた」

「カエルはおぞましくなんか――」

カリプソがヘレナの唇に指を立てた。

「空にはもう満月が出てて」クストーは続けた。「その燦然《さんぜん》たる輝きを地球に投げかけた。そこへ茂みからカエルの姿をしたヘルガがのたのたと出てきた。ヘルガはキリスト教の修道士と馬の亡骸《なきがら》のそばにじっと立ってた。亡骸を見る目は悲しそうで、口からはしわがれた鳴き声が出てた。赤ん坊がわっと泣きだしたみたいだったんだ」

「これでわかったでしょ。彼女の悪い性質は半端じゃなかったのよ」カリプソが言った。「でも、いい性質のほうはもっと強かった。このお話はそれを教えてくれてる。あなたはどう？　いい性質を勝たせることができる？　そして、お母さんを連れて逃げられる？」

わたしはうなずいた。ずっと座っていたせいで、脚がこわばっていた。わたしたちは立ちあがって、足腰を伸ばし、台所に移動して、ドアの脇のフックから母のコートを取り、ブーツと帽子とミトンを持った。

「ここを出るの？」母のベッドに防寒具を置くと、母が尋ねた。

「そうだよ」わたしは答えた。カリブソが母の肩に腕をまわして、助け起こした。クストーが母の両脚をベッドの脇に垂らした。わたしは床に膝をついて母にブーツをはかせ、折れていないほうの腕をコートの袖に通して、三角巾のうえからコートのファスナーを閉めた。

「立てる？」

「やってみる」母は右手をついて、ベッドを押した。びくともしない。母の腕をわたしの首にかけて、もう一方の腕を母の腰にまわして、ベッドから立たせた。ふらついているが、立っていられる。

「急がないと」わたしは言った。

シカが撃てなければ父はまだ数時間戻ってこないが、撃てればそれよりもうんと早く帰ってくる。

わたしは母に手を貸して台所まで行った。弱りきった母を見て、スノーモービルまでたどり着けるかどうか不安になったものの、母には言わなかった。

「悪いけど、ヘレナ」母は苦しげな息の合間に言った。顔がまっ白だった。「座らせて。ちょっとでいいから」

スノーモービルに乗ったら休めると言いたかった。父がいつ帰ってくるかわからない、一分一秒の遅れが状況を一変させるかもしれない。だが、母を怖がらせたくなかった。わたしは椅子を引いた。「ここにいてね。すぐに戻るから」わたしたちがいなくとも、母にはどこかに行く力があるとでも言うように。

クストーとカリプソとわたしはポーチに立って、外を見渡した。父の姿はどこにもなかった。

「ちゃんと理解してる?」ポーチのステップをおりて、薪小屋に向かいながらクストーが言った。「自分のすべきことはわかってるよね? 修道士はわが身を犠牲にしてでも、ヘルガを救おうとしたんだよ」

「あなたはあなたとお母さんを救わなくちゃ」カリプソが言った。「ハンターも口がきけたら、そう言うはずよ」

わたしたちは入り口で立ち止まった。ウェンディゴの吐息もかくやと思わせるほどの悪臭だった。小便と大便。死と腐敗。ハンターの折れた腕は腫れて黒ずんでいる。シャツは切り裂かれ、胸は血と膿《うみ》がひどすぎて、もはや父が刻んだ文字が読めない。頭は片側に倒れ、目は閉じられて、息づかいは浅く切れぎれだった。

わたしはなかに入った。わたしと母にしてくれたことに対する感謝をハンターに伝えたかった。沼を抜けだすのに使えるスノーモービルを持ちこんでくれたこと、母をその両親に戻すチャンスをわたしにくれたこと、父と母に関する真実をわたしに教えてくれたこと。わたしは彼の名前を呼んだ。父が勝手に呼んでいる名前じゃなくて、彼の本名をだ。彼は答えなかった。

わたしは入り口を振り返った。クストーとカリプソがうなずく。カリプソは涙を流していた。

わたしはいま一度、父が帰ってきてわたしと母がいないのを知ったらハンターにするであろうことを思い起こした。そしてナイフを抜いた。

わたしは横によけるのを忘れなかった。

25

雨はやんでいた。わたしはそれを利用する方法を考えている。絶望的に聞こえることに気づく。まさにそうだから。父は二十四時間のあいだに四人殺した。わたしが阻止する方法を見つけださないかぎり、夫が五人めになる。

うちまであと一・五キロと迫っている。もう少しでビーバーの池に出る。それを通りすぎたら、湿地帯があり、草地があり、その先はもううちの裏庭で、悪いやつらを寄せつけずに家族の安全を守るための鉄条網が張りめぐらされている。

わたしがまえを歩き、父は背後からわたしのマグナムでわたしの動きを封じていた。死んだ看守から取りあげた拳銃は、父のジーンズの腰に差しこんである。わたしはできるだけゆっくりと歩く。それでも全然ゆっくりさが足りない。何度も選択肢を挙げてみるが、数が少ないので、たいして時間がかからない。まちがった道を教えて、家から遠ざけることはできない。なにせ父は行き先をよく知っている。力で父を圧倒して、三挺ある拳銃の一挺を奪うこともできない。手錠をはめられているうえ、撃たれて怪我をしているから。

となると可能性のある選択肢はひとつしかない。わたしたちが歩いているシカ道は、切り立った崖に接しており、崖の下には、ビーバー池の水が流れこむせせらぎがある。木立に隙間のある場所まで来たら、崖から転げ落ちるのだ。傾斜が急で、底まで確実に落ちる場所でなければならない。下をのぞきこんだ父は、せせらぎに横たわって動かないわたしを見て、重傷で斜面をのぼれないか死んだとみなし、わたしを放置して先に進むだろう。

頭から崖に突っこみ、負傷した肩で斜面を転げ落ちたら、痛みがあるはずだ。それもひどい痛みが。だが、父をだますには、本当に転げ落ちたように見せなければならない。派手でドラマチックな落ち方。実際に危険を伴わなければならない。そう、命の危険を。父はわざと転げ落ちたとは思わないだろう。父の想像の範疇《はんちゅう》には、家族のためにみずから喜んで犠牲になるような人間などいない。

この計画だと、崖の下で死んだふりをしているあいだにも父がわが家に近づくことになるので、気分的には抵抗があるが、父から離れる方法として考えついたのはこれだけだった。いまふたりで歩いているシカ道は、うちの裏手にある湿地をぐるっとめぐる遠回りだ。視界から父が消えたらすぐに、小川を渡ろう。対岸の斜面をよじのぼり、ビーバー池の下にある沼沢地帯を横切っていまの道に戻り、父を待ち伏せして、すべきことをする。父を傷つけるのはいやだが、先に手を出したのは父のほうだ。父はわたしを撃つことによって、ふたりのゲームのルールを変更した。いまやルールそのものがなくなったのだ。

もし父がそのままわたしの家に向かわず、斜面をおりてきて、小川からわたしを引っ張りだし、また斜面をのぼらせて、彼の捕虜として連れていこうとしたらどうするか。それならそれでやりようがある。父の首に腕をまわして、手錠で首を締めあげるのだ。小川に引きずりこみ、それしか父を阻止する方法がないのであれば、父を道連れにして溺れるまでのこと。

だが、わたしの読みではそうはならない。わたしには父の思考が読める。父のナルシシズムがわたしを利する。ナルシストは状況を変えるためなら計画の変更もいとわないが、終盤戦の変更はできない。父の目的はわたしより、わたしの娘たちを手に入れることにある。わたしは沼を出たとき、父ではなく母を選んだ。母を選ぶことで、父を失望させた。わたしの娘たちをさらえば、父は新たな機会を手にする。娘たちをこねくりまわし、強引に形づくって、自分を裏切った娘を超える新たな娘を手に入れるのだ。つまりわたしがいようといまいと、父はわたしの娘たちを追うことをやめない。

この読みが正しいことを祈る。

わたしはお膳立てをするため、一度つまずく。膝から倒れ、手錠をはめているにもかかわらず、腕を突きだして体を守ろうとする。頭が朦朧としていたら、そうなるからだ。地面に手を突いたとき、肩に走った痛みの強さに、息を呑む。わたしは悲鳴をあげ、丸まって動かない。必要とあらば黙りとおすこともできるが――痛みに耐えることに関しては、父から訓練されていた――わたしがもはや限界に達していて、崩壊寸前だと思わせたい。

父はわたしの脇腹を蹴って、わたしを仰向けに転がす。「立て」

わたしは動かない。

「立て」手錠をつかんで、わたしを立たせる。わたしはこんども悲鳴をあげる。本物の悲鳴だ。過去にあった父の残酷な所業のかずかずがよみがえる。用心深さを教えるため、わたしの親指を叩きのめしたこと。ただそうできるからというだけの理由で、ハンターに拷問したこと。まだよちよち歩きだったわたしを薪小屋に手錠で繋いだこと。父についてまわって質問するのがうっとうしいという理由だった。この男をわたしの夫や娘に近寄らせてはならない。

「さあ、歩け」

わたしは歩きながら、計画上、最適な場所を探るべく、道の前方をうかがう。木の一本ずつ、石のひとつずつに、記憶が呼び覚まされる。このぬかるみはアイリスがエンレイソウと五月に咲く花々を摘んで春のブーケを作った場所。マリが石をひっくり返して、腹の赤いサンショウウオを見つけたのはここ。スティーブンとふたりでワインを飲んで最初の記念日を祝いながら、ビーバー池に沈む夕陽をながめた岩の露出部。

わたしは木の根につまずく。パターンを確立するには二回でじゅうぶん。それ以上やるとかえって疑われる。

前方によさそうな木立の隙間がある。難があるとしたら傾斜が急すぎること。底まで三百メートル、六十度近い斜度があるが、バンクスマツではなく大きなシダ類におおわれている。これ以上の条件は望めそうにない。

わたしはなにもない場所でつまずく。落ちまいとするふりをしつつ、よろついて崖っぷちに近づき、崖から身を投じる。頭から突っこむ。どこにそんなことをするまともな人間がいるだろう?

負傷した肩が地面に叩きつけられる。わたしは唇を噛み、腕と脚の力を抜いて、斜面を転げ落ちていった。

下にたどり着くまで思ったより長くかかった。流れに押し寄せられた枝の山にぶつかるようにして、せせらぎのわずか手前でようやく止まり、動かなくなる。痛みのことは考えないようにして、父の物音に耳をすませる。家族のためよと自分に言い聞かせる。

そして静かな状態を保つ。もういい、と腹の底から思ったら少しだけ頭を起こし、崖のうえに視線を投げる。

作戦成功。父の姿は消えている。

わたしは起きあがる。肩に走った激痛に息を呑む。地面に転がって、目をつぶり、呼吸を心がける。こんどはゆっくりと起きあがる。上着のファスナーを開け、負傷した肩のほうを出してみる。さいわい、父の弾は皮膚の表面をかすめただけのようだ。残念なのは、大量の血を失っていること。

「大丈夫？」

カリプソが小川の岸辺に兄とならんで座っている。わたしの記憶にあるとおりの姿だった。クストーはいまだに赤い縁なし帽をかぶっているし、カリプソの目は夏の日の空のように青い。ふたりそろってワークブーツにオーバーオールにフランネルのシャツという恰好なのは、遅ればせながら気づいたけれど、それが彼らを想像した当時のわたしが知っていた唯一の服装だったからだ。わたしは三人の冒険物語を作るのが好きだったことを思いだす。

クストーが立ちあがり、手を差しだす。「おいで。急がないと。きみのお父さんが行っちゃうよ」

「あなたならやれる」カリプソが言う。「手を貸すわ」

わたしは手をついて立ちあがり、あたりを見まわす。小川はせいぜい六メートルぐらいの幅しかないが、両岸の土手の角度からして、中程は深さがあって、わたしの身長を超す可能性もある。手錠さえなければ、簡単に泳いで渡れるのだけれど、この状態だと、腕をまえに出してバランスを取ることもむずかしい。『ヘレナ、手錠のせいで泳げず、溺れてしまう』などという物語は願い下げだ。

「こっちだよ」クストーはヒマラヤスギの倒木が流れに垂直に転がっている場所にわたしを導く。これなら渡れる。わたしは倒木の上流側に足を踏み入れ、押し流されないよう丸太を支えにして進む。折れた枝や落ち葉が底に溜まり、枝はすべりやすい。わたしは時間をかけて、慎重に足の置き場を探る。あまりもたれかかると、その重みで丸太が動く。丸太が大きく動いたらどうなるか、考えすぎないようにする。

閃きのように記憶がよみがえる。父とわたしがカヌーに乗っていたときのことだ。わたしはとても小さかった。たぶんふたつか三つか。川の曲がりに来たとき、わたしは木の葉だか枝だか、目についたなにかに手を伸ばして、カヌーの横から転がり落ちた。叫ぼうと思って口を開けたら、あろうことか水が入ってきた。うえを見たとき、頭上の水が日光に照り返していたのを覚えている。わたしは本能の命ずるまま、足を蹴りだし、口を閉じていたのだけれど、その甲斐もなく、すぐに肺が爆発しそうになった。

そのとき父がわたしの上着をつかんだ。川からカヌーに引きあげて、砂州に急いだ。カヌーを岸に寄せて飛びおり、陸地にカヌーをあげた。そしてわたしを裸にし、自分のシャツを脱いで、シャツでわたしの全身をこすって温めだした。わたしの歯の根が鳴らなくなると、わたしの服を絞って砂地に広げ、わたしを膝に抱きあげて、服が乾くまで話を聞かせてくれた。

今回は自分ひとりだ。

わたしは一歩また一歩と、慎重に歩を進め、ついに向こう岸にたどり着く。川岸をのぼりきってうえを見ると、エベレストと見まがうばかりの、気力を萎えさせる斜面がそびえている。わたしは斜面に挑む。ゆるんだ石灰石の崖を斜めにのぼっていく。必要なときは木や枝に手錠を引っかけて休みながら、疲れや痛みを押しのけ、脳とは無関係に肉体を機能させようとする。長距離走者のように、肉体が止まってくれと悲鳴をあげてからも、なお進みつづけるトランス状態をめざして。そのあいだもずっと、クストーとカリプソはサルのように難なく先を進んでいる。「きみならやれる」挫けそうになるたび、ふたりが励ましてくれる。

ようやくのぼりきった。片方の脚をぐっと持ちあげ、仰向けに転がって、あえぎあえぎ息をする。息がつけるようになると、立ちあがる。ヘラクレスなみのがんばりを見せたわたしをクストーとカリプソが褒めてくれるのを期待して、周囲を見まわす。けれど、わたしはひとりだ。

26

キャビン

ヘルガはキリスト教の修道士と死んだ馬のなきがらをまえに、膝をつきました。そして荒れ沼で暮らす養い親のお母さんを思いました。自分を育ててくれた、やさしい目をしたお母さん。お母さんは涙をながして、カエルのなりをしたヘルガを哀れんでくれました。ヘルガはまたたく星々を見あげて、森をぬけて荒れ地をよこぎるとき、死んだ修道士のひたいから放たれていた輝きを思いだしました。

雨だれでも石をうがつことができるといいます。うちよせる海の波は、岩のとがりをけずりとります。それと同じように、ヘルガにしたたり落ちていた慈悲のしずくが、その強情な心にやさしさをもたらし、荒々しい気性をやわらげていました。

そのことはまだおもてにはあらわれておらず、本人にも、わかっていませんでした。地中にうまった種と同じです。命をめざめさせる水と太陽のぬくもりがふりそそぐまで、種は自分のなかに花を咲かせる力を宿しているのを知らないのです。

――ハンス・クリスチャン・アンデルセン『沼の王の娘』

わたしは薪小屋を出て、キャビンに向かった。両手が震えていた。ハンターを手錠からぶら下げたまま置いてくるのはしのびなかった。人が死んだら、死体を洗い、身なりを整えて、きちんとした服を着せ、カバノキの樹皮に包んで、森に浅く掘った墓穴に埋葬しなければならない。この世からあの世へと楽に移っていけるよう、祭司なり呪医なりが死者に話しかけ、精霊にタバコを捧げる。父がハンターをうちのゴミ穴に投げ捨てるのではなく、インディアンの伝統にのっとって埋葬してくれることを祈るしかなかった。

「ガソリン」クストーが言った。「スノーモービルにガソリンを入れて、途中で切れないようにしないとね」

「そうそう」カリプソが言う。「ハンターがここまでどれくらいの距離運転してきたかわからないもの。タンクがほとんど空になってるかもしれないわよ」

自分で気づかなきゃいけなかった。とはいえ、ここまで一気呵成に進んでいるので、つぎにすべきことを考えるのがむずかしい。クストーとカリプソがそばにいて、助けてくれるのがありがたかった。わたしはスノーモービルをうちの自重供給ガソリンタンクまで押していった。父はガソリンの残量がわかるよう、タンクのうえにある穴に長い棒を差し入れて調べ、タンクの外に残量を示す線を引いていた。わたしが黙ってガソリンを抜いていったと知ったら、機嫌を損ねるだろう。もっと早いうちにハンターに尋ねておくべきだったと思った。

「この種類でいいと思う?」

「スノーモービルはチェーンソーと似た音がするよね」クストーが言った。「だからチェーンソーミックスを使って」

父はチェーンソーに給油するときは、ガソリン二ガロンに対して一パイントずつオイルを混ぜていたので、わたしはまず大きな赤色の金属缶にオイルを入れておいてから、缶の口すれすれまでガソリンを注ぎ、それをスノーモービルのタンクの口ぎりぎりまで入れた。

「もう一度缶をいっぱいにして」カリプソが言った。「用心のために、後ろに縛りつけていくのよ。なにがあるかわからないもの」

わたしは走って物置からロープを持ってきた。ガソリンを入れた缶をくりつけ、スノーモービルを裏のステップのすぐ近くまで押した。わたしがなかに入っているあいだ、クストーとカリプソはポーチで待っていた。母はまだ食卓の椅子にかけていた。腕を枕にして伏せ、目をつぶっている。湿った髪が乱れて広がっている。一瞬、死んだのかと思ったら、母が顔を上げた。痛みで額に皺が寄り、顔は青ざめている。立ちあがろうとして揺れ、ふたたび椅子に腰かけた。この母をスノーモービルに乗せるのは、思っている以上の難事業になりそうだ。

母のいいほうの腕をわたしの肩にかけて手首をつかみ、わたしの左腕を母の腰にまわして、母を立たせた。太陽の角度からして、正午前後だ。この時季は夕食を終えるころには真っ暗になっている。六時間で足りることを祈った。

最後にもう一度、うちの台所を見まわした。わたしたちの食卓。箱形のストーブ。そのうえにかけられた紐には父の下着がかかっている。母がパイを作ったことのないわが家では、パイ用のカップボードに皿がしまってある。ジェリーとジャムがならぶ棚。移動中の食料をリュックサックに詰めようかと思ったけれど、クストーとカリプソがそろって首を振った。

みんなでステップを下った。母が転びそうで怖かった。転んだら最後、引きあげられる自信がないので、母が転びそうになったときに備えて、クストーとカリプソが両側についた。母をスノーモービルのところまで連れていくのに、長い時間がかかった。母をスノーモービルに腰かけさせると、すかさず反対側にまわって、母の脚を正面に向けた。

「縛りつけたほうがいいかな？」母はぐらついていて、座っているのもやっとだった。

「念のためにそうしたほうがいいかもね」カリプソが言った。

「でも、急いで」クストーが口を添える。

わたしが急いでいないとでも？

また走って物置小屋からロープを持ってきた。母の腰にまわして、その端をハンドルに結びつけた。わたしはハンターのヘルメットをかぶった。すごく重いうえに、ガラスが黒くてまえがよく見えない。そこでわたしの代わりに母にかぶせ、スノーモービルの背後にまわって小物入れを開け、予備のキーを見つけた。ハンターから聞いた話だと、スノーモービルにはエレクトリックスタートというものがあって、それにはキーをまわすだけでいいらしい。すぐにエンジンがかからないときは、スノーモービルが極寒のなか昼夜数日間にわたって放置してあったからかもしれない。でも、そうでない可能性もあるから、すぐにキーを放してスターターを焼きつかせないようにしながら、エンジンがまわりだすまでそれを繰り返すのだとか。耳で聞くほど複雑でないことを祈った。

わたしは母とガソリンタンクのあいだに体を押しこみ、母の体の脇を通してハンドルを握った。二回めでエンジンがかかった。体を横に傾けて、母の向こうを見た。ブレーキを放して、スロットルを開く。スノーモービルが飛びだした。スロットルを閉めると、ハンターが言っていたとおり、速度が落ちた。ふたたびスロットルを開くと、こんどもスノーモービルが飛びだした。わたしは庭をゆっくり一巡して感触を確かめると、速度を落としてハンターが尾根の側面に残した道をたどりだした。

「大丈夫?」わたしは沼まで来ると叫んだ。返事はなかった。ヘルメットをかぶっているせいか、うるさいエンジン音のせいで、わたしの声が聞こえないのかもしれない。もうひとつ返事のない理由はありえたけれど、それについては考えたくなかった。

わたしはスロットルをめいっぱい開いた。風が頬を刺し、髪を吹き流した。途方もないスピードに叫びたくなった。ちらっと背後を振り返った。ランボーは楽々とあとをついてくる。ハンターから聞いていた速度計は十二を示していた。ランボーがこんなに速く走れるなんて、思ってもみなかった。

運転しながら祖父母のことを考えた。どんな人たちだろう？　祖父母はわたしの母を捜すのをやめなかった、娘に再会できたら大喜びする、とハンターは言っていた。わたしは祖父母を好きになれるだろうか？　ふたりはわたしのことをどう思うだろう？　ふたりが車を持っていたら、その車で出かけるのはどんな気分だろう？　いつか祖父母と列車の旅に出られるだろうか？　バスとか飛行機はどうだろう？　わたしはいつかブラジルのヤノマミ族を訪ねてみたいと思った。

そのとき、なにかが空を切ってわたしの頭の脇を通りすぎた。同時に鋭い叫び声が沼地にこだました。

「ヘレナ！」父が叫んだ。鋭い怒声だったので、スノーモービルの音がしていてもはっきりと聞こえた。「いますぐ戻れ！」

わたしは速度を落とした。あとになってみると、振り向くことなく、エンジンを吹かすべきだった。だが、わたしには父に逆らう習慣がなかった。

「このまま行って」母が突然正気づいて、声をあげた。「止まらないで！　早く！」

わたしはスノーモービルを停めて、振り返った。うちのある尾根の頂にロードス島の巨像のように足を広げて立つ父の輪郭が浮かびあがっていた。ライフルを構えた父の長い黒髪が、メドゥーサのヘビのように顔の周囲で躍っている。ライフルの銃口はわたしに向けられていた。

父は二発めを撃った。二回めの威嚇《いかく》射撃。撃つ気があれば、命中している。そのとき、スノーモービルを停めたのはまちがいだったと気づいた。だが、いまさら引き返せない。そんなことをすれば母はほぼ確実に殺され、わたしもそうなる可能性が高い。だが、父に逆らって走り去れば、わたしの背中を狙って撃った銃弾がわたしたちふたりの息の根を止める。

父が三発めを撃った。ランボーが鳴き声をあげた。わたしはスノーモービルを飛びおり、雪面に転がって鳴いているランボーのもとへ走った。ランボーの頭から脇腹、胸に手を這わせた。父はわたしの美しい犬の肢を撃っていた。

また銃声がとどろいた。母が悲鳴をあげて、ハンドルに倒れこんだ。肩に銃創があった。レミントンには実包が四発入り、それに薬室の一発がある。残りあと一発で、父は再装塡しなければならなくなる。

わたしは立ちあがった。涙が頰を伝った。父はわたしの涙を嫌ったけれど、もはや関係なかった。

だが父は、涙を流すわたしをあざける代わりに、笑顔になった。今日このときも、あのときの父の顔が目に焼きついている。独りよがり。冷淡。無情。父はわが勝利を確信していた。ライフルをわたしに向け、ランボーに向け、またわたしに向けて、またランボーに向けた。母とハンターをおちょくったのと同じ要領で、わたしをおちょくっていた。そしてわたしは、父がどちらを先に撃とうが関係ないことに気づいた。どちらが先だろうと、父はどのみちわたしたち全員を殺すつもりでいる。

わたしは膝をついて、ランボーを抱きあげ、毛皮に顔をうずめた。わたしの命を奪う弾が飛んでくるのを待った。

ランボーは低くうなると、身を震わせて、わたしから離れた。残る三本の肢でどうにか立ちあがり、体をかしげながら、父に向かって歩きはじめた。彼を呼び戻そうと口笛を吹いたが、ランボーの歩みは止まらない。父は笑い声をあげた。

わたしはさっと立ちあがり、両腕を大きく広げた。「ろくでなし！」わたしは叫んだ。意味はわからなかったけれど、父がハンターの胸に刻んだぐらいだから、悪い意味だとわかっていた。「クソッタレ！　できそこない！」思いだせるかぎりの言葉を投げつけた。「なにをぐずぐずしてんのよ？　撃てばいいでしょ！」

父がまた笑い声をあげた。必死に歩くわたしの犬に向かって、レミントンを構えた。ランボーはよたつきながらも、父に迫る。ランボーが歯をむきだしにして、うなった。ランボーは走るのと変わらないほどの速度で父に向かい、オオカミやクマに襲いかかるときのようにうなり声をあげた。

ランボーは父の気をそらして、わたしを逃がそうとしている。わたしを守ろうと、命を懸けている。わたしにはそれがわかった。

わたしは駆け戻ってスノーモービルに飛び乗ると、母を抱えるように腕を伸ばして、スロットルを大きく開いた。母の生死も、逃げきれるかどうかも、父がわたしたちふたりを撃つかどうかもわからないが、それでも、やってみるしかない。そう、ランボーのように。

凍った沼を突っ走ると、風が涙を乾かした。背後でまた銃声が響いた。

ランボーが鋭く一鳴きして、それきり静かになった。


その銃声は、実際のこだまが消えたあとも、長くわたしの頭のなかに反響として残った。わたしは猛スピードで進んだ。涙でまえが見えず、喉が締めつけられて息が苦しかった。そのときわたしに見えていたのは、父の足元の雪面に横たわっているわたしの犬だった。クストーとカリプソとハンターと母は正しかった。父は悪い人だ。わたしの犬を撃つ理由など、どこにもなかった。わたしが撃たれればよかった、と思った。父が沼に出かけたあともう少し待ってから、スノーモービルを走らせればよかった。もっと速度を出せばよかった、止まれと言われたとき止まらなければよかった。そのどれかをしていれば、わたしの犬は生きていて、母は撃たれずにすんだ。

父に撃たれたときから、母は動くこともしゃべることもなかった。母にまわした腕から体のぬくもりは伝わっているので、生きているのはわかっている。だが、問題はいつまでもつかだった。いまはとにかく運転するしかない。ひたすら沼地から、父から、離れるしかなかった。

その先になにが待ち受けているか、わからないまま。

わたしはハンターが残した跡をたどっていた。そう彼に言われたからだ。いま一番の望みはクストーとカリプソを見つけること。あの家族を見かけたあとに、わたしがこしらえた空想上のふたりではなく、本物のクストーとカリプソをだ。彼らが近くに住んでいるのはわかっている。あのふたりの父親と母親なら、きっと助けてくれる。わたしにはその確信があった。

とうに沼を抜けて、いまは木立を走っていた。地平線上にあるこの木立を見て、いつか探索してみたいと思っていた。日はとっぷり暮れていた。ハンターからヘッドライトの点灯方法を教わっておけばよかった、と思った。教わったのに忘れたのかもしれない。覚えなければならないことが多かったから。〝深いパウダースノーを通るときはスロットルをハイにして。スノーモービルが右に傾いたら体重を左に、左に傾いたら体重を右にかける。のぼり斜面のときは、スノーモービルがひっくり返らないように、体を前傾させて、体重はシートの後ろにかける。シートに片膝をつき、もう一方の足をサイドレールにかけて運転する方法もある。下りのときは体を後ろに倒して。カーブのときはそちらのほうに体を倒して、体重を移動させる〟、そんな調子で延々と続いた。

スノーモービルはとても重かった。さも簡単そうに語ったハンターの口ぶりとはちがって、実際の運転はむずかしかった。彼のいるところでは子どもでもスノーモービルを運転すると言っていたけれど、それが事実なら、フィンランド系の子どもは恐ろしく屈強なのだろう。途中、彼の通った跡をはずれて雪に突っこむこと一度。ひっくり返りそうになったことも二度あった。

わたしは恐怖にとらわれていた。怖かったのは森や暗がりではない。そういうものには慣れている。わたしの知らないこと、起きるかもしれない悪いことすべてを恐れていた。スノーモービルのガソリンがなくなったら、食べるものも身を隠す場所もなく母と森で夜明かししなければならない。木に衝突して、エンジンをだめにするかもしれない。ハンターのように道に迷って、絶望的な状況に追いこまれることが怖かった。

そして、母が死ぬことが怖かった。

運転は長時間続いた。ついにスノーモービルの跡が終わりになった。急斜面をすべりおり、細長い空き地の中央に出て、スノーモービルを停めた。左右を見た。なにもない。人の姿も、ニューベリーとかいう町も、母を捜しているはずの祖父母も。ハンターがあると約束していたものがひとつもなかった。

　空き地全体にちらばるようにして、トラックが四台停まっていた。片側に二台、もう片側に二台。どれがハンターのものかわからない。父とよくやった選択肢ふたつのあてっこゲームを思いだした。どちらに行こうと関係ないかもしれないし、関係あるかもしれない。わたしは空を見あげた。〝お願いです、助けてください。迷子になって、どうしたらいいかわかりません〟

　目をつぶって祈った。これまでの祈りなど、祈りのうちに入らないほど必死に祈った。目を開くと、遠くに小さく黄色い明かりが見えた。地面の近くで煌々《こうこう》と照っている。スノーモービルだ。

「ありがとうございます」わたしはつぶやいた。それまでは神々の存在を疑うこともあった。わたしが父に井戸に入れられているのに沈黙を続けたときとか、父が母とハンターを殴ったのに介入しなかったときとか。でも、これで真実がわかった。わたしは二度と神さまがいることを疑わなかった。

　スノーモービルが近づき、明かりがふたつになった。突然、けたたましい音がした。ガチョウの鳴き声をもっと大きくしたような――ガチョウの一群が、怒っているような。目をつぶって手で耳をふさいだ。そのうち、けたたましい音がやんだ。ドアを開け閉めするような音がして、そのあと人の声がした。

「見えなかったんだ！」男の叫び声。「ほんとだって！　道のど真ん中にヘッドライトもつけずに停まってたんだぞ！」

「あなたのせいで、死んだかもしれないのよ！」叫び返す女性の声。

「だから言ってるだろ、見えなかったって！　いったいなにやってんだ？」彼は大声でわたしに言った。「なんで停まったんだ？」

わたしは目を開いて、満面の笑みになった。男女ひとりずつ。クストーとカリプソの父親と母親。ついに見つけた。


警察がわたしの通った跡をたどってハンターを救出に行くと、父はいなくなっていた。ハンターは薪小屋の手錠からぶら下がったままだった。父が殺したのだと誰もが思った。それ以外に考えようがあるだろうか？　十二歳の子どもにそんなことができると、誰が思うだろう？　殺人の罪を着せるのにぴったりな、誘拐と強姦の罪を犯した人間がいたのだから、なおさらだった。

ハンターを殺したのが父だという見方が定着すると、わたしはそのまま放置した。わたしは外の世界を知らず、その意味では賢くなかったが、ハンター殺しの罪を告白したところでなにも変わらず、わたしの人生が台無しになるだけのことだと見切っていた。わたしの父は悪い人だった。長期の禁固刑が見こまれた。誰に聞いてもそう言った。一方わたしのまえには、わたしの人生が丸ごとあった。父はもはやそれを喪失していた。

とはいえ、わたしも自分の犯した罪のツケを払っている。動物を撃つこと、罠にかけること、毛皮を剥ぐこと、内臓を抜くこと、食べること。対象が動物であるかぎり、どれだけ繰り返しても問題ない。人殺しはちがう。一度でも別の人間の命を奪うと、以前とは同じでいられなくなる。生きていたハンターがつぎの瞬間には死んでいて、その変化をもたらしたのはこのわたしなのだ。アイリスの髪を梳《と》かしたり、マリを車のシートに座らせたりするたび、あるいは火にかけたジェリーを混ぜたり、夫の胸をまさぐったりしながら、わたしはごくあたりまえの日々の営みを行う自分の手を見て〝この手があれをやった、この手が人の命を奪った〟と思う。わたしにそんな選択を強いる立場に追いやった父が憎い。

父がなぜこうもやすやすと良心の呵責《かしゃく》なく人を殺せるのか、わたしにはいまだに理解できない。ハンターのことを思わない日はない。彼には奥さんと三人の子どもがいた。わたしは自分の娘たちを見るたび、父親なしで育った彼らのことを思う。沼を出たあと、わたしは遺されたハンターの奥さんにこんなことになったお悔やみを伝えたかった。彼が体を張って、わたしとわたしの母にしてくれたことのお礼を言いたかった。父が判決を受ける日に裁判所で彼女を見かけ、今日なら言えると思ったのだけれど、祖父母から止められた。彼女がわたしの祖父母に対して、祖父母がこの件でタブロイド紙から受け取った報酬の分配を求める訴訟を起こしていたからだ。最終的に彼女は多額の賠償金を認められ、わたしも気分が楽になった。どんなに金をもらったって死んだ亭主は戻らんがな、と祖父がつぶやいたのを覚えている。

わたしの犬もだ。わたしはときおり泣きだす。いまならあなたにもわたしがめったに泣かない人間なのが、わかっていると思う。そんなときは、決まってランボーのことが頭にある。ランボーを撃った父のことは絶対に許せない。わたしは数えきれないほど何度もあの日に至るできごとを再生して、結果がこうなるとわかっていたら、どこかでやり方を変えられただろうかと自問してきた。一番わかりやすいのは、父に手錠で薪小屋に繋がれたハンターが、翌朝、助けてくれと頼んだときだ。あのとき彼の願いを聞いていれば、彼はいまも生きていたはずだ。彼は父から殴られたり痛めつけられたりすることで、逃げられないほど弱ってしまった。

だが、ハンターが死んだのはわたしのせいではない。彼は間の悪いときに、いてはならない場所に居合わせた。交通事故や銃乱射事件や自爆テロで命を落とすようなものだ。酔っぱらった状態でスノーモービルに乗って出かけようと決めたのは、わたしではなくてハンターだ。そして道に迷い、選択に選択を重ねて、うちの尾根にたどり着いた。右に曲がる代わりに左に曲がり、よそではなくそこの伐採跡地をめぐって、うちの庭に入りこみ、キャビンから立ちのぼる煙を見て、助けを求めた。友人たちと飲んでいて出かけようと思いついたときには、まさかその選択に対してみずからの命を差しだすことになろうとは、夢にも思っていなかっただろう。だとしても、そうしようと決めたのは彼だ。

同様に、母と母の友だちは、線路脇にあった空き家を探索しようと決めた。ふたりでがらんとした部屋を歩きまわっているあいだ、まさか、その日の夜には、その後十四年以上も家族に会えない身のうえになるとは思っていなかった。そんな結末になると知っていたら、ふたりはちがう場所で遊んでいただろう。だが、ふたりはそうしなかった。

同じことが、わたしをターカメノン滝に連れていった父にも言えるのではないか。父はそれが一連のできごとを引き起こすきっかけとなって、ゆくゆく家族を失うことになるとは、よもや思っていなかっただろう。わたしにしても、沼を出ると決めた時点では、それによって母とわたしがどんな悲惨な目に遭うかわかっていなかった。スノーモービルを運転すれば沼を出られるとしか思わず、父が母とわたしの犬を撃つことは予想外だった。不確かな未来に向かって走るわたしが最後に見たのは、父の足元の雪面にぐったりと横たわるランボーだった。

もしそうしたもろもろすべてがあらかじめわかっていたら、別のやり方をしただろうか？　当然そうしたと思う。けれど、決めたのは自分なのだから、思いどおりにならなくても、結果を受け入れるしかない。

悪いことは起きる。飛行機は墜落し、列車は脱線する。洪水や地震や竜巻で、人は命を落とす。スノーモービルは道に迷い、犬は撃たれる。そして少女たちは誘拐される。

27

わたしは走りだす。確固とした地面が湿地になり、湿地が沼になる。雨の降るなか、わたしは目元に手をかざし、池の向こう岸を見はるかす。父の気配はない。父を先回りできただろうか？　すでにわたしの家にたどり着いている可能性もある。判断しようにも、その材料がなかった。

わたしは西に折れて、沼に入る。シカがよく集まってくる小道の突きあたり付近にある、ハンノキの木立に向かう。こんもり盛りあがった草地から草地へと、すばやく跳んで移動する。ピートが乾いていて、わたしが乗っても沈まないところを選ぶ。沼を知らない人には見えないだろうが、わたしには危険な箇所が道路の標識のようによく見えている。一見するとただの砂地に見えて、歩くと流砂のように崩れる場所とか、たちまち人を呑みこんでしまう深い池とか。〝泥沼に大きな黒い泡がぶくぶくと浮かび、お姫さまはその泡とともにあとかたもなく消えてしまいました〟。母の語ったおとぎ話にあったとおりだ。ハンノキの木立まで来ると、うつぶせになり、残りは足と肘を使って腹ばいで進む。ぬかるんだ地面には、縦横に跡がついている。どれも最近のものではない。人間のものでもない。父はぬかるみだした道を離れて、森のなかを横切ったのかもしれない。すでにわたしの家までたどり着き、戸締まりされたことのない勝手口から忍びこみ、足音を忍ばせて廊下を進んでいる可能性もある。わたしの娘たちを手に入れるため、スティーブンにチェロキーのキーを渡せと迫り、娘たちの居所を話さない夫を撃ち殺す。

わたしは胴震いする。陰惨なイメージを押しやって、一番泥の深そうなところに横になり、転がって体をくまなく泥まみれにすると、足跡が残らないよう道沿いにある膝までの水に浸かってまえに進み、待ち伏せをするのに最適な場所を探す。

道をふさぐようにして、身を隠せるだけの太さがある苔むした巨木が倒れている。なかほどがたわんでいるので、腐敗が進んでいるのだろう。父はばかではないから、この倒木を踏まずに踏み越える。わたしはその一瞬に賭けることにする。

尖ったマツの枝を手折り、倒木の反対側に横たわって、急ごしらえの槍を傍らに地面に耳をつけた。足音を聞くより、感じるほうが先だった。湿った大地がかすかに震動している。自分の心臓の鼓動かと思うほど、微細な震えだ。わたしは倒木に身を寄せ、手を握りしめる。

足音が止まり、わたしは待ちに入る。もし罠を予感したら、父は回れ右をしてわたしを泥のなかに置き去りにするか、倒木のうえに身を乗りだしてわたしを撃つだろう。息を殺していると、ふたたび足音が聞こえてきた。遠ざかっているのか近づいているのか、判別できない。

と、わたしの肩にブーツの足が踏みおろされる。わたしは転がりでて、跳ね起きる。まえに踏みこみ、わたしの槍を父の内臓に突き立てようと全力を傾ける。

槍が折れる。

父は役立たずな武器の残骸をわたしの手からもぎ取って足元に投げ捨て、腕を上げて、わたしのマグナムをわたしに向ける。わたしはその脚に飛びかかり、ふらついた父が、バランスを取ろうと腕を突きだす。マグナムが宙を舞う。それをつかもうとわたしが手を出す。父が道の脇の水溜まりにマグナムを蹴り入れ、手錠に繋がれたわたしの手をブーツで踏みつける。わたしはすかさず父のブーツをつかんで、地面から持ちあげる。隣に父が倒れる。わたしたちは組みあって、転がる。わたしは両腕を父の頭上に掲げ、手錠の鎖を父の喉にかけ、力のかぎり引き寄せる。父があえぎつつも、腰のナイフを抜き、後ろ――わたしの腕や脚や腎臓や顔――に向かって、やみくもにナイフを突きだす。

鎖をさらに強く引っ張る。父のジーンズの後ろに入っているグロック二挺がわたしの胃にあたる。そのうちの一挺をつかめたら、即座に決着がつく。だが手錠のかかった腕を父の首にかけているので、それができない。ひるがえって父のほうも、わたしに背後から手錠を使って喉を絞めあげられているので、グロックでわたしの息の根を止めることができない。角を絡めあった二頭の雄のムースのごとく、膠着《こうちゃく》状態に陥っている。わたしの家族がこれから数日後あるいは数週間後にこの道を歩いていて、抱擁のまま最期を迎えたわたしと父の朽ちた肉体を見つける場面が頭に浮かび、鎖を引く手に力を込めた。と、犬の吠える声がした。わが家の方角から、ランボーが耳をはためかせ、地面を蹴って、走ってくる。

「やれ！」わたしは叫んだ。

ランボーは走り寄って、父の足に噛みつき、うなりながら肉を食いちぎろうとする。父が怒声とともにランボーをナイフで突く。

ランボーがさらに深く噛みつく。食いしばり、引き裂き、引きちぎる。父が悲鳴とともに地面を転がり、つられてわたしも転がる。父が腹ばいになった瞬間、わたしは父の頭から腕を抜き、グロックの一挺をつかんで、父の背中に突きつける。

「待て！」ランボーに命じる。

ランボーがぴたりと止まる。父の脚をくわえたままだが、物腰が変わる。激しく獲物に襲いかかる動物から、主人に従う召使いのそれへと。戦いの最中にここまで落ち着けるのは、厳しい訓練を積んだ特別な犬種だけだ。なみの犬たちが血に対する欲望にうながされるまま、クマやヘラジカの毛皮を台無しにするのをどれほど見たか。

わたしが父のうえに膝をついても、父は微動だにしない。父はそこまでばかじゃない。

「ナイフを」わたしは言う。

父が道の傍らの水溜まりにナイフを放る。

わたしは立ちあがって、命じる。「立って」

父は立ちあがって頭に両手を置き、振り返ってわたしを見る。

「座って」わたしは倒木を指さす。

父がわたしの指示に従う。父の顔に浮かぶ失意の表情だけで、ここまでの苦労のあらかたが報われる。わたしは嫌悪を隠さない。

「わたしがあんたと逃げると、本気で思ってたの？ わたしの娘たちに近寄らせると？」

父は答えない。

「手錠の鍵をこっちに投げて」

父は上着のポケットから鍵を取りだし、ナイフに続いて水溜まりに放る。手錠をはめていようといまいと、引き金は引ける。

「いい暮らしだったじゃないか、バンギ・アガワテヤ」父が言う。「あの日、おれたちは滝を見に行った。あの夜にはクズリを見た。覚えているな、バンギ・アガワテヤ」

父にその呼び名を使うのをやめさせたい。父はその呼び名を使うことによって、例によって状況を支配したがっているだけだ。父にしても負けは承知している。だが……わたしのなかに記憶が呼び戻され、いやおうもなく目に浮かぶ。はじめてシカを撃ってからまだ間もないころ、けれどランボーはまだ来ていなかったから、七、八歳だったのだろう。わたしは胸をどきどきさせながら、深い眠りから目覚めた。外から音が聞こえた。赤ん坊が泣いているような声――というか、わたしが想像する赤ん坊の泣き声のような声だった。けれど、もっと大きくて、悲鳴に近い。聞いたことのない種類の声で、なんなのか見当がつかなかった。動物もけたたましい声を出すことがある。とくに発情期はそうだが、動物だとしても、わたしにはどの動物だかわからなかった。

入り口のところに父が来た。ベッドまでやってくると、わたしの肩にブランケットを巻きつけ、わたしを窓辺まで連れていった。月明かりのもと、下の庭に物影があった。

「あれなに?」わたしは小声で訊いた。

「グイングワーアゲ」

クズリだ。

わたしはブランケットを握りしめた。父からつねづねクズリは恐ろしく獰猛《どうもう》だと聞かされていた。なんでも食べる。リス、ビーバー、ヤマアラシ。病気や怪我をしたシカやヘラジカも。小さな女の子だって食べるかもしれんぞ。

グイングワーアゲがのしのしと近づいてくる。毛は長くてぼさぼさで黒い。わたしはとっさに身を引いた。グイングワーアゲが顔を上げ、わたしのいる窓を見て、絶叫した。

わたしは悲鳴をあげてベッドに走った。父はブランケットを拾ってわたしにかけた。そしてカバーのうえに横たわってわたしを抱え、クズリとその兄のクマを主人公にしたおもしろおかしい話を聞かせた。それを機に、わたしはクズリの金切り声を怖がらなくなった。

いまのわたしは、ミシガンにおけるクズリの目撃情報がきわめて珍しいことを知っている。クズリ州の別名を持つミシガンだが、この州にはそもそもクズリなどいないという説もある。だが、事実ばかりが記憶ではない。そのときの気持ちのこともある。父はわたしの恐怖に名前を与え、そのおかげで、わたしの恐怖は消えた。

わたしは父を見おろす。父がひどいことをしたのはわかっている。百回分の人生を刑務所で過ごしても、正義の天秤は釣りあいが取れない。だが、あの夜の彼は、ひとりの父親、わたしの父親だった。

「わかった」父は言った。「おまえの勝ちだ。もうおしまいだ。おれは行く。おまえにもおまえの家族にも近づかないと約束する」

父は手のひらをうえに両手を突きだして、立ちあがる。わたしはその胸元からグロックの銃口をはずさない。このまま行かせることもできる。わたしとしても、傷つけるのは本意ではない。これだけのことをされてなお、父を愛している。今朝父を捜しに出たときは、父を刑務所に連れ戻したいのだと思った。その思いは変わらないが、いまは自分が思っていた以上に父との繋がりが深いことに気づいている。父を追った真の理由は、父が消えてしまうまえにもう一度、父に会いたかったからかもしれない。父はこのまま消えると約束している。もう終わりだと言っている。ひょっとしたらそうかもしれない。殺しを重ねても満足せず、新しい餌食《えじき》を求めつづけるウェンディゴのことを思う。食べるたびに大きくなるので、決して満腹にはならない。もし村人たちが彼を殺していなければ、村そのものが滅びていた。

わたしは引き金にかけた指をゆるめる。

父が高笑いする。「おまえは撃たない、バンギ・アガワテヤ」笑みを浮かべて、わたしに一歩近づく。

バンギ・アガワテヤ。小さな影。どこへ行くにも彼についてまわっていた日々を想起させる名前。そう、わたしは彼の影、彼に属していた。彼がいなければ、わたしはいない。

父が回れ右をして、歩きだす。背後に手をまわして、ウエストバンドから二挺めのグロックを取り、ジーンズの前に差し入れる。歩き方が大胆になる。わたしが黙って行かせると、本気で思っているかのように。

わたしは二回、低い口笛を吹く。ランボーが顔を上げて、緊張をみなぎらせる。わたしの命令に従うべく、身構えている。

わたしはさっと手を動かす。

ランボーが駆けだし、吠えながら父を追う。父が振り向いてグロックをつかみ、引き金を引く。狙いがはずれる。ランボーが跳びあがって父の手首に噛みつき、グロックが落ちる。

　父がランボーの脇腹にこぶしを打ちつける。ランボーの歯がゆるむ。父は再度ランボーを殴っておいて、こんどはわたしに襲いかかってくる。わたしは一歩も引かない。父がぶつかってくるぎりぎりのタイミングで両腕を頭上に掲げ、手錠をした腕を父の頭部から腰へとおろして父の腕の動きをふさぎ、父もろとも地面に倒れこんだ。グロックを自分のほうに向けて父の背中に押しつけ、引き金を引いたときに、わたしではなく父が死ぬように銃身の角度を調整した。

　終わりを悟ったように、ふいに父が脱力する。終止符を打つ方法はひとつだけだ。

「マナジウィン」父がわたしの耳にささやく。

　尊敬。父からその言葉を聞かされるのはこれで二度めだ。わたしは安らぎに包まれる。わたしはもう父の影ではない。父と対等。わたしは解き放たれた。

「やるしかないよ」クストーが言う。

「いいから」カリプソが言う。「あたしたちがわかってる」

　わたしはうなずく。父を殺すのは正しい。わたしにできるただひとつのことだ。家族のため、母のために、わたしは父を殺さなければならない。なぜなら、わたしは沼の王の娘だから。

「わたしもよ。愛してるわ」わたしはささやいて、引き金を引く。

28

父の命を奪った弾が、わたしの肩を貫いた。父に撃たれたのと同じ側の肩だった。もう一方の肩だったことを考えると、結果的にはそれでよかったのだと思う。両腕が不自由だったらこの数カ月はもっと悲惨だっただろう。とはいえ、回復の過程は愉快なものではなかった。外科手術を受け、物理療法を受け、また手術を受け、また物理療法を受けた。肩が撃たれて都合のいい場所でないのは明らかだ。医者によると、いつか左腕の機能を完全に取り戻さない理由はないとのこと。とりあえず、スティーブンと娘たちは片腕のハグに慣れてくれた。

わたしたちは母の墓の周囲に、車座になっている。うららかな春の一日。降りそそぐ陽光、空に広がるちぎれ雲、鳥たちのさえずり。母の頭部のうえにある質素な墓石には、黄色いマーシュ・マリーゴールドことリュウキンカと青い花菖蒲《フラッグアイリス》を入れた桶が置いてある。わたしの好きな花の名前をつけた娘ふたりは、母の足元にいる。花はわたしの発案、ここへ来るのはスティーブンの発案だった。そろそろ祖母のことを娘たちに教えてやろう、墓の近くでふたりに祖母のことを聞かせてやったら、印象に残るよ、と。わたしにはぴんとこない。けれどふたりで通っている結婚カウンセラーには、結婚生活をうまくいかせるには双方が歩み寄らなければならない、と言われている。だからわたしたちはここにいる。

スティーブンが母の墓石のうえに手を伸ばして、わたしの手を握る。「いいかい？」

わたしはうなずく。どこから切りだしたらいいかわからない。子どものわたしを抱えた母がどんなだったか、考えてみる。母がわたしにしてくれたこと、当時はあたりまえに思っていたことのすべてを、考えてみる。母はわたしの五歳の誕生日を特別な日にしてくれようとした。わたしが父から井戸に閉じこめられたあと、わたしに警告してくれた。母にとって、自分を誘拐した男にうりふたつの娘を育てるのが、どれほど困難なことだったか。本能的に恐れずにはいられなかったであろう子どもを。

はじめてシカを撃った日のことを話すこともできた。父が滝を見に連れていってくれたときのことや、オオカミを見たときのことも。けれど、それは父の話。母を語ることにはならない。それに娘たちの期待に満ちた無邪気な顔を見ているうちに、娘たちに話して聞かせられる可能性のあるわたしの子ども時代の話はどれも、暗い一面を併せ持っていることに思いあたる。

スティーブンが励ますようにうなずく。

「わたしが五歳のときよ」わたしは口を開く。「わたしのお母さんがケーキを焼いてくれてね。食料貯蔵室に積んであった缶詰や米や小麦の袋のあいだにあったケーキミックスの箱を見つけてきたの。虹色の粒チョコ飾りがついたチョコレートケーキだった」

「あたしが一番好きなやつ！」アイリスが叫ぶ。

「しゅき」マリも続く。

わたしはふたりにガチョウの卵のこと、クマの脂のこと、プレゼントとして母が作ってくれた人形のことを話し、それでおしまいにする。人形の行く末は語らない。母のとびきりのプレゼントに対するわたしの無慈悲な態度は、母の心を刺したにちがいない。

「その日のことをもっと話してやりなよ」クストーが言う。「ナイフのこととか、ウサギのこととか」クストーとその妹は、娘たちの後ろでおとなしく座っている。父が死んでから、しょっちゅう現れるようになった。

わたしは首を振り、その誕生日の残りを思いだして笑顔になる。結局その日は父からはじめて尊敬――マナジウィン――すると言って、認めてもらえる日になった。

アイリスが笑み崩れてわたしを見返す。わたしが彼女に笑いかけたと思っている。

「もっと！」アイリスとマリが声をあげる。

わたしは首を振って、立ちあがる。いつかは娘たちに子ども時代のすべてを語るにしろ、それは今日ではない。

わたしたちは広げたブランケットをまとめ、車に向かって歩きだす。マリとアイリスが先を行き、スティーブンが追いかける。父の逃走事件以来、彼は娘たちをつねに視界におさめておきたがる。

わたしは急がない。クストーとカリプソが横を歩き、カリプソがわたしの手を取る。「いまではヘルガもすべてを理解しています」そうささやく彼女の吐息が、ガマの穂のようにやわらかくわたしの耳をくすぐる。「ヘルガは音や思考の海をとおって、空に持ちあげられました。彼女のまわりと、彼女のなかにあるのは、言葉では言いあらわしようのない光と歌でした。太陽は栄光とともに燦然と輝き、そしてかつてのように、その光によってカエルの姿が消えるとともに美しい乙女がその愛らしい姿を現したのです。カエルの体は崩れて塵《ちり》となり、ヘルガが立っていた場所には色褪せた睡蓮の花が一輪、落ちていました」

それは母のおとぎ話の結末だった。そのおとぎ話がわたしに道を示してくれたのだと思う。最後の最後で、母の物語がわたしたちふたりを救ったのだ。わたしがこの世に存在する根拠は父にあったとしても、わたしがいま生きている根拠は母にある。

わたしは父のことを考えた。監察医から父の死体をどうしたいか尋ねられたとき、わたしがまっ先に考えたのは、父ならどうしたがるかだった。そのあと、父が自身の願望と欲望のみに支配された一生を送ってきたことに気づき、その反対をしてもいいかもしれないと思った。最終的に、わたしはもっとも面倒も金銭もかからない方法を選んだ。言えるのはそれだけだ。父の死後ほどなく、父の功績を称えるファンサイトが開設された。父の埋葬場所を知ったら〝ヌマラー〟たちがどういう行動に出るか、わたしにも想像がつく。わたしは何度かそのサイトを閉鎖させようとしたが、ＦＢＩによると、父のファンたちが法律を犯していないかぎりできることはないのだそうだ。

スティーブンは娘たちを抱きかかえ、わたしが追いつくのを待っている。

「頼みを聞いてくれてありがとう」彼がわたしの手を取る。「きみにしたらきついことだからね」

「そうでもないわ」わたしは嘘をつく。

結婚カウンセラーは、よい結婚生活は正直さと信頼という基礎のうえに築かれると言っていた。わたしは鋭意努力中といったところ。

わたしたちは小高い丘のてっぺんまで来る。丘のふもとに停めたわが家のチェロキーの真ん前に、車が一台停まっている。その横で待ち受けるのは、記者とカメラマンがひとりずつ。

スティーブンがわたしを見て、ため息をつく。わたしは肩をすくめる。沼の王の娘が自分の父親を殺したという噂が流れたせいで、マスコミが容赦なく群がってくる。わたしたちはいっさいインタビューに答えず、娘たちにもメモ帳やマイクを手に近づいてくる人には一言もしゃべるなと教えてあるけれど、写真を撮る人はあとを絶たない。

わたしは首を振って、丘を下る。ひとりの記者がポケットの筆記具を手にして、わたしのほうに一歩踏みだす。この記者は知らない――わたしが子ども時代からのことを思いだせるかぎり日記に記して、スティーブンとわたしのベッドの下に隠してあることを。わたしはその物語を『キャビン』と名付け、本物の書籍のように、最初のページに娘たちへの献辞を掲げた。ふたりにはいつか読んでもらう。娘たちには自分たちの来歴を知ってもらいたいから。ふたりがどんなふうに生まれた、何者なのか。そしてスティーブンにもやっぱり、いつか読んでもらおうと思う。

この日記を売って大金を手にすることもできた。『ピープル』と『ナショナル・エンクワイアラー』と『ニューヨーク・タイムズ』から再三、買いたいというオファーがあった。ご両親が死んだいま、なにがあったか知っているのはあなただけ、とみんなが言う。ご両親のためにもあなたがふたりのことを語ってあげなければ、と。

でも、この先もわたしは売らない。なぜならこれは彼らのではなく、わたしたちの物語なのだから。

謝辞

小説家があるアイディアを思いつく。そのアイディアが育って物語になり、その物語がやがて一冊の本となる。力を貸してくださったつぎの方々に感謝いたします。いずれも創造力にあふれ、才能と洞察力に恵まれた、そして驚くほど勤勉な方々です。

パトナムの取締役であるアイバン・ヘルドと、編集長のサリー・キムへ。あなた方のおかげでこの本が生まれました。深く深く、心からの感謝を。

担当編集者のマーク・タヴァーニへ。あなたと仕事ができてよかった。あなたの鋭い目と驚くべき洞察力は、わたしの想像を超えていました。

パトナムのみなさん――アレクシス・ウェルビー、アシュレイ・マクレー、ヘレン・リチャード、ケイティ・グリンチ、制作スタッフ、美術部、販売促進に関わってくださったすべての方々へ。こんなに美しい本を作ってくださって、ありがとうございました！

驚異のエージェント、ジェフ・クラインマン。あなたと過ごしたこの十七年が、わたしとわたしのキャリアに与えた影響は、計り知れません。いまある作家としてのわたしは、あなたあってのものです。

疲れ知らずの有能な海外著作権エージェント、モリー・ジャファァへ。

わたしの最初の読者になってくれたケリー・ムスチャン、サンドラ・クリング、トッド・アレンへ。物語がうまく運んでいれば拍手喝采し、そうでないときは鼻をつまんで教えてくれました。あなた方がいなければ、成し遂げられませんでした。

デイビッド・マレル。あなたの澄んだ目と広い心がすべてを変えてくれました。

クリストファー・グラハムとシャル夫妻、ケイティ・マスターズとジョン夫妻、リネット・エックランド、スティーブ・レヒト、ケリー・マイスターとロバート夫妻、リンダ・シオチェットとゲイリー夫妻、キャスリーン・ボスティックとリース・ギャラハー(故人ですが、忘れられない人)、ダン・ジョンソン、レベッカ・キャントレル、エリザベス・レッツ、ジョン・クリンチ、サッチン・ウェイカー、ティナ・ウォールド、ティム・ウォスコボジニクとアデル夫妻とクリスティ、ダーシー・チャン、キース・クローニン、ジェシカ・キーナー、レネー・ローゼン、ジュリー・クレイマー、カーラ・バックリー、マーク・バスタブル、ターシャ・アレクサンダー、ローレン・バラッツ=ログステッド、レイチェル・エリザベス・コール、リン・シンクレア、ダニエル・ヤング=ウルマン、ドロシー・マッキントッシュ、ヘレン・ダウデル、メラニー・ベンジャミン、サラ・グルーエン、ハリー・ハンシッカー、J・H・ボグラン、マギー・ダナ、レベッカ・ドレーク、メリー・ケネディ、ブライアン・スミス、ジョー・ムーア、スーザン・ヘンダースン他、わたしにはたくさんのすばらしい友人がいて、励ましてくれました。あなた方はわたしの宝です。

わたしを愛し、支えてくれた家族へ。なかでも心からの特大の〝ありがとう〟を夫ロジャーに捧げます。わたしにならこの本が書けるという、あなたの揺るぎない信頼にどれだけ支えられたことか、口ではとうてい言いあらわせません。

訳者あとがき

「いまここで母の名前を出せば、あなたもたちまちあの人かと思うだろう。母は有名だった」という印象的な書きだしではじまるこの作品。作者がさるインタビューで作品の成り立ちについて答えたところによると、ある夜ベッドのなかで、ふとこの書きだしが浮かんできたのだとか。朝起きて再考すると使い物にならないことが多いのに、これはちがった、誘拐犯とその被害者のあいだに生まれた娘というキャラクターに手応えを感じた、といいます。そして、本棚で見つけた、むかし自分が読んでいたアンデルセン童話の本に収録されていた『沼の王の娘』。誘拐されたエジプトのお姫さまの娘を主人公とするこの童話が、この小説のバックボーンとなります。こうした、ある種の〝偶然〟に導かれて生まれた本書は、本作誕生のエピソードがなるほどとうなずけるだけの寓話性を持つ、骨太で魅力的なサイコサスペンスになりました。

主人公のヘレナ・ペルティエは、ふたりの娘と、写真家の夫とともにカナダと国境を接するミシガン州アッパー半島で暮らし、自家製のジャムとジェリーを売って生計を立てています。ある夏の日、ジャムを配達した帰り道に下の娘を乗せて車を走らせていると、児童誘拐・強盗・殺人の罪で終身刑に服していた受刑者ジェイコブ・ホルブルックが看守ふたりを殺して逃走したというニュース速報がラジオから流れ、ヘレナはこのニュースに強い衝撃を受けます。なぜならジェイコブ・ホルブルックとは、かつて〝沼の王〟と呼ばれた犯罪者にして彼女の父親、彼女はその父と被害者のあいだに生まれた娘だったからです。ネイティブアメリカンの血を半分引いている父ホルブルックは、原野での暮らしに通じ、アッパー半島を知り抜いています。その父が銃器を奪って逃走したとあらば、捕まえられる人間など、どこにもいない——そう、かつて父から狩猟や追跡の教えをじかに受けたヘレナを除いては。ヘレナになら、父がなにを考えて、どう行動するのかが読めます。

ヘレナの過去を警察から知らされた夫は、自分の家族が危険にさらされていることを知り、ニュースの流れた日の夜のうちに娘たちを避難させるために自分の実家へ。ヘレナは父との最後の闘いに挑もうと、ひとり自宅に残ることを選びます。そして翌朝、夜明けとともに父と娘のあいだでかつて繰り広げられたのと同じ追跡ゲームがはじまります。三本肢のプロットハウンドである愛犬ランボーを連れ、父の痕跡を求めて家を出るヘレナ——そう、父をふたたび逮捕させ、刑務所に連れ戻すため、自分の家族を守るために。

父を追いながら、ヘレナの脳裏によみがえるのは、幸せだったかつての日々。

子どものころ、おとぎ話や童話や神話のたぐいに夢中になられた方は、少なくないのではないでしょうか。かくいうわたしも、いまでもなにかのおりに、ふとむかし読んだお話が浮かんでくることがあります。親に捨てられたヘンゼルとグレーテルが魔女をだまして釜に入れる場面や、塔のなかで待つラプンツェル、七人のこびとたちと家事に追われる白雪姫、赤い靴をはいて踊りつづける娘など。そんなときわたしは、そのときどきの自分を童話の登場人物の境遇に重ね、自分を俯瞰して確認しているのではないか、納得のいかない現実を物語によって自分の人生の一部として背負いなおしやすくしているのではないか、と思います。

人はただ現実に対処して生きているように見えて、じつは、ひそかに物語を紡いでいる。作家の小川洋子さんがまとめられた、ユング派の心理学者であった河合隼雄さんとの対話集『生きるとは、自分の物語をつくること』は、そのことがそのままタイトルになっています。「それらのお話（むかし話やおとぎ話）はみんな、ホラだけど、ある意味本当」であることや、「河合先生は人々の物語作りの手助けをする専門家」であること、作家である小川さんが持つ「「小説を書いている時は、どこか見えない暗い世界にずうっと降りて行く」」という部分では人に寄り添う河合先生と同じだけれど、「殺したいという気持ちがあっても実際には殺さないために、物語が必要なわけですね」というところに物語の着地点があることなど、人がどうして物語を作り、読むのかが書かれています。要は、人生には合理的な説明では追いつかないものがたくさんあって、その剰余部分や矛盾を統合しているのが物語で、人は自分の物語を持たないと生きていくのが苦しい。普遍性のあるフィクションには、そんな自分のなかの物語を賦活させてくれる働きがあるのかもしれません。

そして、きわめて特殊な過去を持ちながら、いまはアメリカの片隅で家族とともにひっそりと暮らす二十代後半の女性を主人公にしたこの作品には、そうした普遍性があります。リアルな手ざわりがあります——沼地での暮らしの描写という外的な意味でも、主人公の心の動きという内的な意味でも。看守ふたりを殺して逃走した父を追う娘の話という表向きのサスペンスの奥に、主人公が父親に対してもつ愛情や、懐かしさや、憎しみという、振れ幅の大きい感情のドラマが横たわっています。作家のデービッド・マレル（『一人だけの軍隊』をはじめとする映画ランボー・シリーズの原作者として有名ですが、幻想的なホラー作品も多い。主人公ヘレナの愛犬の名前がランボーなのは偶然でしょうか？）をして「悲劇的なラブストーリー」と言わしめたその部分が、文化や言語のちがいを越えて、ある種の人たちに強く訴えかけるのではないか。世界二十五カ国で翻訳され、各国で高い評価を受けていることが、その答えのように思います。

では、こんな小説を書いた作者は、どんな人なのでしょう？ カレン・ディオンヌは一九五三年オハイオ州アクロン生まれ。現在はデトロイト郊外に夫と住んでいます。この物語の舞台となったミシガン州アッパー半島に三十年ほど住んだ経験があり、うち三年は、まだ生まれて一年に満たない長女をつれて購入した十エーカーの原野（東京ドームの八割ほどの広さ）でテント暮らしをしながらキャビンを建てるという、ヘレナの子ども時代のような生活を送っていました。ベトナム戦争後の当時、若い人たちのあいだに起きていた〝自然に還れ〟というムーブメントにのった行動だったといいます。街育ちの若いふたりは自給自足生活の大変さを実感すると同時に、自然の美しさや豊かさ、孤立して暮らすがゆえの濃密な人間関係などを満喫します。子どもの教育の問題などで、やがてそのキャビンを売りはらって町に暮らすことになるふたりですが、いまでも自然のなかでの暮らしに戻りたいという作者の心情は、子ども時代の暮らしに郷愁を覚えつづける主人公のヘレナに重なります。ちなみに夫となった男性とは、作中のヘレナとスティーブンと同じように、地元のアートフェアで知りあったそうです。

カレン・ディオンヌ名義で自然環境をテーマにしたスリラーなどすでに三冊の著作がありますが、ハードカバーでの出版はこれがはじめて。この作品でみごと二〇一八年のバリー賞を受賞しています。作家活動のかたわら、〝バックスペース〟という作家のためのオンラインコミュニティで共同創立者としてほかの作家たちを盛りたて、Writer's Digest Magazine や RT Book Reviews、Writer's Digest Books などに寄稿しています。

さて、最後にひとつお知らせを。じつはこの作品、映画化が決まっております。監督は『パッセンジャー』のモルテン・ティルドゥム。ヘレナを演じるのは、『トゥームレイダーファースト・ミッション』で主演のララ・クラフトを演じたオスカー女優、アリシア・ヴィキャンデル。脚本は『レヴェナント：蘇えりし者』のマーク・L・スミス。二〇一八年から一九年にかけて撮影と聞いていますので、公開を楽しみに待ちたいと思います。

二〇一八年十二月

訳者紹介　林 啓恵
英米文学翻訳家。国際基督教大学教養学部社会科学科卒。主な訳書にケラーマン『血のない殺人』、ダラント『嘘つきポールの夏休み』(以上ハーパーBOOKS)、メイヤー『Cinder シンダー』(竹書房)、ブラウン『赤い衝動』(集英社)など。

ハーパーBOOKS

沼の王の娘

2019年2月20日発行　第1刷
2019年3月20日発行　第2刷

著　者　カレン・ディオンヌ
訳　者　林《はやし》 啓恵《ひろえ》
発行人　フランク・フォーリー
発行所　株式会社ハーパーコリンズ・ジャパン
東京都千代田区外神田3-16-8
03-5295-8091 (営業)
0570-008091 (読者サービス係)
印刷・製本　株式会社廣済堂

Printed in Japan
ISBN978-4-596-54106-2